文学史微观察

李洁非 著

三联书店

Copyright © 2014 by SDX Joint Publishing Company.
All Rights Reserved.
本作品版权由生活·读书·新知三联书店所有。
未经许可,不得翻印。

图书在版编目(CIP)数据

文学史微观察/李洁非著.—北京:生活·读书·新知三联书店,2014.8 (2022.9重印)
ISBN 978-7-108-04862-2

Ⅰ.①文… Ⅱ.①李… Ⅲ.①中国文学-现代文学史-文学史研究 ②中国文学-当代文学-文学史研究 Ⅳ.①I209.6

中国版本图书馆CIP数据核字(2014)第035255号

责任编辑	卫 纯
装帧设计	薛 宇
责任印制	董 欢
出版发行	生活·讀書·新知 三联书店
	(北京市东城区美术馆东街22号 100010)
网 址	www.sdxjpc.com
经 销	新华书店
印 刷	山东新华印务有限公司
版 次	2014年8月北京第1版
	2022年9月北京第2次印刷
开 本	635毫米×965毫米 1/16 印张18.75
字 数	185千字
印 数	08,001-11,000册
定 价	52.00元

(印装查询:01064002715;邮购查询:01084010542)

目录

自　序 · 1

收　入 · 1

宗　派 · 35

口　号 · 90

会　议 · 138

斗　争 · 181

批　示 · 237

跋 · 294

自　序

王静庵《宋元戏曲史》，在我国是文学史著述开山作。其开宗明义说："凡一代有一代之文学，楚之骚，汉之赋，六代之骈语，唐之诗，宋之词，元之曲，皆所谓一代之文学，而后世莫能继焉者也。"这"一代之文学"，指时代悄无声息氤氲于文学而赋予它的特质。从本质言，文学史著述正应捕捉和呈现这些东西。但晚近的文学史家，似乎并不以此为据；现当代文学史方面，尤显突出些。人们兴趣，不在深细地考察文学史的各种情状，而主要放到对于作家作品给予何种评价上，似乎文学史是一部表彰册。早年间，因为突出政治，而围绕"革命"、"不革命"抑或"反革命"，忙着为作家们做这种裁决；后来政治虽不如前热衷，思路则不换，变成从所谓艺术成就方面鉴别作家"好"或"不好"、"重要"或"不重要"——总之不外优劣。积久成弊，引得作家颇以文学史为光荣榜，登之即表示获得跃于同侪之上地位。文学史这样写，也非全无价值，起码不失为广告。但对于帮助人们明"一代之文学"，难起作用。以当代文学史著作言，目下已出版无虑数百种，但当代文学究竟是怎样一种文学，并不显得明了。文学史研究再不换换思路，只怕真是除了少量"入选"作家，旁人都不觉得与己有关了。因此，这本小书有意于换思路，宗旨紧扣"一代之文学"，一欲进入20世纪以来文学特有问题，二欲微观和实证地进入。损得如何，读者鉴之。

收入

01

《环球人物》2012年10月号（上），有诺奖得主莫言专访，云："他的初衷很简单，听说写书有稿费，就能吃饱肚子。于是他开始在破旧的煤油灯下看书写字。"[1]

此言非虚。有关莫言童年饥饿经历，可读《吃相凶恶》和《吃的屈辱》。两文均系自述，一言他在上世纪60年代初大饥荒中的生活情景，一言自幼不能饱腹给心理投下的永久阴影。

饥饿记忆与莫言创作的关系，很堪研究者注意。以此为入口，不单可了解他的生命体验，即对其作品里的内容、人格乃至语言特色，都不失为解读的钥匙。本文非莫言专论，故不就此展开，而只借为由头，去作一项文学史的考察。

在他对记者的表白中，有几个字不容错过，亦即"写书有稿费"。这状若无奇的一语，却道出了现代以来中国文学一大要点。它约略可以表作：现代中国，文学成为谋生手段，作家则职业化；作品能够换取收入，收入环节也左右着文学所有方面。

02

以前不是这样。诗文不曾给陶渊明换来半文钱,他辞官后养活自己,得靠亲自种地。李白斗酒诗百篇,柳永"有水井处,皆能歌柳词"……这背后,都没有稿费的存在。曹雪芹写《红楼梦》,蒲松龄写《聊斋》,以今视之,仿佛是为文学史"义务劳动"。古人著文,非但无人付钱,相反所出每一本书全得自掏腰包。钱谦益虽为一时泰斗,其《初学集》却由弟子瞿式耜偕众同门集资为老师刻成,对此钱谦益已是心满意足,并不抱怨出书居然没有收入。

"润笔"固然早就有,但若以为那便是古代的稿费,颇属误会。"润笔"本义并非文章交易,而是对名头的购买,换回墓志铭、序、传之类,借作者声誉光自家门楣,其获酬理由,与如今广告费、代言费无贰。所以从来就有的"润笔",并未在古代造就过职业作家。

文学可以买卖,抑或社会商品中出现"文学"这一新品种,普遍来说是现代才有的事。当然,中晚明开始可以找到一些文学商品化的苗头,但只限稗乘野史等类,主流的诗文不在此列。到了现代,文学则每寸空间都完全被商品交换所把持。实际上,与收入无关的文学根本绝迹。任何作家,无论伟岸与微渺,提笔而操此业,意识辄同,心里都有"收入"二字。而在国家、社会或时代,文学收入制度亦为调控文学之有力手段。虽然形式不非得是稿费、版税,也可以是别的。比如,建国后体制下"专业作家"

岗位以及由此取得的工资和住房、医疗等福利,就是变换了形式或广义的收入。

故收入一端,于现当代文学的影响深入腠理。许多事情,小如个人取舍,大至文艺政策和管理,以及创作丰歉、思想立场、文坛风尚、主题手法、写作姿态等等,皆可就中寻其踪迹。

03

然而此内容与环节,文学史著至今不论不载。中国的文学史研究,似乎很难脱品评优劣的趣味,总是把"载入史册"作为奖赏,颁予若干作家作品。因此难怪百年来的新文学,诸多问题和境况,都搔不到痒处,或没有触碰。

究竟如何,或许该看实例。我们且从老舍说起。四十岁时,老舍写了这么几句话介绍自己:

> 幼读三百千,不求甚解。继学师范,遂奠教书匠之基。及壮,糊口四方,教书为业,甚难发财;每购奖券,以得末彩为荣,示甘于寒贱也。二十七岁,发愤著书,科学哲学无所懂,故写小说,博大家一笑,没什么了不起。[2]

老舍 1899 年生,其四十岁,适当 1939 年。假如他再过十年写这种自我介绍,想来就会另一副样子,因为彼时作家已经习惯高远地谈文学,而1939年还不必,能够讲得朴素、发为生计之谈,至与发财、奖券等"俗物"并提,说其之作小说,初衷止于"博大家一笑"(他当时自认所写皆属"幽默文学"),"没什么了不起"。

上世纪80年代中期,小说家阿城在创作谈中将写作比为"手艺活儿",人有愕然者,以为亵渎了文学。那时人们已不知道,返回1939年,后来被授"人民艺术家"称号的老舍,其眼中文学庶几近之。

阿城所谓"手艺",老舍所谓"糊口",都是从作家的生存角度来讲。这在文学未曾"组织"起来以前,抑或置身"组织"之外的作家那里,会非常现实。

职业化背景下,文学不复能如古代那样,只作为自我抒写而与社会无关。1917年,陈独秀倡文学革命:"际兹文学革新之时代,凡属贵族文学,古典文学,山林文学,均在排斥之列。"[3]这实在不是他要排斥这样的文学,而是这样的文学在排斥他。贵族、古典(用典)、山林文学得以存在的理由,是文学不必用于世。大多数情形下的古代文学,是士大夫官余之物,为之仅在心性,非为稻粱之谋。何况文学通往社会的途径也根本没有打开,就算你不为自己而写,为社会写作,也毫无需求与市场。而现代的职业化背景下,则颠倒过来,文学已被定义为面向社会的写作。不是不可以只为自己写、只依自己趣味写,但这样的东西,已不受"文学"概念认可,不入其序列以及文学史范围。"现代"的文学,当其动笔之初,就是为别人写、写给别人的,不论作者如何自视不合流俗,他拿起笔来,也总是想到发表、出版,亦即投放和推广于社会,而非写成后静置匣中。这就是为何现代作家非得是职业的，不能一边做官或种地，一边当作家。他需要进入职业的状态，以写作为生，才能把事情做得像个样子。

老舍早就有意当职业作家，1929年回国已揣此想，下定决心却用掉好几年。"我在老早就想放弃教书匠的生活"[4]，"我总是以教书为正职，写作为副业……我不甚满意这个办法"，"在我从国外回到北平的时候，我已经有了去做职业写家的心意"，"我不喜欢教书，一来是我没有渊博的学识，时时感到不安；二来是即使我能胜任，教书也不能给我像写作那样的愉快。"[5]1934年，辞齐鲁大学教席，然而退缩回去；1936年，再辞山东大学教席，算是最后迈出这一步。

迟疑的原因，便是假如以写作为业，生计方面不知把握如何。辞齐大教职后，老舍专门去趟上海，探一探路。"我不是去逛，而是想看看，能不能不再教书而专以写作挣饭吃。我早就想不再教书。在上海住了十几天，我心中凉下去，虽然天气是那么热。为什么心凉？兜底儿一句话：专仗着写东西吃不上饭。"[6]于是回到山东，老老实实接受山大聘书。"为了一家子的生活，我不敢独断独行地丢掉了月间可靠的收入"，然而，"我的心里一时一刻也没忘掉尝一尝职业写家的滋味"。又过两年，他觉得时机成熟，对靠写作吃上饭已有自信，又从山大辞职。"这回，我既不想到上海去看看风向，也没同任何人商议，便决定在青岛住下去，专凭写作的收入过日子。"[7]

老舍自然是现代文学代表性作家之一。我们看得很清楚，他通往作家途中,决定性因素不是对于文学的理想,而是最实际的收入问题。他心中盘旋着这字眼,掂量沉吟,无非缘此。他的例子另一典型处,是当教授有不错的收入,为了做"职业写家"却两次辞职。我们或许会想,明明不必如此,一边教书一边写作,有何不可?实则那种状态,不在其间体会不到。老舍固然不喜欢教书,然而更主要的是,在现代从事文学创作,非得处于职业的意识和姿态,假如游移依违,不全身心沉浸、不真正承受其所有压力,对于创作终归是客串的心态。近年有与老舍相反的,从职业作家改行当大学教授,释放了职业作家的压力,也释放了职业作家的进取心。

老舍的坚决转型,把自己压迫出来一部《骆驼祥子》。"《骆驼祥子》是我做职业写家的第一炮,这一炮要放响了,我就可以放胆地做下去,每年预计着可以写出两部长篇小说来。不幸这一炮若是不过火,我便只好再去教书,也许因为扫兴而完全放弃了写作。所以我说,这本书和我的写作生活有很重要的关系。"[8]这让人感到,对这部现代小说经典作,倘单纯给予"文学的评价与欣赏",至少从老舍个人体验来说,有失苍白与轻巧。它关乎作者生计,关乎他会不会"完全放弃了写作",从而在日后留下来的是大学教授舒庆春、舒舍予,而不是"专凭写作的收入过日子"的职业作家老舍。

04

讲完老舍,再讲鲁迅。这是另一个故事,与老舍截然不同。

鲁迅1927年10月移居上海，1936年10月在此逝世。这最后的上海时期，鲁迅脱离公职，既不做官也不任教，没有工资收入，完全以职业作家或自由写作者身份度过。

此前，从1912年到1927年4月，鲁迅一直在政府和大学任职，而俸酬极高。任国民政府教育部社会教育司第二科科长，起初月薪二百二十元，后至三百元。在北京大学、女师大等处任教兼职，亦为一笔收入。另外，还有稿费。其弟周建人忆此，称："这比当年一般职员的收入，已高出十多倍。"[9]当时，对鲁迅恭执弟子礼的许钦文在某杂志谋得一职，"十八块钱一个月，在我，比六块、八块一月的稿费多了近一倍多，而且是固定的，不至于再有搜索枯肠写不出而恐慌的时候。"[10]可为鲁迅收入水准的参考。同文说到，鲁迅与周作人分家后购阜成门内西三条屋基（即今鲁迅故居），花费四百元；此大约仅相当其月入。亦可借鉴老舍的情况。1918年师范毕业后，老舍也在教育界供职："每月我可以拿到一百多块钱。十六七年前的一百块是可以当现在二百块用的；那时候还能花十五个小铜子就吃顿饱饭。"[11]十五枚铜子即可吃顿饱饭，当时一元约合一千枚铜子，一百多元即不下十余万枚铜子。所以，老舍已觉自己是"阔佬"，而鲁迅差不多能顶他三个。1926年，鲁迅去厦门大学任文科教授，月薪高达四百元。翌年一月至广州，受聘于中山大学，薪水远逊厦大，然每月亦入二百八十元。

公职收入外，还有写作收入。鲁迅是现代文学开山祖，成名早，影响大，而又笔耕不辍，报刊稿费与出书版税皆甚可观。兹借他与北新书局李小峰版税纠纷之一隅,稍稍窥之。1924年北新书局设立后,鲁迅著作多交其出版,但书局对于支付版税做法暧昧,不是不给,亦非全给,鲁迅信中对人说:"我就从来没有收清过版税。"[12]1928年,矛盾激化;1929年,鲁迅准备打官司起诉要回版税。经调解,8月25日在律师处双方"商议版税事,大体俱定";28日,"小峰来,并送来纸版,由达夫、矛尘作证,计算收回费用五百四十八元五角。同赴南云楼晚餐……"[13]事遂得解。日记所载金额,为李小峰当天携来之数,而经核算北新书局应补鲁迅版税为:"北新欠鲁迅的版税,售出与未售出的总算起来,共欠二万,分十一个月摊还。"[14]此为拖欠未付的部分,过去半给半不给,鲁迅曾得到过一部分。换言之,仅北新书局版税这一项,五年间鲁迅收入至少二万余元。

刚才老舍迈向"职业写家"的犹疑、退缩与艰难,我们犹然在目,转眼面对鲁迅1912年以来的持续高收入,不禁油然想起没有丝毫奴颜与媚骨的著名评价,以及胡风《鲁迅先生》在刻画鲁迅峭拔形象时稍带表达的对茅盾、郑振铎等人的鄙视。

胡风称郑振铎"资本家和文坛重镇",称茅盾"资本家的代理人"或"资本家帮闲"。主要的意思,是讽郑、茅等人同势利现实苟且甚至合污。比如茅盾,胡风尖锐批评他自私,左联行政书记只肯做半年,一俟"整个左翼战线都知道他是左联的人了;现在又出版了《子夜》,左翼文学中唯一的长篇;他是左翼的头面作家地位好像已经确定了",便"坚决地辞去书记不干了"。[15]

鲁迅毫无奴颜和媚骨，旁人对现实却多少有些眉目低回，内中诚有个性之根由、品质之不同，或思想境界的高低、立场的明暗等等原因。然而，精神自由与独立程度如何，真的不是凭空而至。设若如老舍那样，"在上海住了十几天，我心中凉下去，虽然天气是那么热。为什么心凉？兜底儿一句话：专仗着写东西吃不上饭"，大抵很难有足够底气，来傲视所有的奴颜与媚骨。

《鲁迅先生》讲，鲁迅逝世前已物色好新居，只差搬家：

> 托我在法租界比较僻静处找房子。找了两天找到一处，巷子幽静，是两层楼的小洋房，当中有一个小花园，两边是两层大厢房，共四大间，还有几个配间房子……租金每月百元多一点。他不同意租，说不能每月为房租发愁。又找了一处，只记得楼上是一间长大的统间，楼下当然也是，比前一处要差多了，但也勉强够住，租金八十来元。[16]

最后定下来租八十来元者。这处房子，胡风未加具体描述，然字里行间显示，也是独栋洋房，唯房屋构造不及百元者舒适便用。看房大约在1936年10月15日，不幸，鲁迅19日逝世，迁居事遂罢。

在此备注一点资料：当时上海工人工资收入一般每月在十四五元，"若另有妇女小数点孩帮佣做工，其所得亦不过二十元，而其能用于房金者，至多不能超过六分之一，即三元余；实则大多数之劳动家庭，其每月有所付房租仅二元者，最下者，且不足一元。"[17]

　　无独有偶，茅盾由日回沪，也有租房的经历。《我走过的道路》述之："我们的条件是：在租界而又不是闹市区，房间够用，房租要低。这后两个条件比较难于统一。""我们终于找到了房子，在公共租界静安寺的东面，现在记不起是什么路、什么里了。房子是新盖的（有一片楼房)，倒还宽敞，和景云里一样，有个假三层（假三层，谓此三楼极低矮也）。"亦为独栋小楼，茅盾未言租金具体数额，但从位置与房屋品质均较胡风替鲁迅初寻之法租界花园洋房为逊，且系新建来看，会相应的低。"但是，这个新居只住了两个月，我们又第二次搬家，因为房租太贵。为此，母亲决定回乌镇去，以便减少住房面积，节省开支。第二次搬家我们租的不再是一栋房而是一层房了。我们搬到了愚园路口应云里的一家石库门内的三楼厢房，这三楼厢房带一间过街楼，共有三间房。楼下住着二房东……"[18] 环境、地点及房子自身，条件全面下降，反映了茅盾当时的经济状况。这里，同样备注一点资料："兼因普通房租昂贵，劳工负担无力，故一幢平房或二层之楼屋，往往有数家合住，麇集一处。"[19] 茅盾第二次择迁之处，自然不属此般光景，然亦究属与人"合住"。这样的经历，鲁迅是没有过的。

　　由此可知，即在鲁迅、茅盾之间，从物质方面所感觉的生存压力亦有所差，更遑言分量远为不如的作家。当然，鲁迅在百元、八十元洋房之间，也想省去二十元，而弃前者就后者，但他一直以来的收入状况毕竟摆在那儿,以无后顾之忧来形容是不过分的。

而我更感殊异的,乃鲁迅居沪以后,头四年(1927–1931)一笔额外收入。

1927年,国民政府立"中华民国大学院",中设"特约著述员","听其自由著作,每月酌送补助费"。"其第一批,是五个人,这就是吴稚晖、李石曾、马寅初、周豫才、江绍原。都是1927年12月同时聘任的。"[20]关于"中华民国大学院"的情况,兹径引1980年版《鲁迅全集》之相关注释:

国民党政府直属的最高教育、学术机关。一九二七年十月成立于南京,院长蔡元培。次年八月国民党中央五中全会通过废止大学院、设立教育部的提议,十月改称教育部。[21]

因知其为国民政府官署,实即改制前后的中央教育部。

核《鲁迅日记》,1927年12月18日记"晚收大学院聘书并本月分薪水泉三百。"[22]泉即钱,"钱之为泉也,贵流通而不可塞",[23]《鲁迅日记》每以"泉"指"钱"。下月31日记"下午收大学院泉三百,本月分薪水。"[24]3月12日记"收大学院二月分薪水三百。"[25]4月11日记"晚收大学院三月分薪水泉三百。"[26]以后逐月有记,数目一定,每月三百,惟发收日期有差。另,1928年11月起,"大学院"名称改"教育部","薪水"改记为"编辑费"。如此,记录持续到1931年12月,该月共收两次,2日"下午收十月分编辑费三百"[27], 31 日是"收十一及十二月分编辑费各三百。"[28] 至是而终,以后不复有录。其历来总额,据锡金《鲁迅为什么不去日本疗养》的统计:

反动政府所支付的这笔"补助费"共历四年零一个月,共计有一万四千七百元。[29]

这一笔收入,当时完全可称巨款。1980 年版《鲁迅全集》注释者,将此事述为"鲁迅应蔡元培之邀,任该院特约著述员"[30],欲置其于蔡、鲁私人交情范围以内,此实曲笔回护,大可不必。该款百分之百出于政府预算,与蔡公个人腰包无预,而官方付此钱本未附带条件,曰"听其自由著作",鲁迅受之何愧之有? 故 2005 年版注释将此句删去,是诚实的。

但另一面,此事确实表现当时在文化与学术上"兼容并包"未废,对于思想乃至政见差别能置不问,对于卓异人才则肯养并且有养。鲁迅得此一万四千七百元之巨款,实际未出任何成果、未做任何贡献;1932 年被裁出名单后,鲁迅曾于信中表示:"惟数年以来绝无成绩,所辑书籍,迄未印行,近方图自印《嵇康集》,清本略就,而又突陷兵火之内,存佚盖不可知。教部付之淘汰之列,固非不当,受命之日,没齿无怨。"[31] 更何况,鲁迅的思想上转向马克思主义、文学姿态上转向左翼,皆当此时,外界并非懵然不知,而大学院(教育部)仍厚养至 1931 年底之久,锡金文中称"鲁迅用它来购买了大量的研究马克思主义书籍和画册等","并且还不断地支助了革命互济会和左联等的经费",味此情形,颇令人讶然。

05

说到左联,这由中共所建并领导的文学组织,在当时领全国文艺之风骚的上海,势力恐不止半壁江山,依胡风所言:"较大的刊物,几乎都是和左翼有联系,甚至有左联的人做后台。"[32]虽然出过"左联五烈士"那样可怕的事件,但那并非因文罹祸,而是左倾路线将盟员驱于街头政治所致。前期的左联,不但不欣赏,甚而反对其成员从事文学,对于自己使命或功用的理解,尽在飞行集会、撒传单、贴标语、鼓动罢工、组织游行暴动直至制造"血光的五一"等一类事务。这于茅盾、夏衍、冯雪峰等人回忆,历历可见。茅盾说他从不参加这些活动,"只是埋头搞自己的创作,或者什么也不做";鲁迅也从不参加,"我还是写我的东西";还有郁达夫。[33]这几人除地位有些特殊,还都没有党员的身份,故虽超然其外,亦无可如何。另一个抵制者,却受到严厉对待,他便是蒋光慈。蒋是1922年的老党员,他在左联起初也参加一些活动,继而抵触,显露消极态度。蒋与钱杏邨有一处同租的房子,1930年秋,接到通知,左联要来此开会,蒋即抱怨:"一个屋子,本来可以写作的,往往一开会就开倒了!"而得到的答复是:"写作不算工作,要到南京路上去暴动!"[34]蒋遂提交《退党书》。中共中央并不接受他的退党,而于10月20日做出将其开除党籍的决定。

　　这样的抵触,恐怕与职业作家角色有很大关系,而不仅仅出于不赞成左联路线。当时左联心思实不在文学,只是假文学之名将一些人从政治上组织起来。不少盟员谈不上是作家,甚至从未尝试过写作,周扬夫人苏灵扬一篇回忆文章便以《一个不是作家的"左联"盟员的回忆》为题。而已成为职业作家并取得相当成功者,在左联没完没了的街头政治面前,不能不感觉时间精力的巨大牵扯和耗损。胡风暗讽茅盾入左联出于谋取"左翼的头面作家地位"之私心,说别人在斗争而他却"和工商业界的亲友交际交际,听些商界和帮会头目的故事,收集做小说的材料,既舒服又保险上算",[35]实则也并不错。比如"上算"这一点,职业作家习惯了以写作为生、以稿费版税自奉和养家的生活方式,很难将它割舍,其意识与尚未取得此种生涯者自有根本不同(后者一旦获得,亦应无例外)。对此,茅盾自己并不否认,坦认在左联政策面前,自己就是"十足成了一个'保持作家的旧社会关系'消极怠工者和'作品主义者'"。[36]

　　茅盾还不算最典型,当时作为职业作家,蒋光慈比他更加成功。说来难以置信,这位以无产阶级文学为鲜明特色的作家,在资本主义上海却竟然以这种作品大红大紫、称富文坛,此适可与鲁迅迟至1931年底仍获教育部"补助"相参佐。其小说《少年漂泊者》"出到十五版"[37];《冲出云围的月亮》"曾创造文学出版界的奇迹:它在1930年1月出版后当年的八个月中,就共再版八次"[38];余如《野祭》、《菊芬》都再版多次；长篇小说《咆哮的土地》虽曾未通过当局审查，换了书名《田野的风》后，仍顺利由上海湖风书店出版[39]（似乎当局的审查仅对"咆哮"字眼感到不快）。蒋的成就和收入，显示左翼写作在上海不仅可以存在，甚至是文化与思想的时尚，这恰也是他为何不忍放弃写作去搞什么街头政治的实际原因；其实后来（即夏衍所称1932年后的"左联成熟期"[40]）左联其他成员也渐知个中滋味，在文学、电影、戏剧创作上"四面出击"。蒋光慈不幸先行一步，而竟遭开除党籍。时中共中央机关报《红旗日报》报道称他"一向挂名无产阶级的文学作家"，说他对《丽莎的哀怨》不听劝告"贪图几个版税，依然让书店继续出版"，又说他"因出卖小说，每月收入甚丰，生活完全是资产阶级化的"。[41]

06

实则如先前所陈，"现代"条件底下，文学不可能置于商品交换关系以外，或者说，它必以"出卖"的样态而存在，纵然是"无产阶级写作"亦无他途。从文学中否认、鄙弃金钱或收入，实际是做不到的。不过，在这方面，由于义理上先期对商品经济取批判立场，造成态度上多年摇摆不定，后面我们还会看到。眼下，为着证明收入问题的紧要，我们先讲一个反作用力的例子。

一般来论，市场对作家作品价值的确认，与其名望为正比。

文名益盛，收益愈好。然确有例外，且难知究竟，让人摸不着头脑。郭沫若就是这样。

"五四"后小说、散文的成就，由周氏兄弟代表，说到新诗，就必推郭氏不可。1919年，他已诗名大振，《凤凰涅槃》《地球，我的母亲！》、《匪徒颂》、《天狗》、《炉中煤》诸名作，都已发表，然而竟未使生活景状有何起色。此时郭尚在日本，并结婚育子，每月以七十二元官费维持。1920年，田汉从东京跑到福冈看他，正逢其次子出生。"我因为他的远道来访，很高兴，一面做着杂务，一面和他谈笑。我偶尔说了一句'谈笑有鸿儒'，他接着回答我的便是'往来有产婆'。他说这话时，或者是出于无心，但在我听话的人却感受了不少的侮蔑……他没有想到假如我有钱，谁会去干那样的事？"[42]

那时出了名的新文人，以我们读到的，都有不错的就职。偏偏郭沫若苦盼而不至。1921年，成仿吾传来消息，告他被荐为泰东书局文学部主任，乃即刻启行回国。连历来"阻挡我,不要我转学,不要我回国"的妻子安娜，也马上同意"让我把医学抛掉，回国去另外找寻出路"，可见此讯令全家都喜出望外。[43]然而所谓"邀请"原只是"一场空话"。到底怎么回事，郭沫若说"那时的详情我已不能记忆了"；总之，那个文学部主任"却本来有一位姓王的人担任着"，"在仿吾要算是等于落进了一个骗局"。[44]约摸两三个礼拜后，成仿吾说在长沙找着了事做，独自去了。郭沫若孤零零留在上海，"更好像漂流到孤岛上的鲁滨逊了"[45]——他这么哀痛地形容自己。

也真是怪事一桩。当时哪怕刚从中专毕业、做着小学教师的老舍,每月也挣大洋一百五十四块之多,以致只好挥霍到烟、酒、赌上头去。而郭沫若呢?1921年4月至7月,他为泰东书局辛苦编稿、译稿,奔波杂志筹备事,三个月总共只拿到一百四十三块钱,抵不上老舍一个月薪水。他很愤恼地写道:

> 住在日本的时候,就像要发狂的一样想跑回中国、就使有人聘去做中学校的国文教员也自誓可以心满意足的我,跑回上海来前后住了三四个月,就好像猴子落在了沙漠里的一样,又在烦躁着想离开中国了。我深切地感觉着我自己没有创作的天才,住在国内也不能创作。——已经三四个月了,所谓纯文艺的杂志仍然没有一点眉目。像我这样没有本领的人,要想在上海靠着文笔吃饭养家,似乎是太僭分了。[46]

郭沫若暗中自视才比屈子,"……偏偏要自比屈原。就好像自己是遭了放流的一样,就好像天高地阔都没有自己可以容身之地"。[47]别人才不至此,却身显禄厚。这让他生出极大不平,而以"十年如一日地只能当着'流氓痞棍'"[48]一语骂世。这四个字是有出处的,即鲁迅1931年《上海文艺之一瞥》就"新才子派的创造社"点到郭沫若而说的"我想,也是有些才子+流氓式的"[49],时在日本的郭沫若所见乃是转为日文的"郭沫若辈乃下等之流氓痞棍也",于是有此回敬,说:"我总有点怕见上人。凡是所谓大人名士,我总是有点怕。外国的大人名士不用说,就连吾们贵国的,我也是只好退避三舍的。在这些地方或许也就是不能受人抬举。"[50] "大人名士"、"吾们贵国的"即指鲁迅。

提到胡适,当然更是这番口吻:"他每天是乘着高头大马车由公馆跑向闸北去办公的。这样煊赫的红人,我们能够和他共席,是怎样的光荣呀!这光荣实在太大,就好像连自己都要成为红人一样。"[51] 若读一读徐志摩日记所载1923年10月12日在上海与胡适、朱经农往访郭居的经过,则对郭氏何以有此块垒更易了然:

与适之、经农,步行去民厚里一二一号访沫若,久觅始得其居。沫若自应门,手抱褕裸儿,跣足,敝服(旧学生服),状殊憔悴,然广额宽颐,怡和可识……沫若居至隘,陈设亦杂,小孩羼杂其间,倾跌须父抚慰,涕泗亦须父揩拭,皆不能说华语;厨下木屐声卓卓可闻,大约即其日妇……适之虽勉寻话端发济枯窘,而主客间似有冰结,移时不涣。沫若时含笑睇视,不识何意。[52]

实际,比徐志摩所见更糟。那阵子在上海,郭沫若与其鲁迅所斥的创造社"流氓痞棍"伙伴,竟至于挨饿。他好几次提到首阳山。有一天成仿吾、郁达夫和他"聚集在民厚南里","谈笑"中"把民厚南里当成首阳山"。[53] 某晚,他和郁达夫携手在四马路酒馆买醉,"有一轮满月从街头照进楼来,照着桌上的酒壶的森林。我连说'我们是孤竹君之二子呀！我们是孤竹君之二子呀！结果是只有在首阳山上饿死'！"。[54]1924 年 8 月 9 日致成仿吾信亦有句："我们的物质生活简直像伯夷叔齐困饿在首阳山上了。"[55] 还曾作诗自况：

阮嗣宗，哭途穷。
刘伶欲醉酒，挥袖两清风。
嵇康对日抚鸣琴，
腹中饥火正熊熊。
一东，二冬，人贱不如铜。

自释："阮嗣宗，刘伶，自然是夫子自道。对日抚琴的嵇康是在二楼的一室里弹着钢琴的陶晶孙……他那一东二冬的琴声正在伴奏着我的饥肠的跳舞。"[56] 至于那"铜"字，自然是指钱。缺钱，让他品尝着"贱"的滋味。

他对这社会，已爱不起来；对人生，则鼓满了敌意。就在和郁达夫买醉的那晚，"彼此搀扶着踉踉跄跄地由四马路走回民厚南里。走到了哈同花园附近，静安寺路上照例是有许多西洋人坐着汽车兜风的。因为街道僻静、平坦、而又宽敞，那连续不断的汽车就像是在赛跑的一样。那个情景触动了我们的民族性，同时也好像触动了一些流痞性，我们便骂起西洋人来，骂起资本家来。"[57]

1920 年，仍能醉心庄、陶、王传统的郭沫若，还在诗里吟道：

> 我爱我国的庄子,
>
> 因为我爱他的 Pantheism(作者原注:Pantheism 即泛神论),
>
> 因为我爱他是靠打草鞋吃饭的人。[58]

等到1925年,《到宜兴去》则宣布:"我从前的态度是昂头天外的,对于眼前的一切都只有一种拒绝。我以后要改变了。"[59] 怎么"变","变"成什么?解释在此:"从前的一些泛神论的思想,所谓个性的发展,所谓自由,所谓表现,无形无影之间已经遭了清算。从前在意识边沿上的马克思、列宁不知道几时把斯宾诺莎、歌德挤掉了,占据了意识的中心。"[60]

这种转变,文学史上每深沉地表作"世界观的转变"。我们虽不易以新说,但觉得应该加上旁注:是在好几年碰壁、破灭、蒙羞,愤然觉着"要想在上海靠着文笔吃饭养家,似乎是太僭分了"之后。

庄、陶、王被马、列"挤掉",这有如天堑的跨越,并非"常青指路、琼花参军"那么浅显易解。反复索秘,隐机或在"我爱他是靠打草鞋吃饭的人"一语。不能说郭氏之爱庄子有伪,他于千流百派,独醉心这一派,应非偶然,而有性情上的根由;问题是他已处在"现代",庄、陶、王话语毫无支撑,真如毛泽东所问:"陶令不知何处去,桃花源里可耕田?"[61] 现代文人做不了庄陶,不在于性情,而在"靠打草鞋吃饭"已变成了"靠文学吃饭"。文学职业化或以文学为职业,是庄陶从来不知的事情。"长吟掩柴门,聊为垄亩民"[62],根本已成过去。

07

职业化,就是专仗笔墨吃饭,以文谋食。文与食挂钩,文学变成谋生手段,是一切变化的根本。历史格局已经如此,就算有人仍抱"为文学而文学"之想,现实也毫无余地。所以"现代"以来,的确没有与吃饭无关的写作,不管你是"资产阶级作家",还是"无产阶级作家"。"你是资产阶级文艺家,你就不歌颂无产阶级而歌颂资产阶级;你是无产阶级文艺家,你就不歌颂资产阶级而歌颂无产阶级和劳动人民。"[63]某种意义也可以说,你不吃"资产阶级文艺"这碗饭,就吃"无产阶级文艺"这碗饭;总之是吃饭。从吃饭角度看百年以来文学发展,很多问题能够删繁就简。

前左联书记徐懋庸,忆到延安后的感受:"我第一次在延安时,还兼了鲁迅艺术学院的一点课程,另有每月五元的津贴费,此外还有一些稿费,所以我是很富的,生活过得很舒服。"[64]1942年《解放日报》曾有一文《"吃"在延安》,说:"不管你工作和休息,总会有饭吃,而且从来没有一个人认为吃饭是受人'恩赐',或者像外面一样有吃'下贱饭'之感。"在延安,"有饭大家吃,有吃大家饱"。[65]

所以,即便在延安,文学与吃饭亦属题内之旨。其形式,如徐懋庸已提到的,包括稿费。《解放日报》及《文艺战线》、《文艺月报》、《诗刊》等征稿启事,一般都有"一经揭载,当奉薄酬"之类表示;较具体的,有1941年9月延安业余杂技团登报征稿所云:"来稿经采用者,致以每千字三至五元稿费。"明示千字计酬及稿费标准。[66]

但这并非延安特色所在。在延安,文学"收入"与独特政治制度结合,又有新的创造,开启新的分配模式,而垂乎至今。

这要从"供给制"说起。1944年,赵超构以《新民报》记者身份访延,归来有《延安一月》一书。内言:

> 他们的一切工作人员的生活,并不依赖薪资,而靠着实物的"供给制度",他们自然感觉不到货币问题的迫切。

> 供给制度有一个公家规定的标准。这标准依着物资情形,每年都有修正。依据今年的标准,一个人基本生活,如衣食住日常用品,以及医药问题,文化娱乐,大体上都有了保障。[67]

供给制,实是物资短缺、匮乏,加上社会性简单或主要处在军事化状态所致。它有三个特点:一是公家包管,二是实物供应,三是按"标准"、循等级分配。

由于供给制,货币退到了次要的位置,赵超构说,虽然延安也发行有"边币",但币值极低,不及重庆法币八分之一,"这就使我感到法币的'优越',正如在重庆使用美金者的'优越感'一样"。[68] 然延安人不以为意,因为所得多是实物,很少与货币发生关系。就是说,"收入"的含义在这里得变一变,不一定是钱(稿费、版税),

甚至主要不是钱,而通过别的东西来体现。

另一个概念是级别。稿费、版税以市场需求来定,供给制的差别不在于此。它分出若干标准,实诸不同对象。标准对应于等级或级别,高级别者享受高标准,低级别享受低标准。而级别高低,依权力、资历、地位的大小高低加以铨叙。据温济泽回忆:

> 当时在延安,主要的粮食是小米,生产的小麦很少,只好把面粉供应给一些领导干部吃,有些干部学校的教员享受优待,也吃面食,大多数人只能吃小米。边区生产的布都是土布,从边区外面买进的斜纹布很少,平均分配是不可能的,只好把斜纹布做成衣服给高级领导干部和高级知识分子穿,一般干部只好穿土布衣裳。马匹很少,把马让给领导干部骑。[69]

塔斯社驻延记者弗拉基米洛夫:

> 按官方说法,每人每月有三磅肉、约十六盎司油、一磅盐和二百六十元边币的津贴。
>
> 但这不过说说而已,因为实际上他们每天吃的是两顿小米饭。肉食只供应高级干部和军官。[70]

及赵超构访延时,物资供应已经好转,所以他了解到的是:"高级干部每人每月吃肉四斤,普通干部每月每人吃肉二斤。"[71]

延安的作家，毫不例外被这种办法所养，"所有写作上必需的物品，也全由公家供给"。对他们收入的计算，不能以货币为凭。抑或应该说，机械地以为作家收入只限于稿费、版税那种形式，不能正确理解延安文学的生产关系。在延安，免费的衣、食、住、医，当然也是收入，只不过省掉了货币环节，以实物直接提供罢了。

其次，延安式的从事文学的收入，如要计算，还须把一种"弹性"考虑在内。表面看，供给制提供的物质十分有限，不值得羡慕。但事情另一面是，若不抱很高奢望，在延安当个文人作家，会全无压力。因为那种一举包揽下来并且保持不变的办法，是福利性质的，几乎不求回报，即后来所形容的"大锅饭"、"铁饭碗"，不像"资本主义生产方式"，收益回报论质论量。对此，赵超构提到两种情况："写不写，写多或写少，一种作品写作时间的长短，并无拘束。反过来说，公家虽保证他们基本生活，并不要求一定的写作"；以及，即便"并没有一定的职务，同样可以受到供给"，亦即全无职名，不仅是"写不写，写多或写少"，且可以根本不写，延安还有这样的作家，也享受供给。[72]

这才是延安文学的特色。党对文艺队伍采取包养的办法，不像资本家那样只注重眼前利益——不出活即不给饭吃，出了活不够好也不给饭吃——而是着眼于"组织"，亦即政治挂帅。重要在于形成一支队伍，将作家身份转变为服从党的领导的文艺干部，解除作家后顾之忧，让他们觉得从此不再为吃饭而写作，而永远是坚定跟党走的一名光荣文艺战士。这种"组织"层面的归属感、认同感，以及文艺队伍确切可管可控，乃延安"养士"亟欲收取之效，作家或文学生产的效率问题虽应考虑，但较此远居其次。

08

　　组织起来，是延安及日后共和国文艺队伍建设的真谛，亦是随之而来的一种全新文学收入分配政策之底蕴。自此往后，左右文人之欢愁而又体现资本主义文学生产调控手段的稿费、版税，意义和重要性大幅下降。供给制，或建国后结合了工资制的半供给制，实际是收入的大头。只要成为"组织"所接纳的"文学工作者"，生老病死几乎全由"组织"包揽，从住房到家具，都由"组织"提供而仅收取一点象征性租费。因此，进入编制，成为编内、在册的作家，比之于作为个体在市场上打拼、靠稿费吃饭，远为踏实、牢靠、旱涝保收。近来这种制度虽不再覆盖整个文学，面目亦不完整如初，但遗韵犹存，且仍是想要从事文学的人心中首选。

　　建国后，供给制与工资制结合，将原来一部分"实物收入"或曰待遇、福利，折为工资。"组织"内文学工作者的收入随之转型，历史上首次出现领工资的作家或以作家身份拿工资的人群。对此新生事物，理解起来并不容易。作为从事文学所得收入，理应客观地符合或反映文学的价值；曩往以稿费、版税形式发生的收入，是基于作品质量高低、读者或市场认可度，故与作品价值的关系直接，而工资很难求得这种关系，尤其它还固定不变，一经确定，无论作家具体劳作表现如何，都按月付予。

正因此，作家的工资并非针对传统上理解的"文学"的付酬。它的着眼点与目的，是构建、定位文学的行政秩序，包括文坛内的领导关系、长幼尊卑，从而保证文学事业与党和国家整个政治的一致性。1955年工资改革，把干部分为三十个行政级，专业领域也各建其等级系列，以级阶之差，将人有效序列化，明其上下前后之意识。

这种本有利于政令贯通而用于官僚系统的阶梯关系，施诸文学和作家管理，客观效果就是促其官僚化。虽然古来官宦能文者甚多，但作家身份官僚化却是当代所独有。纳入行政级别的不必说，茅盾行政四级即正部级，周扬、丁玲行政七级即副部级，孙犁行政九级、赵树理行政十级即正（或副）局级……对于非行政的专业级别，制度规定也允许与前者品秩相换算（如文艺一级相当于行政八级），在专业作家与官员身份之间形成类比，不单取得那种心理体验，也包括实质性享受同等物质条件（就医、配车、安装住宅电话、交通工具乘坐等级及出差食宿规格等等）。作家的官本位意识，还特别被级别系列中某些内嵌导向而强化，例如行政十三级以上称"高干"，看文件、听报告等政治特权唯相应行政级方可等，50年代作家定级时赵树理等人的选择就很说明问题，他们若定文艺级工资本可更高，然却宁愿少拿几十元，去"靠"政治待遇更高的行政级。

09

对"现代"文学收入的传统来源与形式稿费、版税，当代意识形态及文艺政策态度是矛盾或纠结的。一方面,允许其在现实中存在——从当时广泛的收入水平看,且丰厚足以令人侧目,《林海雪原》、《红旗谱》、《青春之歌》等热销小说,收入可至累万,而国家领导人月工资亦不过四五百元,工人一般仅三四十元,因此在五六十年代,有成就的作家确可说已跻身最高收入人群。但另一方面,这种形式的收入,作家虽纳于怀中,却始终没有底气,内心纠结、七上八下。因在革命义理中,货币、金钱、资本(这几个字眼互相沾亲带故)含有"原罪","资本主义"来源于此,剥削、剩余价值因它而生,"资本来到世间,从头到脚,每个毛孔都滴着血和肮脏的东西"。[73] 因此,对于作家为稿费、版税而写作,革命义理怀有天生嫌厌。很早的时候,蒋光慈在左联的公然叛逆,即被解读为版税—金钱腐蚀的结果。

然而,道义上的耻恶并非稿费、版税遭忌的唯一原因,与此同时,还有一个隐秘、不会直接提及的原因,即货币本身的活跃性、自由性,令因之以致厚赀的作家,思想容易产生离心力,从而影响或销蚀党对文学的领导。当然,这问题带有普遍性,不仅仅在文学和作家中才发生。有关金钱能够松懈革命意志乃至使人背叛革命的告诫与宣传,建国后直至改革开放前,一直没有中断。对作家来说,个人生活得之党的赐予、国家俸酬,还是自己卖文售书所得,以及这两者比重孰高孰低,被担心将无形中破坏其归属感。后来,果然发生了刘绍棠的例证。刘作为急速升起的文坛红星,数年间以稿费、版税致富而购置房产,据说他本人也公然提出"为三万元稿费奋斗"。1957年反右,刘被打成右派时,对于他的批判着重渲染了稿费问题。

随之在大跃进中,对稿费的抨击被强烈提诸报端。当时工人喊出口号"我们要红旗,不要钞票",作家张志民遂稍加变化,移植为"要红旗不要稿费",称"对于纯洁我们的创作队伍,对于创作人员的思想建设,都有极大好处,没有半点坏处"。[74]冯德英宣布,把小说《苦菜花》及改编电影所得八千元稿费"全部捐献给山东胶东地区,支援家乡的生产跃进",他解释他做法的原因:"他所以能写出这一部小说,首先归功于党,和家乡人民的英勇斗争。"[75]侯外庐等则认为"高稿费报酬的制度的不合理,在今天伟大的时代,已经成为束缚人们共产主义风格的东西了","是一种资产阶级法权的残余"。[76]

张天翼、周立波、艾芜登报倡议"减低稿费报酬",称稿费可使作家"迷失了方向"。同时,他们正确和客观地指出以当下文学体制,稿费确实可以说是"多余"的:

> 我们估计一下,目前实行减低稿费,对于作家的生活影响不大。中国作家协会及各分会两千会员里面,大多数是业余作家,他们一向靠工资生活,稿费多少,对他们的生活没有丝毫影响。至于专业作家,实在是数目很少。而且专业作家中,有好多人在各省市,都担任有一部分职务,在必要时也可以拿部分工资,生活也不会成问题。总之,担心生活困难与作家叫穷的时代,早已

收 入

一去不复返了。[77]

作家早已是党和国家所养的"国家干部",有职务有工资,稿费多少对于生计并非关键。

《人民日报》一则《美国许多作家收入低微》的报道,也为此佐证。报道说:在美国,"五分之一职业作家稿费收入不够缴房租"、"大多数作家靠做零活或妻子的收入度日":

据美国《工人周报》报道:美国许多作家收入低微,因而不得不依靠做其他临时零工来维持生活。

这家报纸说,在美国所有靠技术专长谋生的职业当中,作家这种职业是属于收入最低者中的一种。

报纸援引美国作家协会对协会会员的调查材料说:在十个作家中就有一个人不能从写作得到任何收入,而且是一连五年得不到一点报酬。在十个作家中只有一个作家的全部收入是靠写书得来的;在三十个剧作家中甚至没有一个能够完全靠写剧本吃饭;而在五十个作家中,能完全依靠给杂志写稿而养活自己的竟不到一人。[78]

此报道的本意,是提醒党领导下的作家,计算收入不能光看稿费一种形式。考虑我们前面所讲郭沫若20年代的情形,应该说,进入延安和新中国成立以来模式之前,中国作家收入状况,确实也像美国那样,单靠稿费许多人"吃不上饭"。换言之,党和国家已付巨资构建文学体制、供养其内的作家,作家对此不应习以为常、安之若素,而要饮水思源。

但终迄于"文革"爆发,对稿费收入的嫌嫌,暂仅止乎舆论,未上升为实际行动。及有"文革",稿费立刻废除。"文革"十年,前五年没有文学创作,自然无从谈稿费;后五年创作恢复,稿费却不见踪影。这一点,笔者恰好有所亲见。其时,家父偶有文章在刊物发表,所得报酬只是一些书籍,其中有一本《马克思与燕妮》,或类似书名,在当时算是印制精良,至今还记得对上面的燕妮像注目颇久,觉得发表作品能换来这么漂亮的书,亦颇值得。

10

其后至今,文学收入在中国,又演为一种或系世间独异的状态。我们未遑察问前"社会主义阵营"的俄国、东欧及越南等是否如此,但知目前的中国文坛,同时存在吃公家饭和自家饭两种作家。亦即,一面是文学已向市场打开,一面是体制内生存仍得维持。后者较三十年前国家的大包大揽,缩水不小,然瘦死的骆驼比马大,依旧极富吸引力,多数想以文学为业者,求之而不能得,真正自甘其外的少之又少。

上世纪80年代,围绕"坚持"与"自由化"曾有反复而激烈的拉锯,最终结果却是互相妥协。"坚持"论尺度有所修正,对"新潮"人物不再拒门外。而后者何尝不如是?"八五新潮"一代,本悉数身在体制外,逮于今日,未入"彀中"者百不及一。考其原因,实不在理念、取向等,唯生存(广义的收入)可解,比如莫言所坦承"吃饱肚子"的问题,生计之有所靠、生老病死之有所托,没有人会敬谢不敏。

近年文学分野那样大,"严肃"与"庸俗"各自判然,人每从道德、精神上有无理想求之,实则却是生存、收入情态使然。吃公家饭的无后顾之忧,同时市场的利益也沾得上,态度当然从容。吃自家饭、完全委身市场者,朝不虑夕,孤魂野鬼,饥不择食,岂能不搜奇媚俗以求一逞?这种"一文两制"收入格局,十分有趣。它其实是百年来文学体制递替的产物,也是一种暂时的调和,不久或将有变,我们从出版的企业化以及事业单位改革动向中,略见端倪。那时,文学免不了又有一番新的面貌。

注　释

[1]　许陈静《家在"高密东北乡"》,《环球人物》2012年10月(上)第27期。
[2]　老舍《著者略历》,《老舍选集》第五卷,四川人民出版社,1986,第20页。
[3]　陈独秀《文学革命论》,《独秀文存》,安徽人民出版社,1987,第98页。
[4]　老舍《我怎样写〈牛天赐传〉》,《老舍文艺论集》,山东大学出版社,1999,第226页。
[5][7][8]　老舍《我怎样写〈骆驼祥子〉》,《老舍文艺论集》,山东大学出版社,1999,第287页,286—287页。

[6] 老舍《樱海集·序》,《樱海集》,人间书屋,1935,第 2 页。

[9] 周建人《鲁迅和周作人》,《新文学史料》,1983 年第 4 期。

[10] 钦文《砖塔胡同》,《新文学史料》,1978 年第 1 期。

[11] 老舍《小型的复活》,《老舍选集》第五卷《散文及其他》,四川人民出版社,1986,第 17 页。

[12] 鲁迅《致章廷谦》,《鲁迅全集》第 12 卷,人民文学出版社,2005,第 99 页。

[13] 鲁迅《鲁迅日记》,《鲁迅全集》第 16 卷,人民文学出版社,2005,第 148、149 页。

[14] 川岛(章廷谦)《致周作人》,《鲁迅研究资料》第 12 辑,天津人民出版社,1983,第 103 页。

[15] 胡风《鲁迅先生》,《新文学史料》1993 年第 1 期。

[16] 同上。

[17] 朱懋澄《劳工新村运动》,《东方杂志》第三十二卷,第一号。转引自严国海《20 世纪二三十年代上海平民住房融资模式初探》,《财经研究》,第 34 卷第 6 期,2008 年 6 月。

[18] 茅盾《我走过的道路》上,人民文学出版社,1981,第 435,439,440 页。

[19] 朱懋澄《改良劳工住宅与社会建设运动》,1935 年 10 月,上海市档案馆藏,Q5-5-1622。转引自严国海《20 世纪二三十年代上海平民住房融资模式初探》,《财经研究》,第 34 卷第 6 期,2008 年 6 月。

[20] 锡金《鲁迅为什么不去日本疗养》,《新文学史料》,1978 年第 1 期。

[21]《鲁迅全集》第 14 卷,人民文学出版社,1980,第 642 页。

[22] 鲁迅《鲁迅日记》,《鲁迅全集》第 16 卷,人民文学出版社,2005,第 52 页。

[23] 脱脱等《金史》卷四十八,中华书局,1975,第 1088 页。

[24][25][26][27][28] 鲁迅《鲁迅日记》,《鲁迅全集》第 16 卷,人民文学出版社,2005,第 68,73,77,280,283 页。

[29] 锡金《鲁迅为什么不去日本疗养》,《新文学史料》,1978 年第 1 期。

[30]《鲁迅全集》第 14 卷,人民文学出版社,1980,第 642 页。

[31] 鲁迅《致许寿裳》,《鲁迅全集》第 12 卷,人民文学出版社,2005,第

287-288 页。

[32] 胡风《鲁迅先生》,《新文学史料》,1993 年第 1 期。

[33][36] 茅盾《我走过的道路》上,人民文学出版社,1981,第 437-444 页,444 页。

[34] 吴腾凰、徐航《蒋光慈退党风波》,《江淮文史》,2002 年第 3 期。

[35] 胡风《鲁迅先生》,《新文学史料》,1993 年第 1 期。

[37] 陈方竞《"文体"的困惑——关于蒋光慈的〈丽莎的哀怨〉的重新评价》,《中国文学研究》,1993 年第 1 期。

[38] 顾广梅《女性成长的另类书写——重读〈丽莎的哀怨〉和〈冲出云围的月亮〉》,《名作欣赏》,2006 年第 8 期。

[39] 桑农《蒋光慈年表》,蒋光慈《丽莎的哀怨》,花城出版社,2009,第 341 页。

[40] 夏衍《懒寻旧梦录》,三联书店,2006,第 138 页。

[41] 《没落的小资产阶级蒋光赤被开除党籍》,《红旗日报》,1930 年 10 月 20 日。转引自吴腾凰、徐航《蒋光慈退党风波》,《江淮文史》,2002 年第 3 期。

[42][43][44][45][46][47][48][50][51][53][54][56][57][59][60] 郭沫若《郭沫若自传》第二卷《学生时代》,《郭沫若全集》文学编第十二卷,人民文学出版社,1992,第 70-71、86、90、94、122-123、79、111、131、168、141、150、142、356、184 页。

[49] 鲁迅《上海文艺之一瞥》,《鲁迅全集》第 4 卷,人民文学出版社,2005,第 302 页。

[52] 《徐志摩全集》第五卷,天津人民出版社,2005,第 285-286 页。

[55] 郭沫若《孤鸿——致成仿吾的一封信》,《郭沫若全集》文学编第十六卷,人民文学出版社,1989,第 7 页。

[58] 郭沫若《三个泛神论者》,《郭沫若全集》文学编第一卷,人民文学出版社,1982,第 73 页。

[61] 毛泽东《七律·登庐山》,《毛主席诗词注解》,北京师范学院中文系编注,1978,第 232 页。

[62] 陶潜《癸卯岁始春怀古田舍二首》,《陶渊明集》,中华书局,1979,第 77 页。

[63] 毛泽东《在延安文艺座谈会上的讲话》,《毛泽东选集》第三卷,人民出版社,1991,第 873 页。

[64] 徐懋庸《徐懋庸回忆录》,人民文学出版社,1982,第 121 页。

[65] 奈尔《"吃"在延安》,《解放日报》,1942 年 3 月 1 日。

[66] 孙国林《延安时期的稿费制度》,《中华读书报》,2007 年 10 月 17 日。

[67][68][71][72] 赵超构《延安一月》,南京新民报馆,民国三十五年,第 74、75、73、76、116 页。

[69] 温济泽《忆中国文化思想研究室》,《延安中央研究院回忆录》,中国社会科学出版社、湖南人民出版社,1984,第 50 页。

[70] 彼得·弗拉基米洛夫《延安日记》,东方出版社,2004,第 47 页。

[73] 马克思《资本论》第一卷,人民出版社,1975,第 829 页。

[74] 张志民《要红旗不要稿费》,《人民日报》,1958 年 10 月 5 日。

[75]《"苦菜花"作者冯德英 捐献全部稿费支援家乡生产》,《人民日报》,1958 年 10 月 5 日。

[76]《拥护降低稿费标准》,《人民日报》,1958 年 10 月 8 日。

[77] 张天翼、周立波、艾芜《我们建议减低稿费报酬》,《人民日报》,1958 年 9 月 29 日。

[78]《美国许多作家收入低微》,《人民日报》,1962 年 5 月 12 日。

宗派

01

现代以来的文学,宗派问题简直得从第一页讲起。

蔡元培之长北京大学,标立"兼容并包",这是都知道的。然考其实际,究竟并未如愿。

之前北大,无疑需要改革。该校"是从京师大学堂'老爷'式学生嬗继下来","初办时所收学生,都是京官,所以学生都被称为老爷,而监督及教员都被称为中堂或大人"。[1]学生身着长袍马褂,"打麻将、捧戏子、逛八大胡同,成为风气"。[2]如此校风,无有不改的道理。

蔡氏述其整顿初衷,含着两点。一、"我素信学术上的派别,是相对的,不是绝对的;所以每一种学科的教员,即使主张不同,若都是'言之所理、持之有故'的,就让他们并存,令学生有自由选择的余地。"[3]二、"学生在学校里面,应以求学为最大目的,不应有何等政治的组织。"[4]两点本都甚好,最后却不能说得到了落实。

彼时中国文化、思想和学术，正当新旧替递的关口，客观上确有一种严重对立的情形。"兼容并包"之想，于理虽正,实行无望，连蔡元培自己也没法超然其外。

1916年12月26日,其北大校长任命发表当日，蔡元培即至前门外某旅馆访陈独秀，请他出掌北大文科。对此，他述其原委："现在听汤君的话，又翻阅了'新青年'，决意聘他。"[5]汤君指汤尔和，他向蔡元培建议"文科学长如未定，可请陈仲甫君"。蔡与陈并不陌生，彼此应算旧相识，曩年在反清活动中曾经共事。因此，比汤尔和提议更重要的，或许是《新青年》这本杂志，那是当时新派思想的一面旗帜。蔡之于陈既稔旧往，眼下，"翻阅了《新青年》"，印象益好，于是"决意"聘他。可以说，无形中蔡元培也流露了思想偏向，对文科学长人选的物色，身姿倾在新派一边。

但这本身无可厚非。人的思想，总会有所偏向，这与"兼容并包"胸襟，本可以不矛盾。蔡元培为人，道貌温言、宽和敦厚，我们认为在他那里，一己之见与"兼容并包"，能够有效地调和。只是以惯常而论，在中国，因鲜明的思想倾向或思想个性而伴随排他性，却是士林一般的风度。

陈独秀便是这样。他个性甚为明快,沈尹默忆他们第一次见面，陈劈头便说："我叫陈仲甫，昨天在刘三家看到你写的诗，诗做得很好，字其俗入骨。"[6]此等气质，好的一面是其直如矢，不够好的一面则所谓"狷隘而不能容"[7]，从日后中共对陈独秀"家长作风"的批判，我们可知一斑。

蔡元培因陈独秀富于新思维而属意于他,对其个性与气质可能却未及深思。既聘其为文科学长,为示尊重及郑重,又将"文学院的人事、行政,一切由陈独秀先生主持,不稍加干涉"[8]。如此简任放权,便于陈独秀做大刀阔斧的改革。后者也确令北大焕然一新,但同时事情也很明显——北大(尤其文科)基本朝着向新派一边倒的方向去了。短短二三年间,北大就从满目长袍马褂、以朽旧著称,一变而为激进思想中心、五四运动策源地,甚至于中共的"母校"。

当初,蔡元培对北大所抱希望是思想多元、学生不问政治。这两点互为表里,目的在于唯以学术为酌核。"兼容并包"的本意,是认在政治的前头和以外,可以有学术的单独存在。主张学生不问政治,也是强调在学校做学生这个阶段,不必执著于特定政治立场,而以求取广博、客观的知识为要;相应地,教师对学生的培育,也不是对他的思想价值观加以固定和限制,以至于损妨了知识的研索。

陈独秀看法是相反的。罗章龙回忆,有句话平素他常挂在嘴边:"人类文明的发源地有二:一是科学研究室,一是监狱。"摆在学者、学生面前的路亦只有两条:"出了研究室,便入监狱"、"出了监狱,便入研究室。"[9]所以对五四运动,蔡、陈态度截然不同。蔡元培说:"当北大学生出发时,我曾力阻他们,他们一定要参与;我因此引咎辞职。"[10]陈独秀则大加鼓动,"'五四'时他一再强调,要采取'直接行动'对中国进行'根本改造'",不光说,也亲自做,

"六月十一日,他亲自带领我们上街散发《市民宣言》"并遭逮捕。[11]

最终来看,北大改革落在实处的,与其说是蔡元培所倡"兼容并包"理念,不如说是陈独秀"出了研究室,便入监狱"的激进姿态。百年来,北大与现当代政治之间紧密的缠绕,颇能验明在这间学校陈氏烙印恐怕多于蔡氏气质。

02

以上渊源略显离题,可是要交代现代文学肇初时的背景,却也省略不得。现在可以来谈正题——陈独秀入北大后,有两件事与本文的关系重要,一是在北大文科大量充实新派人物,一是将《新青年》迁到北京。

倘说思想多元、学生不问政治,是蔡元培北大蓝图互为表里的内容,那么,以新派人物大量充实北大文科与《新青年》迁京,在陈独秀也可谓相辅相成的一体。若非因北大文科学长而被赋予的人事和行政权,陈独秀无从替《新青年》重新打造一个团队;反过来,假如陈独秀手中没有《新青年》这样一个阵地,而只是在北大任文科学长,他也难以形成那种思想凝聚力。

经陈独秀亲手汲引而入北大的,有胡适、刘半农、李大钊、刘文典,稍后还有高一涵、杨昌济(杨开慧之父);周作人亦经鲁迅举荐于蔡元培,得任北大文科教授,再加上以兼职身份在北大教书的钱玄同和鲁迅本人,学生中崭露头角的傅斯年、罗家伦等,一时间,北大文科真是集中了新派人物的翘楚,别处哪有这种气象。

重要的是，因了陈独秀的一身而二任，这不特是北大的人才资源，同时也就是《新青年》的人才资源。职是之故，北大与《新青年》彼此羽翼、互为依托，一道形成精神堡垒，做了全中国新思想、新文化的柄构。

我们这里单讲《新青年》由此而生的变化。其最显明的标识，是《新青年》从开放征稿，悄然变为同人刊物。之前，该刊在相同位置一直登有《投稿简章》，第一条即称："来稿无论或撰或译，皆所欢迎。"[12]此简章，在第四卷第一号突然消失，两期之后则登出这样的《启事》：

本志自第四卷第一号起，投稿章程业已取消，所有撰译，悉由编辑部同人公同担任，不另购稿。[13]

对此，仅仅理解为杂志形成了固定的作者队伍，是不够的。从实际的角度看，这条启事似乎也没有太大的意义，因为我们如果翻阅一下早期的《新青年》（原名《青年杂志》），会发现它的作者基本也是固定的，除了陈独秀自己，主要则不出高一涵、易白沙、陈嘏、李亦民等数人，范围并不广泛。然而，从来稿"皆所欢迎"到"所有撰译，悉由编辑部同人公同担任，不另购稿"，做这样的明示，实在体现出刊物对自身气质的取弃。看见它，会让人觉得如同走到一间俱乐部，于门外即见铭牌，上书："私人会所，非请莫入。"总之，迁京后的《新青年》明确对外封闭了门户，使之仅供思想共同体成员内部交流之用。由此视之,它虽无宗派之名,而有其实。

03

当然,如今的"宗派"这个字眼颇为严厉,以之形容《新青年》亦有过重之感。但那是后来的缘故,其次第变化我们以后再讲。若就本初而言,"宗派"原来也无非是宗旨、意趣和理念上的抱团,加上稍许的门户相轻、排拒——有时是思想、学术的派别竞争,严重些可以成为派别对抗——但既谈不上恶孽,甚至也不具贬义。我们看古时的称宗称派,都不是旁人的泼污之辞,反倒是一种自成体系的标榜。其词义演变路径,与"党"字恰好反向而相映成趣;后者从黑,贬义,《说文》:"党,不鲜也。"[14]《论语》:"吾闻君子不党。"[15]孔颖达注:"相助匿非曰党。"但到现代,"党"这个字即不曰已转褒义,起码贬义是消失了。"宗派"相反,本不是一个坏字眼,愈到现代,愈益不堪,建国后乃至是谴责治罪的名义。

考得再具体些,又如李详《论桐城派》所说:"古云师法,无所谓宗派,有之自宋吕居仁《江西宗派图》始。"[16]这是讲,汉语里"宗派"字眼系出佛教。所以由宋人始谈"宗派",是因佛教输入历一千年后,于此时援佛入儒,儒学深受佛教浸润,梁启超称之为"儒佛结婚的新学派"[17],于是学术也学着宗教的模样言宗言派。宋儒开风气在先,明儒踵继于后,程朱陆王、宗派井然,直到清初官方倒向程朱一边为止。若并不拘泥词语,则宗派的情形或现象,还可追溯到更早。傅斯年即认为,先秦诸子多属"自成一家之言",但儒、墨两家却确可目作"有组织之宗派";儒家以授徒讲学成其宗派式传承,墨家的宗派化更加明显,"墨之组织为最严整,有巨子以传道统,如加特力法皇达喇喇嘛然。"[18]

总之,宋代始正式有"宗派"之名也罢,先秦学术实际早有"宗派"情形也罢,都是从思想抱团和认同的意义上来说,并不是什么罪名。所以,我们若据《新青年》鲜明表现对异见取排他的姿态,而认这个同人的团体带着宗派的意味与色调,也无非指它的立场颇为严明,而并不具有指摘的含义。

04

继《启事》以"同人化"告白天下,第七卷第一号的《本志宣言》,用更清晰的语言作宗派式自张。开宗明义即称:

> 本志具体主张,从来未曾完全发表。社员各人持论,也往往不能尽同。读者诸君或不免怀疑,社会上颇因此发生误会。现当第七卷开始,敢将全体社员的公共意见,明白宣布。就是后来加入的社员,也公同担负此次宣言的责任。[19]

概言之,内中透露如下数点:一、杂志内部原已就"主张"达有一致,唯未对外公开而已;二、现在予以公开,有约束"社员"言论使之与杂志"主张"保持一致,同时泯除外界猜误的两重动机;三、这些"主张",对于凡加入《新青年》同人行列者,带有强制性,不仅既有成员,以后凡愿意加入者,即等同自动担负遵奉的责任。

"主张"涉及政治立场、历史观、社会价值取向、青年人格与道德、思维方式、女性地位……内容失诸庞杂,未能加以精当的归纳,显出新思想萌芽期特有的稚浅,但包罗万象,涵盖了整个精神生活各方面。所有这些,居然都试图给予统一规约,令"社员"一体悉遵,足见《新青年》绝非普通的编辑出版组织,而如同明末"复社"之类,是一个思想立场与边界严明的"有组织之宗派"。对此,宣言公然祖示将"森严我们的壁垒","我们理当大胆宣传我们的主张,出于决断的态度;不取乡愿的,紊乱是非的,助长惰性的,阻碍进化的,没有自己立脚地的调和论调"。[20]

《新青年》之壮大,可视为一个思想宗派的壮大;《新青年》整个的自身演变史,何尝不是宗派特征不断增强、臻乎极致的演变史?关于其分期,傅斯年说:

《新青年》可以分作三个时期看,一是自一九一五年九月创刊至一九一七年夏,这时候是他(陈独秀)独力编著的,二是自一九一七年夏至一九二〇年年初,这是他与当时主张改革中国一切的几个同志,特别是在北京大学的几个同志共办的……三是自民国十年初算起,这个刊物变成了共产主义的正式宣传刊物,北大的若干人,如胡适之先生等便和这个刊物脱离了关系。[21]

这三个时期,大致也分别对应着对外公开征稿的时期、少数同人闭门办刊的时期和作为特定政治思想、主义乃至政党宣传刊物的时期,其摈绝异己的迹象是一点一点增强了,其杂糅或兼容的面貌则一点一点减少了,终至于一种"纯"的状态。

第六卷第一号陈独秀文《〈新青年〉罪案之答辩书》,明示《新青年》丝毫不惮于排世忤物的责难。谈到杂志的树敌之多,他有"八面非难"一词,然而他不觉得是沮抑困阨,反而欣然受之:"这几条罪案,本社同人当然直认不讳……要拥护那德先生,便不得不反对孔教、礼法、贞节、旧伦理、旧政治。要拥护那赛先生,便不得不反对旧艺术、旧宗教。要拥护德先生又要拥护赛先生,便不得不反对国粹和旧文学。"[22] 几句"不得不",将"本社同人"誓欲一意孤行,表至极彰。

但那对于杂糅或兼容的弃舍,更深入的表现,反而是在"本社同人"的内部。《新青年》向其终末状态之渐进,有诸多信号,例如第五卷第五号上李大钊的名文《庶民的胜利》、第六卷第五号出版"马克思主义研究专号"、第七卷第六号出版"劳动节专号"等。衍至1920年,有关政治问题的分歧,终于也如《本志宣言》对外宣称的不取"调和"那样,在同人之间变得不可调和起来。是年末,对于过分倾向社会主义的反弹,在部分同人中已颇激昂,矛盾趋于表面。此可借陈独秀、胡适往还书信窥知。陈信云:

> 《新青年》色彩过于鲜明,弟近亦不以为然,陈望道君亦主

能稍改内容，以后仍以趋重哲学文学为是，但如此办法，非北京同人多做文章不可，近几册内容稍稍与前不同，京中同人来文太少，也是一个重大的原因。[23]

胡适复以：

《新青年》色彩过于鲜明，兄言"近亦不以为然"，但此是已成之事实，今虽有意冲淡，似亦非易事，北京同人抹淡的工夫决赶不上上海同人染浓的手段之神速。[24]

他对"弟近亦不以为然"表示"不以为然"。在陈独秀，此语当系出于团结目的而说，但他主持刊物的实际倾向，在胡适看来恰是"过于鲜明"的。陈独秀出于弥缝的心情，将色彩的"过于鲜明"引到"北京同人"写稿不积极上，而玩味两信，北京同人的写稿不积极，未尝不缘于之前"色彩"已"过于鲜明"。

《新青年》终至于此，是迁京以来办刊路径的逻辑结果。早在部分同人开始感受到"色彩过于鲜明"以前，被摈于其外的人就先期感受过了。整个《新青年》的历史，就是这个"过于鲜明"逐渐积累以及愈益精细的过程——弃公开征稿改同人刊物，是对"新派"、"旧派"从欠鲜明到鲜明；之后，则在"新派"内部发生是否进一步"鲜明"的分化，从陈、胡通信看，就是"以趋重哲学文学"为是呢，还是突破思想、学术边界而向政治层面挺进；最后因为不可"调知",以胡适等退出、《新青年》跟随其创始人陈独秀的政治实践转为中共党刊而具结。这就是《新青年》的"三阶段两转刊",一转为同人刊物、再转为政党刊物;两次转刊,内容自然各异,考其因果实则一也——都是在摈排其余、标立一说的逻辑下,走到了这一步。

《新青年》乃我们现代文学之母,而这位母亲音容之间,宗派的影迹已挥之不去。这样的开端,就像签筒里抽得一签,展开一看,上面便写着那样两个字,注定与它不脱干系。

05

这究竟算不算一种宿命,我们续看下文。

对现代文学,谈其媒体须从《新青年》讲起,谈其作家则鲁迅为始。而这二者的关系,何尝不互相羽翼?鲁迅现代文学开山祖地位要拜《新青年》所赐,《新青年》所建文学实绩可也多赖鲁迅的小说。鲁迅在《新青年》发表了第一篇"现代白话"小说《狂人日记》,之后有《孔乙己》和《药》,此外还充当它的编委[25]。但这并非鲁迅与《新青年》之间全部的关系,二者除了如所皆知的联系,还另有一番神奇的耦合,即与《新青年》编辑部相似,环绕着鲁迅,也充满了各色宗派的或带宗派意味的纠缠。这种纠缠,从鲁迅成为新文学重镇始,至他辞世,简直没有中断过。

了解鲁迅一生怎样无休止打着笔仗,简易的办法是读一本叫做《恩怨录——鲁迅和他的论敌文选》的书。它既把鲁迅历来唇枪舌剑之作聚拢到一块儿，还收录了与之反唇相讥的人的文章，而比较难得的是后者。自鲁迅做了现代中国的"圣人"，我们基本只能看到他如何"痛打落水狗"、戳穿"'丧家的''资本家的乏走狗'的嘴脸"，那些反过来骂他的话，多因不敬之忌而避提，偶有引述，亦摘摘拣拣，兼以载有原文的旧报章年湮时远，寻之不易，欲通览此中情形颇为难得，《恩怨录》编出，这缺憾总算弥补。

大部分讼争，是鲁迅做"投枪和匕首"的个人表演，对方只及招架和哀叹。如陈源（西滢）怨道，鲁迅搦着一管"刑名师爷"的笔，"一下笔就想构陷人家的罪状。他不是减，就是加，不是断章取义，便捏造些事实。"[26] 他们口舌中，涉及李四光任京师图书馆副馆长的工资问题。陈源说，工资明明只有二百五十元，经鲁迅之口却成了"至少五六百元"——以此来证鲁迅擅长"构陷"之不虚。李四光因事涉于己，也登报声明，说馆方为副馆长月薪设定五百元，而他只愿领其半，另一半充公为馆内购书之用。[27] 自然是呼应陈源，证实五百元之数的不确。鲁迅见了这声明，但云："别一张《晨副》上又有本人的声明，话也差不多，不过说月薪确有五百元，只是他'只拿了二百五十元'，其余的'捐予图书馆购买某种书籍'了。"[28] 在我们旁观者看，论事实，鲁迅着实冤枉了李四光，但他不动声色，以区区"确有"二字，就仍然摆脱了"捏造事实"的指控。

许多时候，论敌由于自身不及鲁迅精细，同时还偏偏低估了鲁迅的精细，故笔墨较量起来，理未必输，每输在字缝里。然而，假使论敌并不咬文嚼字、循理来论，鲁迅的老辣也可以失去用武之地。

这类论敌，如鲁迅后来总结的，善于"拉大旗作虎皮"。宋儒明儒有"理""气"之论，套在这些人身上，大抵却只论一口"气"而不在乎什么"理"。他们满嘴伟岸辞藻，发为滔滔洪流铺卷一切。次而又从不屑于什么费厄泼赖，每取"群殴"战法，乱拳打死老师傅。

这种事，1926年鲁迅遇到过一回，即得罪狂飙社高长虹、常燕生、向培良诸人。那是鲁迅平生第一次遭"痛斥"，此前从来是对别人如此，狂飙社几位何以能居高临下反夺上位呢？说起来，原因竟只是他们"年轻"罢了。比如常燕生就嘲笑说："鲁迅已经是个四五十岁的老人，与他同时代的老人甚至时代稍后的中年人都已成为全然落伍的遗老遗少……"[29] 老则可羞、丑陋，年轻便傲人乃至等同正确。这确系当时可以摆上台面的舆论，其所依傍则乃"新""旧"二字——青年较近于"新"，而老人大抵难脱"旧"和"落伍"，故年长庶几有罪。不幸，鲁迅自己曾经认同这道理，以为希望总在于青年。经过了这样的教训，他于进化论的逻辑，也不能不动摇起来。

06

不过，狂飙社固然孟浪，较诸一年后"革命作家"们又不算什么。后者加于鲁迅的批判，辞气之横、神情之酷，比"文革"口诛笔伐的大字报，也不遑稍让。李初梨笑他是"中国的堂·吉诃德"，并且"老态龙钟"，并且"是一个战战兢兢的恐怖病者"。[30]成仿吾赞同李初梨而又发明了"堂鲁迅"的尊号来挖苦，指斥鲁迅"暴露了自己的朦胧与无知，暴露了知识阶级的厚颜，暴露了人道主义的丑恶"[31]。钱杏邨（阿英）宣告"我们不仅认定阿Q时代的死去"，而且认定鲁迅"他自己也已死去"[32]，复于另文告诫鲁迅宜"幡然悔悟"，"果真再不觉悟，鲁迅也只有'没落'到底"。[33]

最让人错愕的，要数创造社掌门郭沫若。他做了两项裁定。一是将鲁迅判为"文艺战上的封建余孽"，成仿吾好歹不否认鲁迅达到了"人道主义"水准，到郭沫若这儿，鲁迅却"连资产阶级的意识形态都不曾确实的把握"，所以"以前说鲁迅是新旧过渡期的游移分子，说他是人道主义者，这是完全错了"——至于"根本不了解辩证法的唯物论"，那是更不必说的。鲁迅思想觉悟，被他瞬间连贬几级。而其第二项裁决，至今让人摸不着头脑："他是一位不得志的 Fascist（法西斯谛）！"[34]我们素知"法西斯"指向墨索里尼、希特勒、东条英机等专暴之辈，未解鲁迅缘何与之挂钩？或许郭沫若自有其特殊用法，或许也只如"文革"的打棍子、扣帽子，本不在乎有何道理。

"革命作家"睥睨更甚，自有理由。他们除了仍有"年轻"资本，还自认已握有当世最先进思想武器马列主义。这就足令他们傲视寰宇，而将不掌握这思想的人，都视如草芥。蒋光慈谈到鲁迅对"革命作家"围攻胆敢有所回敬，就不胜惊诧地说："他由攻击革命文学的提倡者而攻击及革命文学,由攻击革命文学再攻击及革命的本身……这样大的年纪,现在居然失了理性!"[35]

且不说鲁迅可曾"攻击及"革命文学或革命本身,即曰如此,也不见得"失了理性"。以为"革命"名义可以盖过一切,是万事定于一端的逻辑。1933年,瞿秋白编《鲁迅杂感选集》,为之序,言及"创造社等类的文学家"对鲁迅的歇斯底里,虽称之"至少,这里都表现着文人的小集团主义",然于其缘由则只认为"大半扭缠着私人的态度,年纪,气量以至酒量的问题。"[36]这以性情为由的解释,并不如何透彻。

我们看见,从《新青年》"不得不""森严我们的壁垒"以反对"国粹和旧文学",到十年后当时闯将之一鲁迅被作为"封建余孽"来反对,当中分明有"茫茫九派流中国,沉沉一线穿南北"的意味。要之,不论何门何派,思维方式却"一"以贯之。那就如彭康批鲁所用字眼:"'除掉'鲁迅的'除掉'"[37]——对于思想和文化问题,抱着"除掉"心态,而不认为可以各取一席之地。

思想纷争未足为奇,"文人相轻,自古而然",但现代中国于其思想变革,却似乎不知道宜以自由竞争致之,把选择权留给实践。次而也不知道,思维方式的"现代",比思想内容的"现代"更加重要。

话题回到鲁迅——考究一下,鲁迅后虽被恭奉为左派文学的首领,但他与这种文学的关系,其实是从遭受宗派情绪的排斥肇始的。那阵子,党史上有一个词,叫"关门主义"。创造、太阳两社"革命作家"们对鲁迅所执行的,可以说是文坛的"关门主义"。

先前《新青年》取消公开征稿，大概也有"关门主义"之冲动，只是到"革命作家"这儿，我们发现门是越关越小、越关越死了，连最小的缝隙也被紧掩。"革命作家"倘对胡适之、徐志摩、林语堂、梁实秋乃至沈从文辈搞其"关门主义"，还则罢了，怎么连鲁迅也搞在其内，岂不太过偏执极端者乎？冯乃超晚年懊悔地承认了："我关心创造社的人，反对非创造社的人，流露了浓厚的文人小集团主义"，"出于宗派的情绪，我们这些人就情绪激昂地加以围攻。"可在当时，他们的悔意并不发乎自觉。这股"关门主义"戛然而止，是经过上级组织和领导指示，奉令行事。1929年，党中央责令两社诸党员作家改变对鲁迅的态度，"与他在一起作战"[38]。这样，就诞生出来一个左联，请鲁迅做盟主。

07

建立左联，包含中共对于领导文艺的诸多深远考虑；克服宗派情绪、汇合文学上所有左派力量为革命服务，是题旨之一。而在鲁迅，出于信仰以及实际的原因，也与前不久还猛攻他的一干"革命作家"涣若冰释，接受成为他们的领袖。

一时，团结达成了，可问题之源犹在，所以问题终究也只是换了方式来演绎罢了。

如其名称"左翼作家联盟"所示，左联原本就是以政治划界的组织。茅盾甚至说："'左联'说它是文学团体，不如说更像个政党。"[39] 这个评论主要是针对左联一度甚至抛弃文学只搞街头政治而发，但也可以看作对左联根性的描述。它绝不是寻求和鼓励文学上开放、独立、自我、个性探索的文学团体，而是有着很强集团意识、门禁思想、严内外之防的准地下组织。这些都是左联与生俱来的特色，它的存在与行为，不能不打上这样的烙印。

然而左联最可称奇之处，并不在于对外严其内外之防，而在即其阵营内部，也另有藩篱和壁垒。这一点，以往研究者注意不够，夏衍讲得甚是清楚：

"左联"在党内有党团书记、党小组，但它毕竟还是一个群众团体，因此它的执委会还设有一个实际办事的行政书记。"左联"党团书记最早是冯乃超，冯调武汉后，雪峰暂时兼了一段时期，就由阳翰笙担任，阳翰笙任"文总"书记后，1932年底由周扬任"左联"党团书记，直到1936年"左联"解散为止。至于行政书记，则是经常轮换的，非党盟员也可以当。我记得除党员阳翰笙、钱杏邨、丁玲外，胡风也当过。[40]

此即"党"与"非党"之别。左联日后宗派阴影那么浓重，历来作人际关系、个人恩怨解释，"文革"时甚至歪曲成"四条汉子"存心与鲁迅过不去，真所谓本末倒置也。鲁迅与左联领导层间的芥蒂，固掺杂了人为因素，根由却是"党"与"非党"这条线的存在。茅盾论此有言，鲁迅"毕竟不是党员，是'统战对象'"，左联中的党员对他"尊敬有余,服从则不足"。[41] 这才是鲁迅与左联关系中的深层问题。

对此,左联后期任行政书记、代表周扬出面打交道而得罪鲁迅的徐懋庸,就"两个口号"论争和解散左联时他的"站队"选择所做解释,颇实事求是:

> 鲁迅不是党员,而周扬却是的。因此,我要跟党走,总得基本上相信周扬他们听说的。[42]

当时徐懋庸尽管还不是党员,但也完全懂得,鲁迅虽曰盟主与领袖,左联的领导核心与权力的正确归属,应该是党团组织。

具体讲,依据组织原则,在重要事情及决策上鲁迅只好被"有别"地对待,而摈落在外。今天,我们对凡事内外有别、先党内后党外的次序,普遍拥有常识,但在鲁迅当日,他恐怕既不够清楚,也难以适应:

> 集团要解散,我是听到了的,此后即无下文,亦无通知,似乎守着秘密。这也有必要。……这并不是很小的关系,我确是一无所闻。[43]

集团即左联,它将要解散这样一件大事,鲁迅身为盟主却未预其闻,而是在决定形成后才"被告知"。且从鲁迅一些文字可知,如此这般"守着秘密"已非朝夕,他早有不快,牢骚屡露,比如私下常以"我们的元帅"[44]代称周扬,既刺周的权势,也讽自己枉担虚名。然而居间我们却得说句公道话:周扬之于鲁迅的怨怼,实则亦唯苦笑而已。那个"元帅",既非周扬攘夺所致,更非他玩什么挟天子以令诸侯的术策。越过鲁迅定夺诸事,抑或"守着秘密"之类,皆非他与党内其他负责同志擅自、故意或出于一己私利以鲁迅为"防"。他们不过是照组织原则行事而已。

所以,误会或恩怨实际是时代造成的。后来人们喜欢假设鲁迅活到"当代"会如何,在我看来其中也可以包括设若鲁迅活得久些,他对周扬等所为虽未必释怀,却至少可以恍然知其缘由。可惜他在世时,对"组织"二字精髓,不能有我们今天的认识,故于周扬等的吐握之劳,不觉得正常,而以为是僭越。在此感受下,他越来越多地谈论奴隶和奴隶主的话题,自比前者。如:"有些手执皮鞭,乱打苦工的背脊,自以为在革命的大人物,我深恶之"[45],"我憎恶那些拿了鞭子,专门鞭扑别人的人们"。[46]"摆出奴隶总管的架子,以鸣鞭为唯一的绩"[47]。

我们确实认为,问题根源不在个人恩怨。然从鲁迅角度,他若罣碍难释,也很可理解。毕竟,说是"同一营垒",却又一"内"一"外"地隔着,貌合神离。况且我们知道鲁迅最憎"捣鬼",曾说"捣鬼有术,也有效,然而有限,所以以此成大事者,古来无有"。[48]周扬等以藏头露尾的方式待他,似乎正是"捣鬼有术"的样子。这心情积攒几年,终让鲁迅怄了一生最大一场气。

08

话说1935年,德日蠢蠢欲动,战争迹象益形滋彰。社会主义苏联或双面受敌之阴影,于其领袖斯大林心头挥之不去。假使中国能够暂缓内乱、全力抗日,则无疑替苏联解其一大忧。果不其然,翌年"西安事变"发生,斯大林力促和平解决,让你死我活厮杀了十年的国共两党化干戈为玉帛,二度合作。此一变局,虽要到1936年"双十二"之后方尘埃落定,然其酝酿及演进,却早有先声。

这先声,便是1935年8月1日中共《八一宣言》。时与中央失去联络、孤悬于"白色恐怖"之上海的"文委",意外从一份法国报纸上见到它。"这个宣言第一次以党中央名义提出了:停止内战、共同抗日救国、组织国防政府和抗日救国军等政治口号",夏衍记曰,"文委"诸人视为"和党中央失去联系之后第一次得到的中央的指示",故极重视。况又再获进一步的印证:"这之后不久,我们又从南京路惠罗公司后面的一家外国书店里买到了一份9月份的第三国际机关报《国际通讯》(英文版),这上面登载了季米特洛夫在共产国际7月25日至8月20日举行的第七次代表大会上所作的长篇政治报告,其主要内容是根据当时的国际形势,提出了在资本主义国家建立工人阶级反法西斯的统一战线,和在殖民地、半殖民地国家建立反帝国主义侵略的民族统一战线的方针。"

夏衍说,两份文件"文委"曾"一遍又一遍"学习,并分别

宗派

向包括左联在内的各单位党员传达；又说，"特别是组建国防政府和建立抗日联军这两个问题"对他们"思想上是一个很大的转变"；还说，整个过程的安排是，"先在党内讨论，取得一致意见后再向党外传达"。

宜格外注意两点。一是"国防"字眼直接取得《八一宣言》，一是"党内一致"与"党外传达"，即决策在"党内"，"党外"（包括鲁迅）仅为传达对象。

又过两月，11月中旬，周扬向"文委"诸人出示萧三写自莫斯科的一封信，"萧三是'左联'驻苏代表"，信中明确"要求'解散左联'"。该信写于8月11日，"也就是共产国际第七次大会闭幕之后，也就是《八一宣言》发出之后不久"。周扬等断定，"这不是萧三个人的意见，而是中共驻共产国际代表团对'左联'的指示。"[49]

《八一宣言》、季米特洛夫报告、萧三信，三令箭旋至，周扬等疑无可疑，遂做出决定：提出"国防文学"、解散左联（以重新组建统一战线的文艺组织）。

轩然大波随之触发。

其后垂今，围绕这桩公案，有无数的辩驳与研讨，然若干关节始终未见点出，我姑为大家指其两点。一是本案共含两事，即"两个口号"论争与左联的解散，多年来围绕前者聚讼不已却普遍忽视后者，可谓知其然不知其所以然——此二事，口号论争其表、左联解散其里，后者才是要害所在。二是必须留意，意见冲突中，两派分界极分明,一边党内,一边党外——鲁迅这边人物,全部是非党[50]。

欲将本案觑得实在,这两点得吃透。

09

为方便读者,省却翻材料之苦,我们以最简的撮述交代一下时间概念:1935 年 11 月,周扬等读到萧三来信,讨论后形成了一些决定。12 月底,夏衍约见茅盾,托他将情形转告鲁迅。翌年 2 月,"国防文学"提出,同时做解散左联和成立新的文艺协会的准备。又过了四个月,6 月 1 日,胡风发表《人民大众向文学要求什么》,抛出与"国防文学"作对的"民族革命战争的大众文学"口号,这恰当左联替代物"中国文艺家协会"成立前夕(6 月 7 日在上海成立)。8 月,《作家》杂志突然发表鲁迅答徐懋庸公开信,宣布:"前者这口号不是胡风提出的,胡风做过一篇文章是事实,但那是我请他做的"[51],众论哗然,事态遂达高潮。

可见,事情是个超长过程,演进了八个月以上,有明争,也有暗斗,貌似消歇之时却是在蓄势。故而它断非一场论争那样简单,仅以言语笔墨范围为限。

还要提到一个不可省略的情节——萧三那封信,其实是由鲁迅转给周扬的。换言之,信内观点和解散左联的指令,鲁迅不特率先了解,且完全知其来历[52]。又进而言之,后来(主要是"四人帮")将事情说成鲁迅与周扬的对撼,或周扬等少数人的反鲁迅行为,完全乖乎事实,他们所以掩盖真相,既是借以揪"十七年文艺黑线",也因为后来历史有难言之隐,需要打马虎眼。

真相如何?真相是:左联党组织依其职守和纪律,服从和执行上级指示,而以鲁迅为首的党外人士不欲如此行事,双方遂起冲突;冲突导火索是口号及解散左联之争,底蕴则为左联有一虚一实的双重领导关系,滞窒久之,至此乘隙而发。

就事论事,哪一方都没有错。自文艺置于党绝对领导下来讲,乃至该说周扬等更"正确"。但历史又生出了别的枝蔓。延安时期,鲁迅经过毛泽东评价,开始享祀革命文学之圣,往后恩荣益隆,与他相关的各种是非,真正原委都不便理论。其次,这段历史以后还牵入路线斗争内容,"国防文学"系据《八一宣言》提出,"文革"间遂染累于王明路线。总之积时累日,里头交织了各种彼此掣肘的内容,即"文革"以后,诸当事人也只能欲说还休(如夏衍、茅盾、徐懋庸等的回忆录),主角周扬更是谨慎持重,他刚到延安时还曾对毛泽东诉其"委屈"(参徐庆全《周扬与冯雪峰》),晚年反而只作四平八稳之谈(见赵浩生访问记),确有历史语境过于复杂的原因。

于今而言,欲返抵于1936年语境,唯有去读徐懋庸当时写给鲁迅的那封信。此信,今人但知其曾激怒鲁迅,其实那并非它的历史价值。历时约八十年之后,它于我们最足珍异之处,乃是可以还原当时语境下——尤其1940年《新民主主义论》以八个"最"、四个"伟大"谈论鲁迅之前——左联党组织以何观点及字眼看待鲁迅。所谓白纸黑字,最足凭信。关于此信,尽管夏衍称为对徐懋庸"劝说无效"[53]之个人行为,但那只表示组织曾阻止写这封信,不表示信中所谈为徐懋庸个人观点。事实上,徐懋庸的角色主要就是在左联党组织与鲁迅之间充当联络人,传递信息,故其所谈,既不宜视为亦断非个人之见。

信中具实质性的,是如下一段:

> 在目前,我总觉得先生最近半年来的言行,是无意地助长着恶劣的倾向的。以胡风的性情之诈,以黄源的行为之谄,先生都没有细察,永远被他们据为私有,眩惑群众,若偶像然,于是从他们的野心出发的分离运动,遂一发而不可收拾矣。胡风他们的行动,显然是出于私心的,极端的宗派运动,他们的理论,前后矛盾,错误百出……[54]

信写于1936年8月1日,故这里"半年来"即1936年2月份之后。而我们知道,那正是提出"国防文学"、着手解散左联、准备成立新的文艺协会的重要时刻。信称,鲁迅这一段时间,一直"助长着恶劣的倾向",这是一个带着总体性的评价,无论如何不可能为徐懋庸个人所应有、所能有,其中透露了"组织"的舆论,毋庸置疑——虽然字眼、表述未必原模原样,意思却总是这意思。

"据为私有"、"偶像"等,盖亦类此。其中,"私"字出现了两次。

我们知道，无产阶级政治话语中，"私"指个人利益，与阶级或党的利益相拂逆。"偶像"所含针对性尤其清楚，批评鲁迅突出甚至崇拜个人，而凌乎组织之上。而更严重的指责，是"分离运动"、"宗派运动"——遭受"分离"的，自然是左联，"宗派"也无疑是指鲁迅在左联中搞个人山头。

双方有争，一方即以"宗派"相呵责，有此反应的，总是主导者一方，因为预存了以我为主的意识，遇不同意见便有被冒犯之感。左联本是由党建立、由党领导、为党利益服务的文学团体，领导核心当然是党组织。周扬等心中有此意识，故他们对于不接受领导、不服从决定的情形，立刻视为搞分离、闹宗派，是很自然的。

10

然而，鲁迅的回击也如出一辙："白天里讲些冠冕堂皇的话，暗夜里进行一些离间、挑拨、分裂的勾当的，不就正是这些人么？"[55]几个词的意思，与"宗派"分毫不爽。其中，"这些人"的概念值得玩味。它本身的范围颇为明了，当然是站在徐懋庸身后的"文委"诸人。有趣的是，谁不在"这些人"之内？碰巧，鲁迅前头列了几个名字："但我有一个要求：希望巴金、黄源、胡风诸先生不要学徐懋庸的样。"他们都是徐懋庸信中的批评对象，稍微注意一下，会发现当时其中无一是党员（黄源入党是在以后）。这大抵不是巧合。徐懋庸作为"要跟党走"的群众，都不会站在鲁迅一边；倘已在党，以党员的身份更不可能不去执行左联党组织的决定。

但当我们找到这条线索,以为获得某种含义,它又马上被打破了。依照常理,党员觉悟和立场总比党外更革命,可是眼下看上去,好像颠倒过来。徐懋庸信中说:"我很知道先生的本意。先生是唯恐参加统一战绩的左翼战友,放弃原本的立场,而看到胡风们的样子上尚左得可爱,所以赞同了他们的。"[56] 这又怎么回事呢?长话短说,鲁迅就"国防文学"及解散左联提出的反对理由是:这将破坏和断送无产阶级革命文学——"同资产阶级作家去讲统一战线,弄得不好,不但不能把他们统过来,反而会被他们统去"。[57] 他使用了"溃散"一词,意思其实是投降,认为周扬他们正在将革命文学领导权拱手相让。

所以,徐懋庸有"左得可爱"的评论。

但人们在公开信所见,与徐懋庸和鲁迅私下交谈时听到的不同。这里,鲁迅做出完全不同的表态:"中国目前的革命的政党(实即指中共)向全国人民所提出的抗日统一战线的政策,我是看见的,我是拥护的,我无条件地加入这战线,那理由就因为我不但是一个作家,而且是一个中国人,所以这政策在我是认为正常正确的。"[58]

事情看起来扑朔迷离。是徐懋庸杜撰、捏造了鲁迅的话,还是鲁迅出尔反尔?前一疑问当可排除,因为鲁迅曾经或私下的态度,非止徐懋庸一例孤证,其他当事人的记述也颇能验合。就此而言,鲁迅口风之变,确有其事。问题在于,这种变是针对统一战线,还是另有文章?答案是后者。"我无条件地加入这战线",的确将鲁迅对统一战线的态度完全澄清,而所以做此澄清,却因之前他确有"不加入"之举。

6月7日,解散左联后新建的中国文艺家协会宣告成立,6月10日《光明》创刊号登出其《宣言》、《简章》和《会员名录》,一百多人名单中没有鲁迅的名字。此前为争取鲁迅加入,周扬、茅盾都曾设法做工作,茅盾甚至请鲁迅所信任的冯雪峰代为说项,"冯雪峰送我走到街上,边走边告诉我,劝鲁迅加入文艺家协会的事没有成功,他不愿意。"[59]该协会正是统一战线的产物,鲁迅身为左联领袖拒绝加入,外界即解读为他对统一战线的态度,连托派也做出这反应,"他们认为有机可乘,给鲁迅送来了'拉拢'的信"[60]。这就是为何鲁迅要用"无条件"的强烈语气,澄清他对统一战线的立场——而这无异于挑明,他所"不加入"的,实际上只是那个协会或"周扬一伙"。

据此,我们便有把握做个明断:整个事情的底细,与口号、主张无关,完全在人事方面。简而言之,鲁迅绝不愿与"这些人"再有任何合作,凡是他们所主导的事情,概不加入。

原因也极简单,即公开信屡次三番痛陈的"宗派主义"。如:"在理论上,如《文学界》创刊号上所发表的关于'联合问题'和'国防文学'的文章,是基本上宗派主义的"、"这实在是出色的宗派主义的理论"、"我提议'文艺家协会'应该克服它的理论上与行动上的宗派主义与行帮现象"、"徐懋庸之流的宗派主义"、"我真料不到他们会宗派到这样的地步"[61]……集中见于这一段:

> 我那时实在有点怀疑那些自称"指导家"以及徐懋庸式的青年，因为据我的经验，那种表面上扮着"革命"的面孔，而轻易诬陷别人为"内奸"，为"反革命"，为"托派"，以至为"汉奸"者，大半不是正路人；因为他们巧妙地格杀革命的民族的力量，不顾革命的大众的利益，而只借革命以营私，老实说，我甚至怀疑过他们是否系敌人所派遣。我想，我不如暂避无益于人的危险，暂不听他们指挥罢。[62]

里面有争夺革命伦理高点的词句，可以理解，而关键词其实是"指导家"、"指挥"这些字眼，它们呈现着鲁迅内心的伤痕。数年来，这样的高高在上的"指导家"和颐指气使的"指挥"，甚至使他有奴隶主之于奴隶的联想，那是他最不堪忍受的，多年前他曾说"中国人向来就没有争到过'人'的价格，至多不过是奴隶"[63]，不料，这竟也是左联给他的感受。

据茅盾讲，鲁迅向他表示不赞成解散左联时说："文艺家的统一战线组织要有人领导……解散了'左联'，这个统一战线就没有了核心"。茅盾将此转告夏衍，"夏衍极力辩解，他说不会没有核心的，我们这些人都在新组织里边，这就是核心"。[64]夏衍的道理一目了然：解散左联，何谈失去核心？由党组建的统一战线新协会，领导权当然在党手里。不过夏衍显然没有听懂鲁迅的意思，尤其他还以"我们……就是核心"来辩称时。

但茅盾是懂的。对鲁迅决意与"指导家"们分道扬镳，他在回忆录中其实点到了真相，只不过出于某些顾忌，用了微言大义、杂花生树的写法。茅盾"大革命"后脱党，回国后加入左联，在左联意态亦颇萧索，感受与非党盟员不乏共鸣。如云："在'左联'内部的宗派主义，闹不团结，'唯我最正确'，'非我族类，群起而诛之'的现象，以及把'左联'办成个政党的做法，依旧存在。""他（鲁迅）认为'左联'的宗派主义、关门主义是严重的，'他们实际上把我也关在门外了'"。[65] 何谓"族类"，何谓"办成个政党"，鲁迅又被关在什么"门"外？没有明说，但只要懂得左联的工作原理，不难了悉。

11

真正说破真相的，是郭沫若。

郭氏时在日本，经人知会了国内文坛动向，于是写文表态，文即《蒐苗的检阅》。文章写得讲究，上来就引周代的典故；"一年四季里也都是有军事上的操练的……全国的壮丁都要受召集……春天的叫着蒐，夏天的叫着苗……"随即话头一转："待我最近读到了鲁迅先生的一篇文章（即公开信），我才一旦豁然，原来鲁迅先生是在调遣着我们作模拟战，他似乎是有意来检阅我们自己的军实的。"[66]

故而"蒐苗的检阅"，意思很清楚：论争双边如"蒐"如"苗"，鲁迅则是那检阅者。讲得再直白一点，他是说，这场文坛的"内战"

根本是鲁迅一手调遣起来,以验一验自己的文坛领袖地位。

"内战",是他的原词:"因此,在我的眼前所摆出来的情势就俨然是'文艺家的内战'……有好些朋友也向着我吐露出悲观的口吻说'家丑外扬',又有人在说'使仇方称快'。自然,我们大家都觉得这一次的纠纷是真正的严烈的'内战'了。"

《蒐苗的检阅》以劝架姿势介入,然而拉了偏架。虽然写法颇费思量,对鲁迅以捧为主,但通篇弹鲁之意不但明显,且比比皆是。如"中国人凡是稍微有点头脑的……都觉得非崛起联合","不意在文学界的一隅却起了一种类似离析战线的纠纷","'民族革命战争的大众文学'这口号之提出,在手续上说既有点不备,而在意识上也有些朦胧","这个新的口号真真是巧妙……根本就不'大众化',拿我自己来说,我为要记忆这十一个字,我实在费了相当的努力(这或者也怕是我自己太低能的原故)","我觉得鲁迅先生的理论是不大妥当","读了那篇文章的朋友,尤其年青的朋友都很愤慨",等等。

置其倾向和情绪不论,有一点郭沫若看得真准:这场公案的内核,是权力诉求。

无论如何,左翼文坛这场各方均以"宗派主义"互指的混战,无有胜利者。鲁迅的健康虽未必可以说从中受到了沉重的损害,但他仅隔一二个月即病殁却是事实。而他身后,那些活着的人,在以后三四十年甚至更长时间里,差不多个个因本案埋下的伏笔,恩怨难泯、各自沉浮,至今令人咨嗟不已。

鲁迅死后两个月，发生西安事变，经斯大林斡旋，以国共暂泯恩仇而和平解决。蒋介石放弃追剿红军，后者则放弃"苏维埃"目标、承认国民政府统治并接受改编为国民革命军，中国果然形成抗日统一战线。面此惊天之变，回看先前左翼文坛那不可开交的论争，不免有些啼笑皆非。事实证明，鲁迅所假设的统一战线或致领导权拱手相让，并不存在。岂但如此，统一战线实际令党的事业受惠巨大，决然为20世纪中国关键的转折点。

12

因事变的和平解决，中共在陕北真正安定下来，建立了为国民政府所承认，享有行政、司法、财政、教育、文化、治安等各项权力的边区政府。

跟随这变化，乃有大量文化人涌来延安的情形。复因文化人涌至，延安出现众多文化机构和团体。内中，有两个显著的代表。一是鲁艺，一是文抗。鲁艺极有名，不多赘，这里讲讲文抗的由来。1938年，全国性文艺统一战线团体"中华全国文艺界抗敌协会"于武汉成立，1939年迁重庆；同年，萧军、舒群在延安建议搞其分会，经中共中央中宣部同意成立，简称"文抗"。文抗有个杂志《文艺月报》，初由丁玲、萧军、舒群同编，本设在鲁艺，但周扬不想要，于是又迁出鲁艺。[67]

慢慢地，鲁艺与文抗，各形成一点圈子。文抗集中着业已成名的文化人；鲁艺的特色在于，除教师不乏成名人物，又拥有作为新生力量的学生群体。两个圈子,似乎各有公认的核心或标杆人物,一边是丁玲,一边是周扬。这说法来自周扬,1978年他会见赵浩生时说:

> 当时延安有两派,一派是以"鲁艺"为代表,包括何其芳,当然是以我为首。一派是以"文抗"为代表,以丁玲为首。这两派本来在上海就有点闹宗派主义。大体上是这样:我们"鲁艺"这一派的人主张歌颂光明,虽然不能和工农兵结合,和他们打成一片,但还是主张歌颂光明。而"文抗"这一派主张要暴露黑暗。[68]

丁玲却表示否认。也许她是对的,算不算有什么圈子之类,初亦无从谈起,历史上说法有时是后来追加追认的并不少见。比如周扬把"这两派"追溯到上海时期,以我们所知,涉及丁玲的部分就靠不住。丁玲虽曾任左联行政书记,但1933年便被捕,拘在南京,1936年9月始脱身,与1932年底接掌左联的周扬,少有交集。如果丁、周之间形成什么成见,多半是自延安始。

但周扬对延安"两派"的对立点,概括得很准,确乎就是"歌颂光明"与"暴露黑暗"之争。说起来,它是一桩颇具体的故事。1941年7月17日至19日,《解放日报》分三日将周扬一篇长文刊完,题《文艺与生活漫谈》。7月20日,雨。照萧军所述:"为了天雨,大家全很闷,就要寻些题目来做闲谈的材料",而头天周扬的文章,便做了这"闲谈的材料"。漫谈地为杨家岭文抗,参加者五人:白朗、艾青、舒群、罗烽及萧军自己。谈毕,由萧军整理成文，也想在《解放日报》发表，结果被退回。萧军极不满，求见毛泽东，反映延安文化界宗派主义、行帮作风盛行，欲辞行去重庆。"毛泽东对萧军等与周扬的论争没有发表意见，只是给萧军出了个主意：文章可以在自己办的《文艺月报》上发表。"[69] 事遂以此解，文于8月1日出版的《文艺月报》第八期登出，即《〈文学与生活漫谈〉读后漫谈集录并商榷于周扬同志》。如今，两文各录在《周扬文集》第一卷和《萧军全集》第十一卷，均方便看到。

周文娓娓而谈，以至散文化、有舒卷感，日后声色俱厉的文风尚无踪影。相较起来，反是萧军等谈锋带着杂文式尖利。我们不多引述，只攫取双方碰出火花的那一点。其在周文，是这一段：

一个作家在精神上与周围环境发生了矛盾，是可能有两种绝然相反的万年历的。一种是周围生活本身是压迫人，窒息人的，是一片黑暗，作家怀抱着对于光明的热望不能和那环境两立，他拼命反对它。另一种是他处身在自己所追求的生活中了，他看到了光明，然而太阳中也有黑点，新的生活不是没有缺陷，有时甚至很多，但它到底是在前进，飞快地前进。作家走着他特有的艺术知识分子的步伐，和那生活的步调就不一定合得很齐。有时他觉得生活还远落在他理想后面呢，他停下来，微微觉得失望；有时生活却又实在跑过他前头去了，有一种什么旧的意识的或者习惯的力量绊住了他，他感到了某种程度上的和生活的不能协调。[70]

文学史微观察

"漫谈集录"相关段落为：

> 太阳里有黑点的学说，我们也记不清是哪位天才的科学者——但绝不是文艺作家或理论家——发明的。据说太阳里的黑点一多起来，太阳的光与热就要起变化，将来不独人类要灭亡，太阳自身也要崩碎！不过拿这来做革命过程中的"黑点"来比拟，表面上看起来是说得过去，如果再细一追究就有些不妥。应该注意这是两个不同的"黑点"，而且结果也不会相同：前者是随着它的历史，物理学上的必然的现象，黑点是要吃尽光明的地方的，一切光明将要变为自己的反对物——而崩碎；后者的"黑点"虽然也是随着它底历史而来的，但它是有机的，有意识的，能动的……它——黑的——也将要变为它自身的反对物——光明。[71]

单论文字，后者不简洁、有些神经质，还存在一些语病。

13

分别替他们归纳一下。周扬认为，即便太阳也找得到黑点，但光明是主要的，应该歌颂它的光明。萧军等认为，是黑点就应该去除，否则积累得多了，即便是太阳也要崩碎的——为了避免误会，又特别强调他们所谈不是太阳的黑点，是人类社会的黑点，对人类社会而言，黑点愈去，光明愈多，这一点跟太阳的原理是相反的。

周扬想出的"太阳黑点"比喻,有诗意,但所指则非常现实,就是"一个作家在精神上与周围环境发生了矛盾"这句话。

随着越来越多知识分子进入延安,那些在纯军人环境下少有意知或表达的问题,开始频频被关注和谈论,尤其是平等问题、个性问题。知识分子天然地易于注意这些,敏感,且热衷于发表。于是,烦言常有所闻,乃至作为"失望"流露出来。1941年起至1942年春天为止,是这声音渐形强盛的时候,有很多表现,画展、戏剧、墙报、杂文等。因为要应对这样的态势,才有了1942年5月的延安文艺座谈会。座谈会之后,随即启动知识分子改造运动。

周扬文章和萧军们的商榷,从一个方面反映着《讲话》前延安知识分子中两种不同声音。周扬说抱怨不对,对新的环境和生活应该热爱;萧军们于此逻辑表示恕难赞同,他们觉得抱怨即爱,恰因热爱才抱怨,"一个在光明里面特别爱好黑点和追求黑点的人,绝不是一个真正的光明底追求和创造者"[72]。

就此,又要强调一下延安语境的变化。一直到1942年4月,延安的思想环境与状态还颇为松弛,甚至"自由"(无论从其"好""坏"意义来说),这是萧军们所以言而无忌的原因。勇于批评且认为批评对革命有益的态度,在知识分子中占多数,周扬视批评为销蚀的观点,一般不以为然。所以,当时延安除"暴露黑暗"外,还有"还是杂文时代"、"还要鲁迅笔法"等好些坚持启蒙精神的主张。《讲话》加了引号而列举和批评的七种说法,皆系延安文人中很普遍的舆论。总之,延安文学的前半期,还主要是对"五四"

批判现实传统的桃附,人们并不觉得因为在延安,文学就需要变成另外的样子。

周扬文章发表后,萧军等率尔与之商,也刚好说明延安自由辩论之风犹存。我们先置他们各指对方"宗派"不论,而单讲其中一个混乱情形。这问题很重要,将一直牵及十多年后丁玲的罪名。

这混乱是指,周扬受访于赵浩生,以己为"光明派"领袖,称丁玲为"黑暗派"之首,而萧军当年状告毛泽东就宗派行帮作风存在的证据,则是周文可以在《解放日报》发表、他们"漫谈集录"却横遭退稿——混乱就存在于这两点间,因为将周文发表而又将萧军等退稿的,都是丁玲;换言之,周、萧各诉受到"宗派"的排斥,指向却是同一个人,这如何可能?

丁玲《延安文艺座谈会的前前后后》一文,细申其与文抗《文艺月报》关系短暂,除为它编过头三期,以后甚至"几乎就没有读到它"。关于周萧论争:

一九四一年七月十七日、十八日、十九日,我们连续发表了周扬同志的长文《文学与生活漫谈》,引起文抗的舒群、萧军、白朗、罗烽、艾青等五人联名写了《〈文学与生活漫谈〉读后漫谈集录并商榷于周扬同志》一文,他们漫谈的时间是七月二十日左右,文章发表在八月一日的《文艺月报》上。[73]

确指周扬文章正是经彼之手编发,对萧军的退稿,虽未明言,但情况显然是那样,因为《解放日报》副刊由她负责。

她接着说:"五人的文章发表后,是不是在鲁艺、在文抗引起过更多的议论,我不知道,我们文艺栏听到也少,也没有收到其他的或同意、或反对、或再解释的来稿。我们也无意去组织文章,展开争论。"[74]意思是她置身其外,没有卷入纠纷,甚至不关心。未见相左材料之前,我们理应接受丁玲的陈述。而这就意味着,事情渊源须另外看过。

也许"这两派本来在上海就有点闹宗派主义"一语,可稍稍启示我们。先前我们曾从时间角度推论,上海往事很难追溯到丁、周之间。这交集既不成立,我们就要重梳线索,结果远在天边、近在眼前,线索实即在周扬和萧军两人之间。

1934年末萧军与萧红甫抵上海,即知遇于鲁迅,此后一直是鲁迅身边亲近者,鲁迅待其无话不谈,如该年12月6日信谈到"文化团体"(应指左联):"大抵是唱高调,其实唱高调就是官僚主义。我的确常常感到焦烦……不料有些朋友们,却斥责我懒,不做事;他们昂头天外,评论之后,不知哪里去了。"[75] 萧军到上海以及与鲁迅密迩的时间,恰是鲁迅、周扬矛盾激化的阶段。故他与左联后期的宗派纠葛,既有时间上的交集,也有情感上的交集;既知根知柢,也无疑有倾向鲜明的卷入。鲁迅葬仪上有十六位扶棺者,胡风说事先"决定了由鲁迅生前接近的或没有攻击过鲁迅的十来个人抬"[76],萧军正在那扶棺者之列;来到延安,也素以鲁迅学生自居,奋勇传其衣钵……总之,延安"暴露黑暗派"追溯到丁玲是无据的,经过萧军进而追溯到鲁迅却不妨说彰彰明甚。其实,这派素来宣扬的"还是杂文时代""还要鲁迅笔法",已把他们来源祖述得明明白白。

故我们不妨鉴断:周、萧之争或所谓"光""黑"两派,自"上海往事"讲,可视为左联宗派争操之移师延安,自文学传统言,则是"五四"及鲁迅批判模式与延安新起的歌颂模式之间面临歧路。这点由来,周扬作为局内人再清楚不过,他避提鲁迅,非不诚实而是不得已,但代以"丁玲为首"却另有原因。个中秘辛,稍后言之。

当时,虽然双方互指对方搞宗派,在旁观者看来,事情本身远没那么严重。以下是丁玲的回忆:

> 当时《文艺月报》发行数量很少,读到这篇文章的人并不广泛。这件事很快就过去了。[77]

照此描述,"光""黑"争执范围既小,时间也短,其实没什么影响。这与我们今天认为它是"延安文艺大事记"中重要一笔的印象,颇相悬殊。

14

"光""黑"争执从区区一隅、转瞬即逝的小事,终至为史上浓墨重彩、大书特书的篇章,是因丁玲所称的"并不广泛"的读者中,有位特殊人物。我们知道萧军为退稿事,去找过毛泽东,还态度

宗 派

猖狂，声言要去延安、就重庆。这引起毛泽东高度重视。面谈之后，1941年8月2日，毛亲致萧军一信：

> 延安有无数的坏现象，你对我说的，都值得注意，都应改正。但我劝你同时注意自己方面的某些毛病，不要绝对地看问题，要有耐心，要注意调理人我关系，要故意地强制地省察自己的弱点，方有出路。[78]

毛泽东的关注，除直接材料，又有间接的线索。从文本比较角度，我们觉得周扬那篇《文艺与生活漫谈》，毛多半细细读过。文中"实际上，又有几个文艺工作者真个和他们较长久地生活在一起，同他们打通了心，了解了他们的一切生活习惯，他们极细微的心理？我们和他们的接触是不经常的，常常是不自然的"[79]之论，想必深获毛泽东之心。我们未必轻言《讲话》重要论述"深入工农兵生活"来自周扬，但从互文参照方面说，两者内容很相近；同时周文在前、《讲话》在后，这一时间关系也是清楚的。

如果丁玲事情当时无足轻重的说法，和我们普遍所持"光""黑"争执乃延安大事的印象，同为真实，那么这两者间显然有些错位，对不上号。摸索一番则发现，能使这扞格得以解释和消除的，只有《讲话》。综合起来大致是，争执本身当时并不如何受关注，过了将近一年，毛泽东将这问题引入《讲话》，重点谈及，由此被凸显和放大；以后复因《讲话》地位不断抬升，这问题也随之成为垂当代文艺三十年以上的大主题、大纲常。

我们来看这问题在《讲话》中所占分量。《讲话》开列延安文艺界七种常见论调，加以批驳，依次是：一、"人性论"，二、"文艺的基本出发点是爱，是人类之爱"，三、"从来的文艺作品都是写光明和黑暗并重，一半对一半"，四、"从来文艺的任务就在于暴露"、"还是杂文时代，还要鲁迅笔法"，五、"我是不歌功颂德的；歌颂光明者其作品未必伟大，刻画黑暗者其作品未必渺小"，六、"不是立场问题；立场是对的，心是好的，意思是懂得的，只是表现不好，结果反而起了坏作用了"，七、"提倡学习马克思主义就是重复辩证唯物论的创作方法的错误，就要妨害创作情绪"。与"光明""黑暗"问题仅字面直接相关者即有三条，实则杂文时代、鲁迅笔法问题也有关联，也应列在其内。

具体论述上，以下一段至为关键，从阶级属性、政治立场对"光明""黑暗"观加以区分：

许多小资产阶级作家并没有找到过光明，他们的作品就只是暴露黑暗，被称为"暴露文学"，还有简直是专门宣传悲观厌世的。相反地，苏联在社会主义建设时期的文学就是以写光明为主。他们也写工作中的缺点，也写反面的人物，但是这种描写只能成为整个光明的陪衬……[80]

这种高度的论断，争执双方，谁都没有资格；而问题也只有提到这个高度，方可言之以"派"。由此可见，"光明"、"黑暗"之争，如曰有派，其应自《讲话》始，是由毛泽东亲裁而立。

不过，事情至此，尚仅为端绪而已。《讲话》从思想上揭橥了文艺上"光明派""黑暗派"界分，但没有具体落实到人。整个延安时期，我们未闻哪个人被冠以"暴露黑暗派"之名，更不曾见到成系统的名单。整风虽揪出了王实味，但对他是以托派处置，其他出事的文化人，亦多以"特务""内奸"身份以及历史问题等。

再过十六年。反右斗争如火如荼的 1958 年初，《文艺报》奉命组织《再批判》特辑，前置编者按。此系毛泽东亲笔。张光年晚年透露："这个按语不好写，我措辞谨慎，拘谨，毛全改了。"[81] 按语列出一份名单：

再批判什么呢？王实味的"野百合花"，丁玲的"三八节有感"，萧军的"论同志之'爱'与'耐'"，罗烽的"还是杂文的时代"，艾青的"了解作家，尊重作家"，还有别的几篇。[82]

他们都是《讲话》前在延安以批判锋芒著称的作家，其中尤要注意，"漫谈集录"五人有三人入了这名单。关于"再批判"的原因，毛泽东有个解释：这些人的文章"当时曾被国民党特务机关当做反共宣传的材料，在白区大量印发"。意思是，这些人"暴露黑暗"的写作，给敌人攻击党提供了弹药。

15

可以确认,毛泽东按语是周扬所谓"暴露黑暗派"以丁玲为首之说的确切出处。先前回顾表明,"光""黑"之争当中,丁玲与之无涉(若有涉,也是发表了"光明"论文、阻止了"黑暗"论文,且萧军与丁玲似正是自此关系冷淡,其1942年10月致胡风信曰"我与丁君已经一年多不交言语"[83],推其时间,恰与退萧军稿相契)。即《讲话》裁定"光""黑"派后,不管公开还是内部材料,也找不见有关丁玲在这一派且为其首领的只言片语。1942年,丁玲因《三八节有感》受到批评,又曾就组织问题接受过调查,但都不涉及文艺上围绕她有"派"之事,后更无此议论。甚至晚到1955年,开始批"丁陈"小集团,亦仅以她解放后的自由主义、影响文艺界团结为指责,所谓延安时期有个"以丁玲为首的'暴露黑暗派'"的话语,仍无踪影。我们讲得再明确些,迄至1958年前,这说法从文献上都茫无线脑;若有之,最早只能溯至《再批判》圈出的这份延安"反党作家"名单。

整理头绪,略可概为:一、《讲话》提出了"光明""黑暗"派界分,但未具言在延安文艺中的具体存在;二、经过十六年,《再批判》提出一份名单,名单与"光""黑"争执中后者一方有高度重合;三、又在这之后,终于见到落实到人的"以丁玲为首的暴露黑暗派"之说;四、此说,我们确从周扬口中听到过,但是否出自于他,尚待确定。

从落实到人来讲,"暴露黑暗派"阵营是时过境迁,经过"再解释"(再批判)追加追认的,里面必然掺杂了更多的主观因素,故而有人为构设的痕迹。这主要体现在丁玲身上。假若1942年就提出一个"暴露黑暗派"名单,她未必被列入,更不要说"为首"。当中的变化与隐情我们知道不多,但时间显然参与了变化。不过另一面,也无须太过夸大时间的作用,事情的基本内核是保持的、延续的,《讲话》固未直指何人乃"暴露黑暗派",不等于毛泽东当时心中无此萦绕;无论如何,无法想象1958年圈定这名单,只是毛泽东灵机一动的产物。

尤其关注这件事,对毛泽东不是偶然的,关乎1942年毛泽东一个重大思考。它表现于文艺领域、诉诸文艺论争,而本质与意义在于思想的主导与权威。当其时,他方致全力于解决此问题,这就是后来何以用"全党思想统一"来论延安整风的"伟大意义"。在完成这一事业时,批判宗派主义是最重要的武器。他将宗派主义与主观主义、党八股并称党风三大顽症,通过对宗派主义的批判,他殄灭了思想的混溷,平抑了认识的乱局。经过他独有的解释,与宗派问题有关的话语,已经被带往全新的方面。

我们且借词义变化以观。《现代汉语词典》就"宗派"一词于正解"政治、学术、宗教方面的自成一派而和别派对立的集团"外,专以括号注上"今多用于贬义"的说明;复于"宗派主义"释曰:"只顾小集团的利益,好闹独立性和做无原则的派系斗争等"。商务印书馆（香港）《汉语大词典》，在"宗派"条下共列古今五种解释，最后一种是"今指为不正当目的结成的小集团"。

这些新的语义，发凡人便是毛泽东，由来均可在1942年重要著作之一《整顿党的作风》中找到。该文就"宗派主义"论道："首先就是闹独立性"、"只看见局部利益，不看见全体利益"、"他们不知道共产党不但要民主，尤其要集中"、"闹这类独立性的人，常常跟他们的个人第一主义分不开"、"把个人放在第一位，把党放在第二位"……另如"一切脱离群众的行为"，也列为"宗派主义思想在那里作怪"的表现。[84]

这样，"宗派"完全转为贬义词。先前我们曾经诠疏，它在古代大致中性，引申为门户攘斥时才稍含贬抑。除了词义转为负面，另外的更重要变化是，毛泽东还赋予或使之隐含了主宾、主从意味。原本，"宗派"仅有相左、颉颃、牴牾等意，无所谓忤逆附从。经毛阐发，用法大殊。如《整顿党的作风》所论，是以"局部"犯"全体"、以"个人"犯"党"、以"民主"犯"集中"等，罪状亦相应为"闹独立性"、"小集团"等；最终，宗派问题在政治上将通向反党。

16

如果历史陵谷之变，可寄寓、浓缩于个别语词，那"宗派"就是这样。这种时候，有些事情可能只因语词理解的错位、不当或不到，而南辕北辙。像"宗派"词义之变，我等晚生之人，因得以饱看波诡云谲,不难冒充"事后诸葛亮",而当时伴随历史一道同行者,若要辨悉窍要却谈何容易。胡风冤案千头万绪,如果抉要以言,很大程度上可以说是对"宗派"词义误其所指,以致踏空跌仆。

《关于解放以来的文艺实践情况的报告》("三十万言书")向党中央提出诉告中,宗派主义占有突出位置,从头至尾,满纸盈目。但它对宗派主义,却还是"由我宗派独占"[85]即排斥打击异见这样老式而过时的理解,全不知在毛泽东词典里,宗派主义业已特指对党的思想统一表示抗拒。

典型之例,是论"五把刀子"的一段:

……它完全忽视了党中央的期望,用一种疯狂情绪把宗派利益当代不容丝毫变动的党的人民的利益,有意识地来维持军阀统制,完全把我们党的人民的文艺事业所受的苦痛和应负的使命置之脑后了!
在这个顽固的宗派主义地盘上面,仅仅通过林默涵、何其芳同志对我的批评所看到的,在读者和作家头上就被放下了五把"理论"刀子:
作家要从事创作实践,非得首先具有完美无缺的共产主义世界观不可……(略)
只有工农兵的生活,才算生活……(略)
只有思想改造好了才能创作……(略)
只有过去的形式才算民族形式……(略)

题材有重要与否之分，题材能决定作品的价值……（略）

　　在这五道刀光的笼罩下，还有什么作家也现实的结合，还有什么现实主义，还有什么创作实践可言。

　　问题不在这五把刀子，而是在那个随心所欲地操纵着这五把刀子的宗派主义。[86]

　　历来对上列所论，都惊其大胆，实际最该吃惊的，是胡风与其弟子将其置于宗派主义名义下向党提出。"五把刀子"每一内容，如今凡在大学念过文艺理论课程，无不悉知出诸《讲话》，是党指导文艺的方针政策，怎么到胡风那儿，竟跟宗派主义联系在一起了呢？

　　这全然不可思议的想法，我们为之申诠，盖出于两点：一、胡风认为，文坛上宿怨者（周扬、茅盾等），借《讲话》为上方剑来压制自己，宗派主义指的是那些"操纵"者。二、他从自己实践出发，觉得无论文艺思想和观念，还是具体做法，非无根据及理由，应许存在，必欲抹杀是宗派主义的表现。

　　不幸，这两点他都看错，或并不成立。那些1943年来敲打他的人，绝非以个人恩怨擅自出手，更不是"借"《讲话》塞其私货，所有批判都不过是文艺战线思想统一进程的一部分。而比事实迷惘更可叹的，是他与党的话语之间出现了理论、思想的严重隔阂——延安整风以来，除了向党闹独立，现在已经没有别的"宗派主义"，"宗派主义"的用法已经根本改写，他基于自己理解提出的指控已经失效，实际上恰恰是他当下行为，才符合新定义下典型的宗派主义。

这是何其令人瞠目的语言错位。

由于"五把刀子"内容具体来自《讲话》,人多以为胡风反《讲话》,恐怕毛泽东也这么看,其实值得研究。近参加一个纪念胡风的研讨会,鲁煤发言,据我现场笔记,他称胡风"崇拜毛泽东,绝对崇拜",认为"主席《讲话》与胡风创作理论,是相辅相成的",也联系自己说:"学《讲话》,我收获很大,知道向工农兵学习的重要性,非常迷恋向工农兵学习。"考之于胡风本人,1979年已恢复自由的胡风于《小传》中,言1943年读到《讲话》,令他"空前地加强了在人民解放目标引导下的,从实际出发的,为现实主义开路的信心"。[87] 逝世前一年(1984),亦于《对"五把刀子"的一点解释》谈道:"五把刀子这比喻是不适当的……如改为五块令牌,也许适当些。"[88] 令牌之喻,令人想到古代"君命有所不受"的在外打仗将领,主要突出的是环境和具体形势不同,行动需要因地制宜。《回忆录》说在重庆传达《讲话》的讨论中,他强调的是"在国统区写工农兵为工农兵的困难性"、"还不是,也不可能是培养工农兵作家"、"在国统区是无法解决某些问题的"等。[89]

终于,还是鲁迅"我倒明白了胡风鲠直"[90] 印象确切。他矻矻陈说《讲话》施诸国统区如何难行,殊不知毛泽东思想"放之四海而皆准",何况区区之国统区?对比一下林彪"我们对主席的指示要坚持执行,理解的要执行,不理解的也要执行"[91],立见彼此觉悟的高下。"鲠直"限制了觉悟,觉悟不够又使他执迷于问题来自"周扬同志的宗派主义统治"[92]的认识。

反胡风斗争以 1954 年 12 月 8 日周扬著名报告《我们必须战斗》正式打响后,随着铺天盖地的批判,胡风或能了解对宗派、宗派主义的正确用法。如郭沫若批判文章,开篇对胡风问题的表述:

> 多年来,胡风在文艺领域内系统地宣传资产阶级唯心主义,反对马克思主义,并形成了他自己的一个小集团……解放后,他和他的小集团的大部仍坚持他们一贯的错误的观点立场,顽强地和党所领导的文艺事业对抗。[93]

或《人民日报》公布胡风第一批材料时的评骘:

> 多年来胡风在文艺界所进行的活动,是从个人野心出发的宗派主义小集团的活动,是反对和抵制党对于文艺运动的共产主义思想的领导、反对和抵制中国共产党所领导的革命文学队伍、为他的反马克思主义的文艺思想和反党文艺小集团争夺领导地位的活动。[94]

宗派现象,要害是反党。对"丁、陈集团"是此用法,对"胡风集团"也是,只不过到第三批材料公布时,宸怀震怒,胡风问题从"反党"升格为"反革命",变成敌对性质,连宗派主义资格也褫夺了。

宗 派

17

纵观 20 世纪中国的文学乃至一般历史，发现宗派问题不单是从头贯脚的粗线，也如连根拔起的定海神针，搅天扰地。事到胡风一案，既已惨烈，不意随后"文革"间更因派性、派系上演武斗，神鬼皆愁。这些以后的情形，去今未远，我们姑就此省减笔墨。

"文革"一番四海翻腾、五洲震荡，这能量好像方才释空，然后迎来海晏河清。然而，根源究竟是否袪除，谁也不知。从文学来讲，迄乎 80 年代末，文坛分歧虽有价值冲突底蕴，可手法也真不乏宗派倾轧的意味。从社会来讲，即在目下，就似乎随时可以浮现扫灭不同意见的冲动。

言此，想到 1966 年 8 月，毛泽东为发动群众讲过这样的话：

> 我们这个党不是党外无党，我看是党外有党，党内也有派，从来都是如此，这是正常现象。我们过去批评国民党，国民党说党外无党，党内无派，有人就说，"党外无党，帝王思想。党内无派，千奇百怪"。我们共产党也是这样，你说党内无派？它就是有，比如说对群众运动就有两派，不过是占多占少的问题。[95]

他所引的话，实出陈独秀。那是 1927 年国共分裂后陈氏所写一首骂国民党的打油诗《国民党四字经》，刊于当年 12 月 26 日《上海

工人》报中缝,十年前有人将它发现而披露于《民国档案》杂志,全文是:

  党外无党,帝王思想;党内无派,千奇百怪。以党治国,放屁胡说;党化教育,专制余毒。三民主义,胡说道地;五权宪法,夹七夹八。建国大纲,官样文章;清党反共,革命送终。军政时期,军阀得意;训政时期,官僚运气;宪政时期,遥遥无期。忠实党员,只要洋钱。恭读遗嘱,阿弥陀佛。[96]

  这当中的勾连,让人对历史生出不少感想。陈独秀四十年前的句子,毛泽东记得那样清晰,说明印象深刻。而于我们来说,这发生于中共创始者与大成者之间的回声,可以让人聆谛中国现代思想的深沉曲折与教益。凡事皆有两面,在中国现代思想进程中,宗派问题确有两面性。一是价值离析、言不一途、思想活跃,与"帝王时代"判然有别、体现"现代"特征的一面,若不如此而千人一腔,反倒是"千奇百怪"、"专制余毒"。然而,我们也看到甚至更多看到了另一面,多少排轧、斥逐、非毁以至于构陷、禁锢、威压因宗派而起,不单造成个人悲剧,复使国家文明脚步深受拖累。以我们的知识,多声部、言不一途,可以正能量大过负能量,但前提是"不急于是非"。经历许多教训,国人不知可否了解它的好处;就算非急不可,亦请只急于坚定自己立场,而非急于禁绝他人思想——起码做到不因一己之见,当街掌掴相左人士,且无论自以为是如何的正确。

注 释

[1][3][4][5]　蔡元培《我在北京大学的经历》,《蔡元培选集》,中华书局,1959,第289、292、288页。

[2]　许德珩《"五四"运动六十周年》,《文史资料选辑》第61辑,全国政协文史资料研究委员会编,中华书局,1979,第6-7页。

[6][25]　沈尹默《我和北京大学》,《文史资料选辑》第61辑,全国政协文史资料研究委员会编,中华书局,1979,第231页、232页。

[7]　李贽《高洁说》,《焚书　续焚书》,中华书局,1975,第105页。

[8][9][11]　罗章龙《椿园载记》,三联书店,1984,第24,26,27页。

[10]　蔡元培《我在北京大学的经历》,《蔡元培选集》,中华书局,1959,第292页。

[12]　《投稿简章》,《新青年》第二卷至第三卷各期封三。

[13]　《启事》,《新青年》第四卷第三号。

[14]　许慎《说文解字》,九州出版社,2001,第587页。

[15]　《论语正义》,中华书局,1990,第279页。

[16]　李详《论桐城派》,《国粹学报》第四十九期,广陵书社,2006年影印版,第9册,第5146页。

[17]　梁启超《中国近三百年学术史》,东方出版社,1996,第2页。

[18]　傅斯年《傅斯年讲史学》,凤凰出版社,2008,第116页。

[19][20]　《本志宣言》,《新青年》第七卷第一号。

[21]　傅斯年《回忆新潮和新青年》,五四运动回忆录(续),中国社会科学出版社,1979,第176页。

[22]　陈独秀《〈新青年〉罪案之答辩书》,《新青年》第六卷第一号。

[23][24]　张静庐辑注《关于新青年问题的几封信》,中国现代出版史料(甲编),中华书局,1954,第7,8页。

[26] 陈源《致志摩》,《恩怨录——鲁迅和他的论敌文选》,今日中国出版社,1996,第143页。

[27] 李四光《李四光先生来件》,《恩怨录——鲁迅和他的论敌文选》,今日中国出版社,1996,第147页。

[28] 鲁迅《不是信》,《恩怨录——鲁迅和他的论敌文选》,今日中国出版社,1996,第151页。

[29] 常燕生《越过了阿Q的时代以后》,《恩怨录——鲁迅和他的论敌文选》,今日中国出版社,1996,第343页。

[30] 李初梨《请看我们中国的DonQuixote的乱舞——答鲁迅〈"醉眼"中的朦胧〉》,《恩怨录——鲁迅和他的论敌文选》,今日中国出版社,1996,第451-459页。

[31] 成仿吾《毕竟是"醉眼陶然"罢了》,《恩怨录——鲁迅和他的论敌文选》,今日中国出版社,1996,第461-466页。

[32] 钱杏邨《死去了的鲁迅》,《恩怨录——鲁迅和他的论敌文选》,今日中国出版社,1996,第468页。

[33] 钱杏邨《"朦胧"以后——三论鲁迅》,《恩怨录——鲁迅和他的论敌文选》,今日中国出版社,1996,第502页。

[34] 杜荃(郭沫若)《文艺战线上的封建余孽——批评鲁迅的〈我的态度气量和年纪〉》,《恩怨录——鲁迅和他的论敌文选》,今日中国出版社,1996,第515-521页。

[35] 蒋光赤《鲁迅先生》,《恩怨录——鲁迅和他的论敌文选》,今日中国出版社,1996,第475页。

[36] 何凝(瞿秋白)《鲁迅杂感选集序言》,《鲁迅杂感选集》,青光书局,1933,第20页。

[37] 彭康《"除掉"鲁迅的"除掉"》,《恩怨录——鲁迅和他的论敌文选》,今日中国出版社,1996,第441页。

[38] 冯乃超口述、蒋锡金笔录《革命文学论争·鲁迅·左翼作家联盟》,《新文学史料》,1986年第3期。

[39][41][59][64][65]　茅盾《我走过的道路》，中册，人民文学出版社，1981，第 56，87，322，310，309－310 页。

[40][49][53]　夏衍《懒寻旧梦录》(增订本)，三联书店，2006，第 140，197－201，215 页。

[42][57]　徐懋庸《回忆录》，《新文学史料》，1980 年第 4 期。

[43]　鲁迅《360502 致徐懋庸》，《鲁迅全集》第十四卷，书信，人民文学出版社，2005，第 84 页。

[44]　鲁迅《350824 致胡风》，《鲁迅全集》第十三卷，书信，人民文学出版社，2005，第 526 页。

[45]　鲁迅《360515 致曹靖华》，《鲁迅全集》第十四卷，书信，人民文学出版社，2005，第 99 页。

[46]　鲁迅《350117 致徐懋庸》，《鲁迅全集》第十三卷，书信，人民文学出版社，2005，第 347 页。

[47][51][55][56][58][61][62][90]　鲁迅《答徐懋庸并关于抗日统一战线问题》，《鲁迅全集》第六卷，且介亭杂文末编，人民文学出版社，2005，第 558，552，548，547，549，550－551，550，555 页。

[48]　鲁迅《捣鬼心传》，《鲁迅全集》第四卷，《南腔北调集》，人民文学出版社，2005，第 635 页。

[50]　鲁迅这边，党员只有冯雪峰，而他内心对统一战线怀抱抵触，目为"投降"，不久便在随博古与国民党谈判时拂袖而去，脱党。见胡愈之《我所知道的冯雪峰》，《新文学史料》，1985 年第 4 期。

[52]　夏衍："他们（鲁迅和茅盾）看过这封信，他们知道要解散'左联'并不是周扬个人的意见。"（《懒寻旧梦录》，第 207 页）。

[54]　此信附在《答徐懋庸并关于抗日统一战线问题》前头，《鲁迅全集》第六卷，第 546 页。

[60][89]　胡风《回忆录》，《胡风全集》第七卷，湖北人民出版社，1999，第 596 页。

[63]　鲁迅《灯下漫笔》，《鲁迅全集》第一卷，坟，人民文学出版社，2005，第 224 页。

[66] 郭沫若《蒐苗的检阅》,《文学界》第一卷第四号,1936年9月10日。下引皆同,不赘。

[67] 丁玲《延安文艺座谈会的前前后后》,《新文学史料》,1982年第2期。

[68] 赵浩生《周扬笑谈历史功过》,《新文学史料》,1979年第2期。

[69] 黄昌勇《〈野百合花〉的前前后后》,《新文学史料》,2000年第3期。

[70][79] 周扬《文学与生活漫谈》,《周扬文集》第一卷,人民文学出版社,1984,第334页,332页。

[71][72] 萧军执笔《〈文学与生活漫谈〉读后漫谈集录并商榷于周扬同志》,《萧军全集》第11卷,华夏出版社,2008,第478页。

[73][74] 丁玲《延安文艺座谈会的前前后后》,《新文学史料》,1982年第2期。

[75] 鲁迅《341206致萧军、萧红》,《鲁迅全集》第十三卷,书信,人民文学出版社,2005,第280页。

[76] 胡风《关于鲁迅丧事情况——我所经历的》,《社会科学》,1981年第4期。

[77] 丁玲《延安文艺座谈会的前前后后》,《新文学史料》,1982年第2期。

[78] 毛泽东《关于文艺问题的十七封信·致萧军》,金紫光、何洛主编《延安文艺丛书·文艺理论卷》,湖南人民出版社,1984,第64页。

[80] 毛泽东《在延安文艺座谈会上的讲话》,《毛泽东选集》第三卷,人民出版社,1991,第871页。

[81] 张光年《回忆周扬》,王蒙、袁鹰主编《忆周扬》,内蒙古人民出版社,1998,第10页。

[82]《"文艺报"编者按语》,《再批判》,文艺报编辑部编,1958,第2页。

[83] 晓风、萧耘辑注《萧军胡风通信选》,萧军1942年10月20日自延安,《新文学史料》,2004年第2期。

[84] 毛泽东《整顿党的作风》,《毛泽东选集》第三卷,人民出版社,1991,第821-826页。

[85][86][92] 胡风《胡风三十万言书》,湖北人民出版社,2003,第237,247-248,338页。

[87] 胡风《我的小传》,《胡风全集》第七卷,湖北人民出版社,1999,第210页。

[88] 胡风《对"五把刀子"的一点解释》,《胡风全集》第七卷,湖北人民出版社,1999,第267-268页。

[91] 林彪《在中央工作会议上的讲话（1966年8月13日）》,《高举毛泽东思想伟大红旗》（林彪言论集）,"文革"群众出版物,1967年4月,编印者不详。

[93] 郭沫若《反社会主义的胡风纲领》,《人民日报》,1955年4月1日。

[94] 舒芜《关于胡风反党集团的一些材料》,《人民日报》,1955年5月13日。

[95] 毛泽东《在中共八届十一中全会闭幕会上的讲话》(1966年8月12日),《建国以来毛泽东文稿》第十二册,中央文献出版社,1998,第101页。

[96] 任建树《新发现陈独秀的一首民歌》,《民国档案》,1993年第2期。

口号

01

现当代文学,可谓一部运行于口号之上的历史。

"口号",《现代汉语词典》的解释是:"供口头呼喊的有纲领性和鼓动作用的简短句子。"[1]本词古时即有,唯意思无关,指随口而成的即兴之诗,犹云口占,如李白《口号吴王美人半醉》。还曾有个"诗能解祸"的故事。当年,王维陷安禄山乱,"拘于普施寺,迫以为伪",王维"潜为诗曰:'万户伤心生野烟,百官何日再朝天?秋槐花落空宫里,凝碧池头奏管弦。'"及"贼平,陷贼官三等定罪,维以《凝碧池诗》闻于行在,肃宗嘉之……特宥之"。[2]诗题甚长,当中也有"口号"二字:"菩提寺禁,裴迪来相看,说逆贼等凝碧池上作音乐,供奉人等举声便一时泪下,私成口号诵示裴迪",亦即临时口头作诗一首(不敢写在纸上),悄悄念与裴迪听。这与"供口头呼喊的有纲领性和鼓动作用的简短句子",自然风马牛不相及。后者不是吟诗弄曲,而起于组织的需求,为着群体协调一致而来。

汉语中"口号"词义如何从文人吟诗,辗转变成供宣传鼓动时呼喊的句子，我缺乏研究，说不出所以然。以有限的知闻，渊源宜在现代政治那里。现代政治一项特征，是通过群众运动来搞革命。这方面的鼻祖，应属欧洲资产阶级革命，尤其其中的法国人。欧洲近代社会变革，有注重宪政议会的英国，也有擅长街头革命、广场政治的法国。18世纪末至19世纪中叶，从攻打巴士底狱到巴黎公社，法国足足搞了半个世纪群众运动，自下而上的社会风暴，让法国断头台闻名于世，造就出拿破仑这样的共和英雄，法国俨然成了革命政治的样板。其间，口号作为一种新兴文化，不胫而走。大家不妨读《悲惨世界》，看看彼时法国人对于口号是如何脱口而出、念兹在兹。1848年3月初，雨果在孚日广场演说，至今保留着现场记录稿，其末尾是：

  让我们用共同的思想团结起来，请和我一起高呼："普天之下的自由万岁！""世界大同的共和国万岁！"（"共和国万岁！""维克多·雨果万岁！"——长时间鼓掌）[3]

这样的场景，如今我们的熟悉程度或已超过法国人，不过我们的确该算后者的学生。中国开始现代转型时，固然从很多国家接受过影响，但也许都比不上法国。在心态以及性格上，法式革命于我们最中下怀，此有《独秀文存》可证。这位日后的中共创始者，在转向马克思主义以前，对于法兰西文明的倾心溢于言表，而此实非他个人独到的倾向，事实上，法国"大革命"那种形式，我们普遍怀有天然的亲切感。20世纪60年代,当毛泽东决意尝试继"农村包围城市"之外另一种革命(他称之"无产阶级专政下继续革命")时,便也几乎完全回到了法国样式,鼓励游行、示威、街头对垒、无政府放纵和暴力宣泄。巧的是,当时欧洲以法国为主,也有类似学潮与中国"文革"遥相呼应;历来论此,均指欧洲学生受到了"文革"的影响而称他们为欧洲毛主义,实则叙一叙旧,"文革"的祖宗恰恰在法式社会革命传统那里。

02

当然,我们亦无须谦虚;我们可称"青出于蓝而胜于蓝,冰水为之而寒于水"。欧洲资产阶级革命发明的群众运动,到无产阶级手中才发扬光大。即以口号来论,资产阶级革命虽开了先河,但却只停留于用,理论重视不够,案头研究亦未如何开展。归根结底,资产阶级还是并不真心重视群众,其革命虽求群众基础之广泛,却始终未形成掌控群众的强烈意识。故于口号这宣传鼓动利器,仅抱实用主义态度,用完拉倒,过即掷之,未事科学地总结规律。真正从这高度重视起来,有待无产阶级革命。共产党之以盛产宣传鼓动家著称,洵非偶然。世上自有共产主义运动以来,对于如何高效动员群众,才成为专门的学问,被深入细致地研究。

我读过两篇口号专论,均出无产阶级革命领袖之手。一篇是列宁写于1917年7月的《论口号》,一篇是1928年刘少奇发表在中共机关刊物《布尔什维克》上的《论口号的转变》。列宁那篇写于十月革命前夕，专为布尔什维克及时调整口号而作，盖以其时俄国刚刚发生类乎辛亥革命的推翻沙皇和君主制的共和革命（二月革命），先前口号是"全部国家政权归苏维埃"，俄语"苏维埃"意谓"会议"，故"全部国家政权归苏维埃"的含义实为议会式民主，但此时列宁已决定废黜这口号，"在我国革命已经永远过去的一个时期里，比如在2月27日至7月4日，这个口号是正确的。现在，它显然已经不正确了。"[4] 对布尔什维克所欲达致的政治目标来说，原口号已是绊脚石。"用和平方法现在已经不可能取得政权了。现在能够取得政权的唯一方法，就是进行坚决的斗争"[5]。他所指的斗争，即武装打倒资产阶级的十月革命。《论口号》在布尔什维克内部发出了十月革命信号，而颇富列宁特色的是，此事从口号的变易和更换措手。

《论口号》的意义毋待多言，可我们若读刘少奇的《论口号的转变》，又觉后者建树犹在列宁之上。文章开篇高屋建瓴："在群众一切争斗中，口号的作用极大。它包括争斗中群众的要求和需要，它使群众的精神特别振作，特别一致，发生强有力的行动。"其后为缜密的检讨："我们每每因不能明确观察当时争斗的形势转变并据以转变我们的口号，所以发生了许多错误。"[6] 又有细如发丝的谋虑："当我们规定口号的时候，应该很谨慎地研究各方面的形势，很明确地观察群众的要求和需要及当时群众的争斗任务。绝不可单凭我们脑子里的想象，随便规定出实际上不能真正代表群众的要求,甚至与群众要求相左的口号。"[7] 复给以针对性极强的指导:"我们要找机会来改动群众的争斗,来实现这些口号之某一部分或全部。我们要用极敏锐的眼和耳去搜求工厂及乡村中发生的临时问题,如打人骂人、开除人处罚人以及减少工资、延长工时、欠饷、勒索、逼债等,拿来讨论分析,根据行动大纲规定对每个临时问题的简明口号,到群众中宣传鼓动。"[8] 以及精确的技巧:"各种行动口号,应该恰如其时地提出。不可过早,过早了,群众不能接受或产生惊疑,甚至将群众吓退。不可过迟,过迟了,群众的气势会低落,或群众自动干起来使行动不能一致而至紊乱。有时,甚至只有十分钟是转变旧口号及提出新口号的最好时机。"[9] "行动口号要极简短,极时显,极通俗,而且是代表普遍群众的要求及心理的中心,有些行动口号适用的时间愈短就愈有效力。口号太多了,太长了,叫得不顺口,意思不明显,不切合群众的要求和心理,叫得太久而至于厌烦……"[10] 甚而学术性质的研究:"口号有不同的性质。有宣传的口号,鼓动的口号,行动的口号。"三类口号区别在于,宣传口号是"代表一个比较长时期的争斗任务的口号",作用是"造成实行这些口号的坚定的执行者和群众基础";而当实现宣传口号内容的"时机已经成熟",则以"鼓动的口号"跟进,它将发挥"组织"群众、使之进入"预备去实现这些口号"状态的独特功能;及至准备也已就绪,就要代之以"行动的口号",这类口号相当于行动指令,起着"最后调集群众,分配任务,配置各种力量"诸种作用,以传布具体决定和任务。[11]

两文相距十一年。短短此间,从苏俄到中国,无产阶级革命对口号一物的认识及心得,又明显提升。在列宁那里,所用题目与内容之间,多少有所出入,他实际只是解决革命某个具体口号问题,非如题目所示,含着很多理论色彩。刘少奇文章则向前迈了一大步,理论探讨与可操作性并举,瞻前顾后,无微不至,可称口号学之"宝典"。

03

从一般历史角度,口号于现代中国无论影响多深、关系多密,都无可诧怪之处,毕竟人类社会政治抵于这样的阶段与状态,口号可以承担很多功能而广有用武之地。然而说到在文学之中,口号也去扮演一个举足轻重角色,却显得异乎寻常。一来口号与文学性质相左,一个是大庭广众之物,另一个实属个人化存在;其次考之实际,同样在现代条件之下,像我们这样文学被口号控制、支配与拨弄的情形,他国纵有所闻,也从未茂盛如我们。

我们百年文学,未尝停止过对口号的追逐。不荫庇于口号之下的作家,凤毛麟角;不借口号张势的文学现象,少之又少。文学史庶几可以简化为口号史。将各文学阶段归诸若干有代表性的口号,基本脉络可以不断。口号变则文学变。口号间的嬗替乃至是最直观的文学演化图。口号的意义大过创作或作品自身,往往先有口号后有作品;且有口号较之无口号,认知度可致悬殊;口号打响,成功过半;久之,甚而养成以口号为标签,顺藤摸瓜的接受方式——读者、批评界先视口号吸引力如何,复再趋近隶其名下之作品……

从"五四"时期起,与口号保持高依存度,就是文学显明的特征。至其成因,颇为复杂,卒难一以概之。诸如文学社团化、作家职业化、价值崩析与思想冲突加剧、知识者自我反思、社会动荡、民族危机乃至文学内部语言技巧探索……都发生了作用。力言其要,文学群体化趋向和结盟意识,约为根本。现代文学从《新青年》发端,意味深长。它把同人格局的成功与潜力,以及文人知识者的普遍心理,给以淋漓尽致的揭示。风气一开,纷起效尤,新潮社、文学研究会、创造社、语丝社……自此几乎没有非结盟的文学。群体化既为主流,口号兴盛便在情理之中。思想趣味的趋同,实现方式可繁可简;从简便论,提一个口号,对内求一致、对外自贴标签,起效最快。

文学所以搞结盟,目的无非在于竞争。文人之间关系,以及文学史的基本关系,也不外乎竞争。但现代文学的竞争方式,于历来却是一个逆转。我们所知传统的或通常的文学,竞争在个人间展开,并且由彼此排斥或较其短长来实现。中国第一篇文学专论《典论·论文》说:

文人相轻,自古而然。傅毅之于班固,伯仲之间耳,而固小之,与弟超书曰:"武仲以能属文为兰台令史,下笔不能自休。"夫人善于自见,而文非一体,鲜能备善,是以各以所长,相轻所短。[12]

文学特质在于个性。文人所以"相轻",是个性规律使然。"轻"之所谓,并非心胸狭薄,是竞争意识所致和竞争关系的体现。"各以所长,相轻所短",在个性基础上,作家各竭其才,文学于是得以整体不断精进。反之,假如作家间混和流同、摹拟蹈袭,文学很难不失诸平庸,所以有明代批评家概括说:"秦汉至今,作者多矣,不奇则同,同则腐。"[13]

从"文非一体"、"文人相轻",到现代文学普遍结盟、去往一体化,一种规律或常识似乎被打破。但云何若此,又不宜只知其一,不知其二。现代文学的同人若有其特殊原因,与其说以成员间思想、趣味何等谐和无间为基础,不如说是要借助联合以争取更有利的竞争地位。20世纪中国因在"千年变局"的历史关口,各种精神的竞争,紧迫感愈见强烈,耐心却愈见孱弱。人们急于见出分晓,故于个体的力量颇感不足,而纷纷求借集体的存在,以壮大发声。就此言之,尚同倒并非差异消失,只是更多从个人方式转换于群体方式。

但这确实含着现代中国在精神方面的一大局限。我们知道,启蒙话语高蹈个性、自我,然而空喊之余,这些东西多大程度上落到实际,实在要打个问号。自居启蒙者的知识分子,何尝曾使这价值观在自己心中扎根?客观上国家处境时不我待,主观上对变革急于求成,从一开始就逼使人们不能从容以对,从个体精神更新沉稳着手,迫切投向社会改造方面,冀望假革命之手高效解决问题,以绕开或省略个体价值养成的过程。这种跨越式转型,留下精神品格上严重先天不足，时至今日，益滋其彰。而对历史实践的影响是，个体依据不存在，个体立脚点缺无，事情往往诉诸群体层面，借组织化的集体主义运动来推行，大至政经建设，小至移风易俗，靡非如此。过去指集体主义为共产主义道德、随无产阶级革命而来，实则因果倒置；中国并非因无产阶级革命而生长出集体主义，相反，恰好是因集体主义才趋向无产阶级革命。饱经曲折之后，对于20世纪中国精神历程，颇有反思者呼吁回归"五四"，殊不知真正反思须连同"五四"在内，诸多根源已在其中，比如对个性、自我的纸上谈兵、半途而废。

  传统上，中国乡愿心态虽然严重，但并不乏自主精神。文学艺术表现尤其明显，极不善于"集体"项目、体裁和题材。我们看绘画，除少数品种（"江山图""繁胜图"之类，《清明上河图》亦属于此）外，对人的描绘从来是孤立的、分散的。音乐始终未达成和声概念，各种乐器之发明及制作，都仅供独奏之用，当代"洋为中用"虽搞出民乐合奏，然一经与交响乐比较，立显其拼凑之实。至于文学，读梁启超《译印政治小说序》《论小说与群治之关系》，即知社会性质与观念乏弱正是古代文学一直的情形。古人除从纲常角度有"载道"之谈，几乎把文学只视为个人之物。宋代邵雍有四句《无苦吟》讲文学的源绪："行笔因调性，成诗为写心。诗扬心造化，笔发性园林。"[14]这种视文学基于个人心性的理解，赵翼《书怀》诗表达更彻底："共此面一天，竟无一相肖。人心亦如画，意匠戛独造。同阅一卷书，各自领其奥。同作一题文，各自擅其妙。"[15]而李贽的形容生动之至：

> 其胸中有如许无状可怪之事，其喉间有如许欲吐而不敢吐之物，其口头又时时有许多欲语而莫可所以告语之处，蓄极积久，势不能遏。一旦见景生情，触目兴叹；夺他人之酒杯，浇自己之垒块；诉胸中之不平，感数奇于千载。[16]

"作家群"出现虽早，东汉末就有以多人并称的"建安七子"，后亦累见数子几家之称，但多系批评者以各种理由捏成，并非作家间主动形成的同人组织。古文人即有所友集，多半止乎松散的唱和相游。较特殊的，只明末一段。明末思想竞争、文学竞争，跟现代很相像。当时文人结社的热忱，无逊"五四"以后，尤其东南一带，以数十计。与传统唱游雅集不同，明末诗会文社带着明显的思想趋同诉求，往往有纲领有规条。崇祯间复社，实即诸多精神倾向相近的小会社所形成的进一步联合体，它名称中那个"复"字，就是诸社复合之意。但有一条，明末与现代不同。明末革命苦闷是自发的，现代却更多来自"落后"于西方的刺激，因而时不我待的不从容感，远为强烈，加重了没有余地、急于求成的心态。要说中国人本非急性子，中国文化也颇懂得为大于细、循序渐进、积跬步以致千里的道理，对历史不乏"多行不义必自毙，子姑待之"的沉着，具体办事晓得"徐图之"，连弈棋也讲"入界宜缓"……然这一切，都不敌对现代转型的巨大危机感。"只争朝夕"的惶悚、

"大干快上"的劲头，充盈每个人心头。既如此，自然不待乎别的办法，扶老携幼呼啦啦并肩齐上，用搞运动的方式办任何事，其中包括文学。于是历来"独抒性灵"之事，一场运动接一场运动，几千年来可谓独迥一时。

04

泛讲几句现代以来文学较古今中外如何戛戛独造，意义不大。真要言之有物，还在于研究，努力摸索其中情形。近与同行闲谈，都提到这样的看法：从优异、优质角度，20世纪文学不甚可表，但论状态、现象、情形和问题，却是宝藏富矿，茂美丰饶鲜有可比。我脑中甚至悄悄闪出一句：读者的沙洲，研究者的乐园。这当然经不住质疑，幸勿追咎，会意而已。

这组文学史微观察都做这类题目。本篇选口号为对象，首先是口号与现代以来文学的关系虽魁然大者，文学史著述或课堂之上却似乎不讲，这种阙如让不少脉络和关节交代不了。其次，口号除在20世纪文学起重要作用，还有它自己的形态史、兴衰史，如一个活生生的生命体，也经历了从春秋鼎盛到垂老衰颓，里面有不少门道、讲究，甚至是隐秘，于我很能引起稽解考详的愿望。

口号的极盛期，连我这代人也不能说赶上。我们进入文坛或开始做这一行，已在"文革"以后好几年。那充其量算口号极盛期之尾。虽然迄至八九十年代，文坛上口号现象仍有，但较之极盛期，性质与功能都不可同日而语。

总览20世纪文学口号，大致有两类。一类是某个文学群落、派社应对文坛的策略；另一类则高亥得多，是文学上明确秩序、制定规则的权力表达。两类口号，分别对应着不同历史时期。以百年来讲，中间四十年由第二类口号统治着，头尾属于第一类口号流行期。

第一类口号，例如胡适、陈独秀所喊的"文学改良"、"文学革命"，文学研究会申倡的"为人生"，以及笔者这代人所亲自闻历的"寻根"、"先锋"、"新写实"、"新状态"或略后之"底层文学"、"下半身写作"等等。这类作为文坛策略的口号，尽管其情形也丰富多彩、趣味盎然，但终不能够代表文学口号现象的极致，兼以我们篇幅有限，这里姑不多论，而把考察重心付之第二类口号，亦即文学上明确秩序、制定规则的权力表达者，从中讲几个范例。

05

这方面一个最早的象征，是左联解体触发的"两个口号"论争。当事双方，一为现代以来文坛巨擘鲁迅，一为诸多文学社盟中最强最大之"中国左翼作家联盟"。照理，他们应属"一家人"——鲁迅就是左联的盟主。然因这件事，鲁迅和左联实际形成分裂。双方分量或势力都甚了得，这次"同一营垒"的崩析，不仅摇撼了上海滩文坛，也摇撼了整个中国文坛，其余震则越三四十年未止。

就区区一句口号牵动全局而言，这是最早的例证。

先来一点引子。鲁迅在《三闲集·序言》中说：

但我到了上海，却遇见文豪们的笔尖的围剿了，创造社，太阳社，"正人君子"们的新月社中人，都说我不好，连并不标榜文派的现在多升为作家或教授的先生们，那时的文字里，也得时常暗暗地奚落我几句，以表示他们的高明。我当初还不过是"有闲即是有钱"，"封建余孽"或"没落者"，后来竟被判为主张杀青年的棒喝主义者了。这时候，有一个从广东自云避祸逃来，而寄住在我的寓里的廖君，也终于忿忿的对我说道："我的朋友都看不起我，不和我来往了，说我和这样的人住在一处。"[17]

这是1928年前后他在文坛的孤立感受，里面提到几个"社"和"文派"，就是陷他于孤立的原因。

之前，鲁迅自己差不多一直都在"社"与"派"中间；他是《新青年》的"同人"，以后旗下有语丝社，也仅仅是离开北京去厦门又从广州移居上海这较短时光，暂时无"派"，但立刻被几个"社""派"追着"围剿"，令他特别感受了孤单。那个"廖君"名叫廖立峨，是鲁迅在厦大时的学生，因为追随鲁迅，居然转学中大，鲁迅离粤迁沪，又跟到上海。但这一番追随，竟搞得廖君朋友凋零，在老师心中，很不是滋味。

可没过多久，鲁迅便从孤单摆脱。他与那几个"围剿"他最力的社团,涣释冰嫌,共同结为文坛最大组织,是为左联,鲁迅去其间当了掌门。在背后起作用的,乃是"围剿"者们的上级。中共领导人批评了对鲁迅的"围剿",成立左联,请鲁迅当领袖。对此安排,鲁迅欣然以受。不过,要说鲁迅随后便将"围剿"之事抛诸脑后,倒也不是。左联已经成立两年,他还想过把创造、太阳两社排擩他的文字,编为一集,名之《围剿集》[18]。后来之未果行,大概是已被新的烦恼所取代。

左联这组织,如它名字所示,是"左翼作家"之"联盟"。这样的字眼组合,置之古代是有些乖诞不伦的,孔颖达疏《春秋·隐公元年》:"天子不信诸侯,诸侯不自相信,则盟以要(同"约")之。凡盟礼,杀牲歃血,告誓神明,若有违背,欲令神加殃咎,使如此牲也。"[19]不料20世纪,舞文弄墨也有"盟"的必要。总之,这是一个基于明确政治宗旨、同心戮力、高度一致的文学组织,"五四"以来的文学社团浪潮,到这儿算是跃上全新台阶。但左联成立,初却未如通常那样具体亮出口号。那是有苦衷的。夏衍回忆,左联成立大会只能"秘密召开",以致"还有几位预定发言的人没有来得及讲话"即匆匆散开,且因"保密的需要和缺乏经验",报告和演说"都没有文字记录"。[20]由此情氛,可以想见它出世时为何并不特别地亮出口号。

临要解散,却突发口号大战。左联所以解散的原因,前已在《宗派》篇涉之,可参。兹径言口号论争一事,而其概况如下:

一、两个口号分别是"国防文学"和"民族革命战争的大众文学"。

二、提出时间，"国防文学"为 1936 年 2 月，"民族革命战争的大众文学"为同年 6 月。

三、提出方式，据夏衍："'国防文学'这个口号是 1936 年 2 月提出的，我在戏剧、电影界传达时，可以说没有人提出不同意见，"[21]，可知正式提出的方式，为党组织在其领导下的文艺团体进行内部传达。"民族革命战争的大众文学"却是通过在报刊发表文章公开提出，具体说，即由胡风个人署名撰写《人民大众向文学要求什么》一文，并刊登于 6 月 1 日《文学丛报》。

四、提出者，"国防文学"为领导左联及整个上海文化工作的地下党组织"文委"，"民族革命战争的大众文学"外界起初以为是胡风，后来由鲁迅答徐懋庸公开信澄清："前者这口号不是胡风提出的，胡风做过一篇文章是事实，但那是我请他做的。"[22]

另补充两条背景材料：一、"国防文学"一词取自苏联。夏衍说周扬 1934 年写文，"介绍过苏联的'国防文学'"，又说："这个词早在 1934 年周立波就提出过，苏联也用过"[23]。二、确定以"国防文学"为口号，是因"文委"诸人从《八一宣言》得知"以党中央名义提出了：停止内战、共同抗日救国、组织国防政府和抗日联军等政治口号"[24]。以此来论，"国防文学"出处可称"根红苗正"。

06

以上来历鲁迅是否了解，夏衍、茅盾、徐懋庸的回忆未曾明指，倒是胡风1977年出狱前所写材料《关于三十年代前期和鲁迅有关的二十二条提问》有此一语："收到信的时间无从记起，在1935年底可能性很大，因为大概那以后国防文学的口号才上市。"[25] 信，即萧三寄自莫斯科要求解散左联的信，是通过鲁迅转给周扬等，转交前鲁迅看过。据之，鲁迅应当知道左联党组织举措来自上级和共产国际，胡风语气也含有"国防文学"提出与萧三来信相关联的意思。

《胡风回忆录》又有一重要情节：搞一场口号论争的动议，来自冯雪峰，"他提到'国防文学'口号，觉得不大好。"[26]

冯雪峰不喜欢"国防文学"口号是一定的——他对与国民党搞统一战线，完全抵触，后竟为此意气用事，从博古与国民党的谈判中拂袖而去，而致脱党。[27] 更重要的是，冯雪峰刚从陕北来，这个来历对鲁迅等有底气与左联党组织争一争口号，不可忽视。胡风暗示，他们以为冯雪峰可以代表陕北："这是由党中央派到上海负责工作的冯雪峰考虑以后要提出的……"[28] 可见是冯雪峰让鲁迅觉得反对"国防文学"是有把握的。但这只是事情的一面，也许有另一面。从冯雪峰角度讲，他感受到了鲁迅对周扬们的怨气，而且自己确不喜欢"国防文学"的内容。他把这态度说出来，以示对鲁迅的友近。问题在于，他似乎没有指出那仅仅为他的个人倾向，或对抗日形势下中共与国民党搞统一战线的趋势避谈或谈得不鲜明，以致鲁迅、胡风从他那里想象"陕北"的态度，从而觉得可以向"国防文学"宣战。

单说《人民大众向文学要求什么》文章本身，确为胡风独立完成，他为此花了一个晚上的时间。但所谓鲁迅后来揽在身上，是"为了顾全大局""只好承担了这个责任"[29]，也不尽然。整个来看，另提口号由冯雪峰动议，具体文章交给胡风去写，但所有一切，从动议到写文，都经过鲁迅同意与批准，亦即由他拍板定夺。故"民族革命战争的大众文学"口号的归属，最终还是应该落在鲁迅那里。

当时来讲，"国防文学"含意显明易懂，文学以"国防"为要，亦即通过文学搞抗日统一战线。"民族革命战争的大众文学"用词虽普通，其内容今天反而却非一望可知。胡风原拟的口号是"民族解放斗争的人民文学"，由冯雪峰改动了两个词，以"革命"替换"解放"，以"大众"替换了"人民"。改动之间，没有实质差别，稍稍冲淡、软化了一些色彩。两个口号区别，就在于这些词的有无。盖"解放"或"革命"、"人民"或"大众"诸词，皆系无产阶级阶级斗争的标识。"国防文学"将它们拿掉、不提，是有意的。具体讲，为了形成抗日统一战线，愿与国民党暂捐嫌仇；同时，便于与并不信仰、赞同无产阶级阶级斗争，又对国民党当局保持个人独立立场的其他作家知识分子，在民族救亡前提下达成团结。而这些"国防文学"有意隐略的字眼，鲁迅方面却顽强予以坚持、保留和强调。两个口号之争，争的就是这个。

简言之，"国防文学"欲从文学领域暂时性解除阶级对抗，"民族革命战争的大众文学"则断然拒绝如此。

对此，我们先看"中间状态"的茅盾（胡风暗讽他骑墙）怎么说：

"鲁迅对'国防文学'口号的批评,着眼在它的阶级界线模糊,这是与他坚持'左联'不能解散,无产阶级领导权不能放松的思想一脉相承的。"[30]《胡风回忆录》则这样概括鲁迅派眼中的"国防文学"口号的"缺陷":"在政治原则上的阶级投降主义,在文学思想上的反现实主义"。[31]前半句指将无产阶级对文学的领导权拱手相让,后半句认为"国防文学"势必导致革命文学丧失其一贯的批判现实功能。

从无产阶级"义理"来论,"国防文学"自然有失正统,鲁迅的口号政治上则相当"过硬"。有趣的是,提出有失正统口号的乃是左联党组织,政治上"过硬"的反而是左联中几个"非党群众"。

07

问题是,"义理"不足以评判一切,事情麻烦就麻烦在这里。当时,让中国国共两党携手对付日本,乃是苏联和共产国际的意愿。苏联前狼后虎,在东西方同时支绌德日,顾不上多谈"义理",迫切需要中国革命做点"牺牲",联蒋抗日,来缓东部之忧。果然,1936年底西安事变后,国民政府承认中共合法地位,反过来,中共则尊国民政府权威、弃"苏维埃"口号、以红军编入"国民革命军"……凡此,都是与"国防文学"处在同一方向的政治军事变故。

乱局不独在"义理"与"时势"的纠结,国际共运复杂的派系,所谓正宗与左道旁门这层因素,也加入进来。当左联内部党与非党围绕"义理"与"时势"纠缠不清时,又有托派于局外斜刺杀出,公开批判"国防文学"。托派起于苏俄,是无产阶级政治中分裂出的以更左面目示人的势力,因系斯大林正统权威的挑战者,历来为苏联及其领导的共产国际严厉打击。它在中国也有一批追随者,而中共自1922年起加入了共产国际,为其一个支部,对托派自然也目为不共戴天之仇,后来延安对王实味即以托派论罪。

茅盾说:"也就在那个时候,徐行抛出第一篇反对'国防文学'的文章《评国防文学》,他把'国防文学'说成是放弃无产阶级利益向资产阶级投降的口号。"[32] 由此可知,托派批判"国防文学"的基本点,与鲁迅派所论略无不同。

托派搅局,致事情忽添变数。本来从教条角度犹居弱势的周扬方面,底气陡增:"现在托派(指徐行)跳出来攻击'国防文学'了,这说明我们的口号是正确的。"[33] 反之,原先于理甚"正"的鲁迅方,却因托派唱和,一下陷于被动。胡风说:"国防文学派的攻势愈来愈猛,闹了相当长的时间,雪峰不但不能调整处理,反而有些惶然了。"显然,冯雪峰没有料到其所策动的口号论争,会得到托派叫好;但他当然晓得托派是万万沾不得的,所谓"惶然"即是因此。

对于口号问题,托派不但与鲁迅方持论相类,居然还有行动上加以联络的表示,前来认鲁迅为同志:"恰好托派利用了不负责任的流言,好像鲁迅是反对统一战线的。他们认为有机可乘,给鲁迅送来了'拉拢'的信。鲁迅看了很生气。"[34] 那没法不生气,托派几乎是最坏和最危险的罪名。故距胡风公布鲁迅口号仅一周余,6月9日,由冯雪峰笔录,鲁迅致托派领袖陈仲山公开信,也即很多读者所熟悉的《答托洛斯基派的信》,郑重声明划清界限。

过去说到这一段,语焉不详。多年前听完现代文学史课程,笔者对鲁迅与周扬或两个口号中间,为何还夹杂一个托派,鲁迅又为何在答徐懋庸信中忽然冒出一句"那种表面上扮着'革命'的面孔,而轻易诬陷别人为'内奸',为'反革命',为'托派',以至为'汉奸'者,大半不是正路人"[35]以自辩,颇摸不着头脑,请教老师亦不获径解。盖依当时历史语义,鲁迅口号受到托派响应这一点,乃是忌讳,只能含糊,不能明言。不知如今课堂上是否已可原本道之,总之其缘来如此:鲁迅口号当时确为托派所喜。

现在不仅为了厘清史实,从过程上我们亦应指出,两个口号论争所以由嚣扰激烈忽然"顿失滔滔",隐秘即在此。茅盾云,答徐懋庸信之后"两个口号的论争就进入结束阶段","到九月中旬,冯雪峰已在为发表一篇《文艺界同人为团结御侮与言论自由宣言》而奔忙,在这个宣言签名的,有文艺界各方面的代表人物二十一人,包括了论战的双方","文艺界终于在抗日救亡的旗帜下联合起来了。"[36]亦即"国防文学"原来的反对者,自己也转而在文坛张罗起"团结御侮"了。

08

就此可以说,论争不了了之。也可以说,实际是以"国防文学"

的路径为收束。自云"两边都参加"[37]的茅盾,晚年解释说,两个口号"可以并存,互相补充"。这是和稀泥,若真如此,何至打得如火如荼?两个口号,明眼人一看即知对立悬殊,恰恰没法并存。茅盾岂不知此,但一来自己"两边都参加",二来为日后现代文学史"权威话语"所约束,对鲁迅声望不能不维护,故而想出一个可以"并存""补充"的和稀泥之说。不过,细味字里行间,他倒也委婉露出其他的意思。如"鲁迅提到这口号是专为给左翼文学者以鼓励和指示而发的,他一点也没有要拿这口号去规约一切文学的意思。"又说:"胡风从关门主义和宗派主义出发,有意无意地曲解了鲁迅的意思。"[38]里面有微词,然而只是将它指向胡风而已。他暗示,"民族革命战争的大众文学"有"关门主义和宗派主义"之嫌;其次,倘若鲁迅提这口号真有"专为给左翼文学者以鼓励和指示而发"的用心,我们不免感到鲁迅也真是精于文坛政治术,懂得公开一手、背地另一手。

猜度之见,不宜入史。从复原历史角度做一点总结,大致是这样:抗日这件事,一是如"救亡"字眼所示,为国运所系,二来亦关乎社会主义苏联解其东西受敌、左支右绌的需要,三来还可令蒋介石欲在西北毕剿共之功于一役的谋划化为泡影,此三者都是大局,故左联党组织提出"国防文学",从文学上加以呼应、配合。反观"民族革命战争的大众文学"口号,于上述"大局"则无所裨益。这是从当时来说。三十年后,江青等以投降主义和迫害鲁迅等罪名加诸"国防文学",是出于"文革"政治需要,另外出牌,翻脸不认账,罔顾口号论争的历史实际。

此事是非约略如上,然而我们兴趣却在是非以外。一句口号而已,双方大动干戈、谦让未遑,究竟为何?这才是引人好奇之处。设想一下,若是曹雪芹、卡夫卡,或不拘什么时代埋头于写作本身的作家,把两个口号论争说与他们听,他们能否解其滋味?言此,茅盾于那番和稀泥之论后又写道:

> 对于少数几个为宗派主义所养大的善于"内战"的朋友,希望他们即速停止"内战",并且放弃那种争"正统"的,以及想以一个口号去规约别人,和自以为是天生的领导者要去领导别人的那种过于天真的意念。[39]

这几句,在文中作为单独一段出现,字面好像并不完整或有语病,读来吃力。可惜我们没有原稿,否则可以查看这里曾否改了又改,以致舛乱。由于它紧接着批评胡风"有意无意曲解"鲁迅之后出现,依上下文关系,显然是在继续为我们解读鲁迅口号提出的原因。尽管语句欠完整,但意思仍可体会——他是说,论战源自左翼文坛领导权之争,争"正统"、谁"领导"谁。

实际上,作为知情人,茅盾回忆录围绕口号论争洋洋万言,恰是这一小段疙里疙瘩的文字,触及实情,说了真话。

"规约"、"领导"二词是要害。发生口号论争,且值得争、争得起来,前提就是文学"组织起来"。没有组织,各人单干,何用

"规约"？何谈"领导"？见到文学与这样的字眼联系在一起，我们难免生出会众化、帮会化的联想。虽然有些不伦不类，实际情形却的确如此。只有到了秩序异常紧密的状态，才发生"规约别人"的必要。而且随着格局如此，若不去"领导"别人，就势必被别人"领导"。早期现代文学社团已有这种影子，只是组织性还不够强，而到左联这种阶段，文学生态所提出的领导权问题，已容不得丝毫含糊与朦胧。左联的不欢而散，可以说是文坛领导权归属非明确不可的明证，鲁迅和左联党组织，各自认为居于"规约别人"、"领导别人"的地位，从而导致口号之争，此可谓彰彰明甚。这也跟左联的特殊性有关。左联既是组织化文学真正的开端，同时，又是尚欠严密或明确的产物。一方面，左联基于思想乃至政治的绝对一致性，是一种有排他性的封闭的文学战斗团体，此亦即鲁迅口号何以要坚持不弃"阶级界线"；另一方面，它又"党内有党"，叠床架屋，在日常行政领导层以外，设有单独的党团机构。此二者关系，依现在情形谁都知道其为一虚一实，前者虚设而后者实控。惜乎彼时不能将此明示，鲁迅并不明白他这位"盟主"实则与后之作协主席一样，乃是名誉性而非决策性。及至50年代，这一概念便不存丝毫含糊，茅盾身任作协主席，但作协任何实质工作及其决定，均与他无涉而悉数政出党组。所以说，两个口号之争，既不会发生于左联之前，也不会发生于左联之后，而唯发生于左联这段特殊时期，是文坛既有了严密组织，却又话语权不够清晰、领导关系不够祖明所致。

09

作为文学组织化过程中提出的命题,两个口号论争虽然貌似不了了之,是非曲直也未必能够究其水落石出,却仍不失20世纪文学史一个分水岭。经此,未来文学的骨格,彻底明朗了。文学大势,就这样被一桩口号事件揭橥出来。表面上,两个口号是义理之争、观点之争,而实质却直指文坛秩序、规则如何订立,关乎权力归属、政由何人、号令谁出。反之,人们也从而意识到,口号的意义,再也不单纯是文学团体回应外部文学现实时发何声、如何发的问题,而更主要地表征了"组织化文学"如何整理、明确其内部权力关系。以此次论争为界碑,之后四十年,口号在文学中此一象征意义便未尝有变。

越数年,情形果得验证。

虽然古之文学与口号无关,但两个口号论争能争得起来,当中却有那么一点"古风"——周扬等以左联党组织名义提了一个,另几位同人不满意,便又提了一个。可见那时,文学口号还算"开放区域",不拘谁想提皆无不可,大家争鸣。然而几年以后,沿《讲话》而来的文学,不知不觉间已把提口号变作一项专属权力,唯身份特殊人物,或在文坛负领导、管理职责的机构,方可染指。

《讲话》以降,尽管并无明文规定,可是所有人却心照不宣:文学口号的主要发表人将是毛泽东。

经他提出的"工农兵方向"、"古为今用,洋为中用"、"推陈出新"、"希望有更多更好的文艺作品问世"、"革命现实主义与革命浪漫主义相结合"诸多著名口号,覆盖了漫长历史时期,引领文学的全部发展。这些口号,借刘少奇口号分类理论言之,都有"行动的口号"性质,是文坛的"指令",起着"调集群众,分配任务,配置各种力量"的作用;凡有口号,文学工作者必须积极努力、分毫不爽地遵行,落于实际。

随着口号性质越来越严肃,对它的态度便愈见深沉。古云"唯器与名,不可以假人"[40],口号作为统一思想的工具,隐约有了国之重器意味。从前文人提出口号,冲动、随意颇不少见,有时则至于抱游戏抑或哗众取宠心态,格调固然不高,气氛却还自由。现在,文学口号俨然大事,郑重之至。首先,提口号须看身份,不是想提便提,身份不够或不对而乱提口号,则有僭越之嫌;其次,不但自知无此资格者退避三舍,即有那样的权力,对于提口号也深思熟虑、掂量沉吟,一经提出,就要有言出法随的分量及效果。以故建国后,文坛口号数量在减少,不像"五四"及30年代,文学口号满天飞。同时,口号数量虽减少,分量却空前提升。通常,一个口号提出,都表示文艺方针政策上的重大决定抑或调整。从1949年至1979年,这三十年间,文学口号的情形基本如此。

10

对此,我们以"百花齐放,百家争鸣"为例,作一观察。

口号

1956年4月28日政治局扩大会议上，在陈伯达发言中毛泽东以插话方式讲了几句："'百花齐放，百家争鸣'，我看应该成为我们的方针。艺术问题上百花齐放，学术问题上百家争鸣。讲学术，这种学术可以，那种学术也可以，不要拿一种学术压倒另一种学术。"[41] 几天以后，5月2日，即毛泽东在最高国务会议上第二次讲十大关系时，将"双百方针"正式提了出来：

在艺术方面的百花齐放的方针，学术方面的百家争鸣的方针，是必要的，这个问题曾经谈过。百花齐放是文艺界提出的，后来有人要我写几个字，我就写了"百花齐放，推陈出新"。现在春天来了嘛，一百种花都让它开放，不要只让几种花开放，还有几种花不能开放，这就叫百花齐放。百家争鸣是诸子百家，春秋战国时代，二千年以前那个时候，有许多学说，大家自由争论，现在我们也需要这个。[42]

于今视之，八个字平平常常，然在当时，着实让人屏息凝神。盖解放以来，思想文化尤其文艺形势，一直严厉。伴随全国知识分子改造运动，批《武训传》、《清宫秘史》，批《红楼梦》研究唯心主义倾向、批胡适、批胡风，直至1955年引发大文字狱"胡风反革命集团"案，又就此延展为肃反运动，牵出"丁（玲）陈（企霞）小集团"……短短几年，文坛风刀霜剑、人人自危。

"现在春天来了嘛"是双关语，既指毛讲话的时令，更引申为文化上的气候。所以才带出"百花齐放"的象喻,"一百种花都让它开放,不要只让几种花开放,还有几种花不能开放"。这图景与现实反差有多大,语言形容无力,不如直接看数字——夏衍说,1950、1951年,全国故事片年产量有二十五六部,批了《武训传》,"1952年骤减到两部"。[43] 四亿人口规模的大国,一年仅两部电影可看,聊胜于无而已。如此精神贫饿之下,忽然宣布"一百种花都让它开放",这样急转直下,实无合适语汇堪予言表。

陡然至此,颇存隐情。本年有个突发事件。2月14日,苏共二十大开幕,是为斯大林去世后苏共首次全国代表大会。继任者赫鲁晓夫,2月24日作秘密报告《关于个人崇拜及其后果》,严厉批判斯大林,后者神像轰然倒掉。此事不独令社会主义阵营,即全世界范围,也都为之有山崩地裂之感。

在中国,赫鲁晓夫报告以内部传达方式渐为人知,范围严格控制为行政十三级(当时的"高干线")以上党员干部,行政级别够但非党的干部以及普通党员都不能与闻,一般群众更不必说。黄秋耘忆,整个中国作家协会"能听这个秘密报告的,也不过十来个人,在一个密室里,关起门来念":

> 反正是在密室里传达,还这样宣布:听过传达,出了门以后,彼此之间不许交谈,不许议论。当然,更不许对外边的人讲。[44]

在先后几十年时间当中,如此紧张、密勿的氛围仅发生过两回;

另一次是十二年后林彪事件爆发时。

震惊和警觉,在所难免;然而,赫鲁晓夫秘密报告对中国其实有另一面。报告终结了斯大林的神话,而中国革命与斯大林或其统治期苏联的关系,从来苦乐参半。斯大林粗暴干涉中共内部事务,对若干路线失误负有责任,又将苏联自身利益凌乎中国革命之上,屡有牺牲后者的要求与做法。所以中共高层对赫氏报告,一面忧虑"全世界共产党摇摇欲坠"[45](毛泽东),一面则有"欢喜"的感受,尤其在1956年当时。韦君宜《思痛录》亦有两笔记述。一是:"在北京市委的讨论会上,我亲耳听见彭真说:'这个报告一出,斯大林一死,全世界的共产党员自由思想了。'"二是:"我还在这里听到了市委的负责干部们议论:毛泽东主席说那次斯大林强迫中国出兵抗美援朝,使他一肚子气;还有以前斯大林和蒋介石订中苏友好条约,是两肚子气。看起来毛泽东主席对于斯大林的唯我独尊也是很不满意的。"[46]这种态度稍后已非秘密,毛泽东乃至与外国党来宾谈话时也公开表示:"这是一种解放,一场解放战争,大家都敢讲话了,使人能想问题。"批评斯大林"以前思想控制很严,深过封建统治,甚至有些君主也比他开明些"。甚而联想到自由平等的口号:"这也是肯定,否定,否定的否定。博爱、自由、平等是资产阶级的口号,而现在我们反而为它斗争了。"[47]

与60年代单向度地痛批"苏修"或赫鲁晓夫不同,当时,这场精神强震对中国确有一层思想解放意义。中共领袖们,首先是毛泽东,激发出创新、开拓热情。这在1956年被表达得甚为清晰。

《论十大关系》(1956年4月25日)、《如何处理人民内部的矛盾(讲话提纲)》(1957年2月)、《在颐年堂的讲话》(1957年2月16日)、《关于正确处理人民内部矛盾的问题》(1957年2月27日)、《在最高国务会议上的结束语》(1957年3月1日)、《在中国共产党全国宣传工作会议上的讲话》(1957年3月12日)……约摸一年光阴中,毛泽东的思考新意迭出,充满探索性。其成果集中体现,则是首次提出以经济建设为中心、在政治经济文化各方面展现理性风范的中共八大。

以上,仅借苏共二十大以言双百口号所出之一隅。故"百花齐放,百家争鸣",不知者仅见此八字,知者则从后面见到一长串文章,读出各种来历与细节。那真可谓错综复杂、说来话长,其横向轴上有1956年初中央知识分子工作会议、2月苏共二十大、4月《论十大关系》、9月中共八大等,纵向轴上自1955年前溯,依次有肃反运动、反胡风、文艺整风和知识分子改造运动、批旧红学、批《武训传》等……我们若称这寥寥八字,浓缩了解放以来整个思想、政治、文化前史,毫不为过。实际上,也唯当置之完整的背景下,我们才对之所以1956年生出这样一句口号,知其所以然。

11

文学口号至此,背景之厚、渊源之幽,都到了以一发能牵全局的地步。这是文学与意识形态乃至国家政治浑然一体、息息相关所致，政治既以文学为轮翼，文学则引向政治之堂奥，虽然还以文学名之，其实远超文学自身之上，我曾于《解读延安》建议以"超级文学"标其特质。而对"超级文学"来说，文学口号是它实施自我整合所必倚重的利器，方向设置、思想统一、生产控制乃至尺度变化与调节，悉所寓纳。比如"百花齐放，百家争鸣"这样一个超级的文学口号，提出之初，即发乎文艺政策高度，自非过去任何文学口号可比了。且不唯出身不凡，其所延存，亦不像普通文学口号那样应运而生、随势而灭，而是视同政令保以长久，故其未来亦将随历史齐生长、与时事共浮沉，或添新内容或注新解，求得对政治变化的适应。久而久之，一个重大的文学口号，可能单独构成一个话语史。先前，我们讲20世纪文学可浓缩为文学口号史，而在某些超级的文学口号面前，只怕是反了过来——一句口号，就凝聚了相当长一段文学史。即以"双百"口号来论，我们若将1956年至1986年这三十年，归结为要不要、能不能或者有没有落实该口号，谁也不能说这概括不成立、不精要。

首先为"双百"口号再添新解的，正是毛泽东。本来，"百花齐放，百家争鸣"就其逻辑而言，指"万类霜天竞自由"，乃自由或不加限制的文化生态。他在解释"百家争鸣"时，也明明用了"大家自由争论"这样的表述。但后来却附加了一个说法，即著名的香花毒草论。这样一来，"放"的就不一定都是花了，也会有毒草，从而引出香花可放、毒草要除的话语。

这一番枝节旁生，让人感慨于政策如果寄之于形象化的诗性表达，弹性太足。不过反过来，假如本来就追求着表达富于弹性，则未始不是好处及便利，因为有弹性方可回旋。总之，"百花齐放"口号最初确以如诗如画的生动形象，使闻者身临其境、深受感染，但大家却疏忽于这种生动形象，这种比兴、"形象思维"特色，是过于发达的能指，蕴藉极多。1957年，随着形势变化，"春天"意象欣欣向荣、暖意洋洋以外的含意，比如蚊蝇孳生、百害活跃，就渐渐地被激活了。

那是3月以后，"大鸣大放"（鸣，百家争鸣；放，百花齐放）在毛泽东看来走向了"反面"。其实并非"反面"，是"百花齐放，百家争鸣"正常、应有、可以推见的景象，只能说与毛泽东的理解、意想不同，或超出他的接受范围。一如1955年肃反忽然翻成1956年"春天来了"，1957年春夏之交，也是旬月间逆转，鸣放终止，反右开始，是当代仅次于"文革"的大变故。

口号提出以来，文坛作为"花"来放的许多作品，转眼成为"毒草"。遭遇这样的变故，在当事者（作家作品）虽尴尬无妄、啼笑皆非，而"双百"口号却毫发无伤、光鲜如旧，并不因实际情势的逆变蒙尘染垢。此即以形象生动口号指述政策的巧妙——灵活绮靡，再解释余地大。当初若非"花""鸣"的诗性话语，而换成法律语言、以立法方式来界说文学创作和思想学术自由，后来就很难转圜。即便如此，双百口号从它的起点状态转换到与形势变化同步的样子，在毛泽东亦非一蹴而就，而有点滴渐变的过程。这一经历，好像尚无人曾加梳理，在此，我们依据所知略窥一二。

开始他也只讲"花",并无"毒草"之论。有之,从可见文献追踪,苗头是 1957 年 3 月 1 日所写《在第十二次最高国务会议作结束语的提纲》:

散花野草也有用处,其中有些可能转化为香花,香花也可能变得不香了。[48]

此时用词为"野草",仍无"毒草"概念。散花野草,应同"闲花野草",指用处不大的小花小草,不含"害"义。毛泽东可能想到了有些文艺现象与现实关系不直接、较为疏闲,而他觉得对此不但容许,且"散花"未必不会变成"香花"。

十二天后,《在宣传会议上讲话(提纲)》,始现"毒草"一词,见第七个问题"'放'还是'收'":

……还(是)"放"的方法好,不要怕"放",不要怕批评,不要怕乱,不要怕牛鬼蛇神,不要怕毒草,我们将(在)百花齐放、百家争鸣中发展真理,少犯错误,将一个落后的中国变为一个先进的中国。[49]

着重号原有。"野草"变作"毒草",附以"乱"字,还伴以后来大批判的名言"牛鬼蛇神",但可以看出,在这里毛还愿意从正面看鸣放,改革探索思路犹在(就在这份提纲,有"立志改革的人"

之句，也加上了着重号[50]）。

到5月15日作为正式反右标志的《事情正在起变化》一文，"香花""毒草"才以众所周知的定义及关系出现：

> 这一次批评运动和整风运动是共产党发动的。毒草共香花同生，牛鬼蛇神与麟凤龟龙并长，这是我们所料到的，也是我们所希望的。[51]

特意强调"所料到""所希望"，显出自圆的心曲。文中还有其他类似的话，如"大量的反动的乌烟瘴气的言论为什么允许登在报上？这是为了让人民见识这些毒草、毒气，以便锄掉它，灭掉它。""'你们这一篇讲话为什么不早讲？'为什么没有早讲？我们不是早已讲了一切毒草必须锄掉吗？"[52]

实则文件俱在，最早只有"花"的意识，"放"的都是"花"乃至"一百种"；后来浮出"散花野草"之想，但也是"香"的或可以变成"香"的；再后来才讲到了"毒草"，但确未讲过"锄掉"，讲的是"不要怕毒草"、"还是'放'的方法好"，"放"可以发展真理、少犯错误、使中国落后变先进；迟至3月19日，观点仍是"谁怕批评？阿Q。""要讲真心话，很多事不要两套。"[53]

《事情正在起变化》原题《走向反面（未定稿）》[54]，为何要改，可以品味。"反面"，多少含有事与愿违、始料未及的意味，而毛后来愿意强调的是"引蛇出洞"、"阳谋"，亦即一切尽在掌握。但我们的疏证，呈现事情并非那样。从"百花"（一律是"花"）到区分"香花""毒草",字眼变迁,昭示毛的意识其间经历了自我动摇,这是确凿的。

所幸他是诗人,用诗一般句子来描述重大政策,这使认识动摇后,可以补苴罅漏。虽然"百花"意思明明是凡所开放一律是"花",但谁也不可能追究"百花"怎么说话间就变成有些是"花"、有些是毒草。终于,毒草说还是成功地给"百花齐放"打了补丁,使它不致因局面不利而失据。

因为取自象喻,"双百"口号在1957年春夏之交的难关中算是全身而退。但以这种性质与类型的口号表述文艺政策,麻烦亦自不少。何谓香花、何谓毒草,充满随意性,过于灵便,后来一直为此有扯不清的账。昨日是香花,今天是毒草;昔时毒草,也可变成"重放的鲜花"。一言兴邦的事,我们或未见过,但一句口号怎样让文学蓬转萍飘,却看了个真真切切。

虽然如此,就其原初动机论,"百花齐放,百家争鸣"还是毛泽东时代一个最好的口号。可惜只允行半年多就束之高阁,终迄70年代末,都仅为一句口号而已(江青掌文艺时甚至避提之)。它真正发挥积极作用是在80年代,当时,文学变革因有这面旗帜,许多沮抑之图只得悻悻作罢。

12

透过"双百"口号,我们见识了文学入当代后,小小文学口号如何附着于国家意识形态的中枢神经,传导最高端的信息。此时回想早期文学社团文人所吵吵嚷嚷的口号,哪怕好像掀了轩然大波的左联两个口号论争,显然都已不在话下。对于当代文学,口号定得了方向路径,定得了作家什么可写、什么不可写抑或写又如何写。甚至连这些亦属其次,由于与权力以至最高权力交感,文学口号简直也可睨视治国理政的抑扬顿挫。

一个生动案例,是"为最广大的人民群众服务"口号,别称"全民文艺"。它于1962年5月25日,以《人民日报》社论方式提出,关键性表述为以下一段:

> 今天的情况同二十年前不同的是,我国人民已经胜利地完成了新民主主义革命和社会主义革命,建立了中华人民共和国,正在进行社会主义建设。现在,各民族的工人、农民、知识分子及其他劳动人民,各民主党派和民主人士,爱国的民族资产阶级分子,爱国侨胞和其他一切爱国人士,在中国共产党的领导下,结成了人民民主统一战线,积极地参加和支持建设社会主义的伟大事业。因此,这个人民民主统一战线内的以工农兵为主体的全体人民都应当是我们的文艺服务的对象和工作的对象。[55]

"今天的情况同二十年前不同"一语引人注目。由社论见报日期推知,"二十年前"便即1942年5月25日,那时,延安文艺座谈会刚刚结束。没错,社论正是为"纪念毛泽东同志《在延安文艺座谈会上的讲话》发表二十周年"而写,引号内文字即其副标题。然而很堪诧异,作为纪念文字,所强调却是"今天的情况同二十年前不同",并随后提出"全体人民都应当是我们的文艺服务的对象和工作的对象"。凡对《讲话》略知一二者,都知道"工农兵方向"、"为工农兵服务"乃其核心内容,社论却大谈特论"全体人民都应当是我们的文艺服务的对象和工作的对象",所云何曰自是一目了然——不能不说,社论试图调整以至改变一直以来的文艺指针。

此时何以忽然有这样一篇社论?需要从头说起。

《讲话》作为毛泽东一生最重要文本,逢十必纪念,此一习惯从50年代延至当下,足足七十年而不改。1962年,乃《讲话》发表第二个十周年,纪念工作亦以极度重视程度筹备。从2月到4月,北京召集文艺界人士开长达两个月的"纪念《讲话》二十周年理论会议",目的只为最终写一篇社论。之前"由中宣部向中央书记处写了关于纪念《讲话》向中央的报告,提出纪念重点,具体安排。中央批准后,林默涵于2月2日召集各有关方面负责人研究"[56]。嗣后,2月12日起,会议在新侨饭店开幕。

会议本身,按部就班。以两个多月并大量人力物力,反复讨论,终于写成社论初稿。然而,"没提出什么新的尖锐的问题,显得四平八稳"[57]。实则从与会者层面讲,这样的结果很是正常,抑且原该如此或只会如此。当事情至周扬那个层次,才显出不同。参会的黎之记述:

周扬在看了"社论"稿的第二天，召集林默涵、何其芳、张光年、袁水拍到他的办公室。一开口就说：这个稿子不行。接着他似乎胸有成竹地讲了自己的看法、想法，大意是现在时代与二十年前不同了，应该有些新的提法。他的谈话中心思想，就是后来在以《为最广大的人民群众服务》为题的"社论"里用文字表述出来。[58]

"今天""与二十年前不同"这个后来的社论主旨，直接出自周扬之口。而值得注意的是"胸有成竹"四个字，显然，周扬敢发此论并非他个人偶思随成，而是其来有自，反映了更高层面的观点。

背景有大有小、有远有近，有间接复有直接。撮而述之，约略如下：反右以来的左倾思潮及其政治经济表现大跃进运动，造成严重恶果，民不聊生，经济濒于崩溃。1962年1月11日至2月7日召开扩大到县级、与会人数多达七千一百一十八名的"扩大的中央工作会议"，即七千人大会。刘少奇在会上讲了著名的"三分天灾，七分人祸"的话，并对毛泽东关于缺点和成绩"一个指头和九个指头"论公开提出异议，称应为三个指头和七个指头乃至不止三个指头。周恩来福建组讲话强调必须展开检讨，"我们检讨的目的，是为了增强团结。"隐指不检讨党内团结堪忧。而立足于什么检讨，或怎样才能达到团结？他说，唯有"说真话，鼓真劲，做实事，收实效"。[59]刘、周所论，体现了高层主流看法。过后毛泽东称之"只讲黑暗，不讲光明"、"讲困难讲黑暗合法，讲光明不合法",形容为"黑暗风"[60]。也就是说,批评态度和实事求是的呼声,在党内一时占了上风。纠左话语遂从各项工作展开。有关文艺和知识分子的话语导向及权威,随而发生明显变化。当年曾在重庆领导国统区中共文艺战线、建国后逐渐疏离文艺领导而少有发言的周恩来,此一二年间十分活跃,重拾话语权,直接介入文艺的指导,连续发表思想宽松、鼓励探索的谈话,又与陈毅一道推动"脱帽"(为右派分子摘帽)、"加冕"(将知识分子正名为劳动人民一部分)。

如果说周扬"胸有成竹",此"竹"非它,就是普遍要求纠左的中央领导集体;具体而言或进而言之,尤其是积极介入文艺指导的周恩来。周在那二三年间,一改其建国后对文艺问题的相对寡言,频频发声,很有重现当年在重庆亲抓国统区文艺工作的风采之意味。后来江青指控"文艺黑线",将其列于刘少奇名下,实则如林默涵所说,"是对着周总理的"[61];刘少奇几乎没有过问过文艺,假如"十七年"毛的文艺路线之外有什么"黑线",唯周恩来够此资格。就此我过去写有《周恩来时间———一九五九至一九六二年的文艺斗争》,专述周氏这一段对文艺的改良,可供参读。

事实上,整个共和国之毛泽东时代,唯有1962年才可能出现强调《讲话》时代已与今天不同的话语,试图以"为最广大的人民群众服务"口号来逾越"工农兵方向"。此亦先前"文学口号简直也可觇视治国理政的抑扬顿挫"之谓也,其所表露的,绝不仅在、仅限文学,而构成"毛泽东时代"弦外之音。

13

　　盖在当时,毛泽东在党内的身份和地位,并未有任何改变,从表面上,普通干群无从见到变化。然而,借纪念《讲话》提出这个与"工农兵方向"相异的"为最广大的人民群众服务"新口号,却传递出异样的信息。当时类似信息,尚有广州会议发出为右派分子"脱帽"、为知识分子"加冕"的声音,然而不及这篇社论直接,社论于纪念《讲话》之机,径称今天已非"二十年前",且《讲话》核心观点加以修矫。这一"改变"可谓突兀,它既是七千人大会的结果,也是将七千人大会精神或消息向社会加以透露的一种方式,虽然含蓄隐晦,善明察者却能捕获实质性信息。在此,文学口号起到了对于话语权转移兴替的隐喻作用。

　　政治系统中权力消长,未必直接或首先表现为身份识别,很多时候,端倪显于"仪注"。此系古词,无法以现代语替代。例:茅盾《锻炼》:"这也不知是何年何月定下来的仪注,如果不把两张八仙桌拼起来再盖上一块白布,那会议就不够正式。"[62] 中国有其举世无双的"礼"文化,"进退有度,尊卑有分,谓之礼",将此精神落实为形式或规格,便是"仪注"。古凡国事皆备"仪注",严格遵行,纹丝不乱。现代表面无此"明文",然而观察正式、重大场合诸般细节,实际仍可发现不少,比如领导人露面,谁行前、谁居后,一般领导与主要领导保持距离几许等等,皆此也。所谓"仪注",也见诸话语权。四十年前,围绕它就颇有不成文而被默循的"仪注",包括发表题词,为学校机构报刊等亲笔书写名称,以领导人姓名命名地方、器物或组织,以及提出口号等的资格,差落有致。以题词来说,1963年为雷锋题词时,毛泽东、朱德、刘少奇、周恩来、邓小平、陈云均有发表;而到"文革"间,拥有题词资格的仅剩毛泽东和林彪,连江青亦不能一试。

"为最广大的人民群众服务"口号出现,将文艺话语权"仪注"打乱。此前十来年,凡方向性、政策性文艺口号,"希望有更多好作品问世"、"推陈出新"、"百花齐放,百家争鸣"、"两结合"等,均出诸毛泽东。此因解放以来文艺口号经高度组织化、一体化文艺体制规约,含精简之号令、号召性质,唯柄权者可发,以外人等与机构,负执行之责而不宜擅提口号。故眼下出现这样一个对《讲话》含修正意味的口号,除了它本身提法堪予注意,更表示话语权情形发生异动。

以上,单从"为最广大的人民群众服务"口号或许看得还不清楚,而当随后又一个口号出现,我们于1962年政治话语权借文艺口号而展开的互抗,便一览无余。

——几个月后,毛泽东透过北戴河会议和八届十中全会刚刚"扭转方向",文艺方面马上出现一个新口号。其即"大写十三年",它酝酿于1962年底,由柯庆施借对上海文艺界元旦讲话抛出,旋为1963年的文坛大事:

1963年4月，中共中央宣传部在北京召开文艺工作会议。会上就柯庆施提出的所谓"大写十三年"问题展开热烈争论，周扬等多数人在发言中指出："写十三年"这个口号有片面性，批驳了那种认为只有写社会主义时期的生活才是社会主义文艺的错误论调。张春桥进行了无理辩解。[63]

此前文艺改良，强调为"最广大的"人民群众服务，就是不满解放以来文艺越走越窄，欲拓宽文艺之路。"大写十三年"深明于此，刻意、针锋相对地彰显"你觉我窄、我却犹嫌窄得不够"，以至声称唯有以1949年以来为题材的写作，才配称"社会主义文艺"。这斗气式的对撼，很大程度是借文艺问题作政治肌肉的展示。从"全民文艺"到"大写十三年"，1962这一轮罕见的文艺口号对抗，说明意见双方对口号有共同的认识和运用。既然一方曾用口号传递某种信息，现在当话语权又有消长，另一方马上回敬以新口号，来宣示摈排的情绪。这一番较量，极为可观。"全民文艺"口号命运，与其政治实力如出一辙，虽经提出，却因形势迅速翻转而无任何机会投诸实践，对文学现实可以说毫无影响；反观"大写十三年"，尽管起初遭到抵制，强劲之势则无可阻挡，进而引出"两个批示"和江青之京剧现代戏等，摧枯拉朽，一路奔往"文革"，及"黑线专政论"出台，"全民文艺"口号所标示的文艺改良路线，可谓完败、惨败。

就官方文艺理念来说，从"全民文艺"到"大写十三年"的口号对撼,是"十七年"间唯一一幕重头戏。周扬领导下的中宣部,因执行文艺改良路线,而卷入旋涡。除"全民文艺社论",周扬还主持制定了《文艺八条》,那更是一份文艺改良的纲领,其第一条就含"题材应该多种多样,作家艺术家有选择和处理题材的充分自由"字样。可以说,"大写十三年"的矛头,十分具体地指向《文艺八条》——当然,最终是指向推动、促使《文艺八条》产生的更高话语。就此特别谈一谈周扬。北戴河会议后,周扬工作"受到了严厉的、也可以说是致命的批评,和根本性的否定"[64]。而他表现殊为不易。"带头出来坚持《文艺八条》的精神,公开出面抵制和批评柯庆施、张春桥'大写十三年'的错误的、典型的题材决定论的人,不是别人,正是周扬同志"[65]。周扬在过去历次文艺批判斗争中扮演主角,言此,人们至今有一疏忽,普遍以为周扬转变在"文革"后,实则梳理一下事实,1962年后周扬已不复有左的表现,其之为毛泽东在"文革"中所抛弃,几乎全由1962年而起。

借"为最广大的人民群众服务"口号所尝试的挑战,引起的回击极为严厉。从"大写十三年"开始,加倍发出更左的信号,形成又一段自成序列的口号史,终由"塑造无产阶级英雄典型是社会主义文艺的根本任务"[66]的口号集了大成。就像"十七年"留下带有独特烙印的若干口号一样,"文革"的文学史,亦尽可通过其口号序列描述编诠,只是那里面情形,空间极其逼仄,言之乏味,可以留待专门研究,此处不谈也罢。

14

以后,是延续至今的文学"新时期"。说到今日文学之门,实际亦由一句口号开启,即1979年四次文代会提出的"文艺要为人民服务、为社会主义服务"。[67] 人们一般把新时期文学开始与"文革"结束视为同时,但眼光如果细一点,会发现两者实有二三年的距离,直至1977年底,除了对江青等可以指名斥之,文学与"文革"中略无轩轾。1978年才是"变"的开始,但当代文学因为它的特殊规则,这种"变"非得由一个口号来落实和确认不可,于是便有四次文代会上述口号。

它的作用,主要是封存高居文学口号排行榜头名数十年的"文艺为政治服务"。

"邓小平同志最近说,我们不继续提文艺从属于政治这样的口号",周扬介绍并回顾这一变化的历史和认识:

从30年代左翼文学运动以来,我们的文学艺术一直是和革命的政治有着密切而不可分的关系。左翼就是个政治概念。我们的文艺就是革命的无产阶级的文艺。既然长期以来,我们都提文艺为革命的政治服务的口号,而且这个口号确实起了革命的作用,为什么现在不要再这样提了呢?是不是过去提错了呢?有些口号过去提过,后来不再那样提了,并不等于过去错了。过去的某些口号曾起过很好的作用，同时也发生过副作用，现在情况变化了，又有了过去的经验，不再重复以前的口号，换一个更好一些的、更适合于今天情况的口号有什么不可以呢？口号是随着形势的变化而更替的，而且总是带有一定的局限性。我们不要把任何口号凝固化，神圣化。我们对任何事物都要有分析。[68]

四次文代会报告，将封存"文艺为政治服务"口号的理由，讲得更具体：

> 任何政治家，包括无产阶级的政治家，并不能保证自己在任何时候总是正确的。[69]

政治会出错，故而没法规约文学必须为一个可能靠不住的东西服务，其理甚明。不能小看这简简单单的道理，不经"文革"教训，很难认识到。"无产阶级政治"从来、只能正确，哪有错的可能；现在，则不但知道会错，且作为公开认识加以指出，确是诚恳吸取教训。

随"文艺为政治服务"口号一起被封存，除了一段历史，还有一种文学形态，如用统一和规约的方式领导、管理文学，对它发号施令，责成它执行行政命令——实际也就是口号自身所依存的秩序。

故而，"二为"新口号乃是20世纪文学口号史一个最为特殊的口号。一面，它自己是口号；另一面，它又是所有某一类口号的终结者。它在实践中，起到了这样的作用。具体来说，它的提出，意味着今后在国家层面对文学事业将不再纠缠于口号问题。它以宽泛的指向和中性的用语（"人民"），显示了这一点。

15

由于权力将自己与文学口号松绑，后者那种神秘、不容他人染指的禁脔意味，开始解除，人们很快看到了口号作为话语权的耗散。80年代初，文坛有"干预生活"的口号，它仅系作家自发提出，和组织或权力无关。这在以往岂堪想象？当时，作为文坛领导者的周扬谈起它，只表示他认为口号有"片面"性，"希望这个口号不要把文艺创作引到专门揭露阴暗面的方向去"，同时不忘表示不拟"加以限制"，"设禁区，下禁令"。[70] 几年后，文学就像经历逆生长，一点一点退至20世纪20年代或"五四"的样貌，逮及80年代中期至90年代，文坛上口号一时多如牛毛，应接不暇，然尽属某派某潮自己应对文学现实的策略，谁也不是一言九鼎、号令天下的指针。

不知不觉，口号退隐。新世纪以来，能鼓噪一时的口号，不闻久矣。百年文学史，口号现象有如一次潮汐过程，渐渐涌上淹没沙滩，又沿原路远去。我们尚不及评判古老中国文学通向新生的一次宫缩阵痛是否已经了结，然而可以注意到自口号沉寂以来，文学写作的个性，从语言到理趣都有所舒展。

注 释

[1] 《现代汉语词典》(第5版),商务印书馆,2005,第784页。
[2] 刘昫等《旧唐书》卷一百九十下,列传第一百四十下,文苑下,王维传,中华书局,1975,第5052页。
[3] 雨果《在孚日广场栽种自由之树时的讲话》,《雨果文集》第11卷,人民文学出版社,2002,第183页。
[4][5] 列宁《论口号》,《列宁全集》第三十二卷,人民出版社,1985,第6,9页。
[6][7][8][9][10][11] 刘少奇《论口号的转变》,《刘少奇选集》上卷,人民出版社,1981,第10,10-11,12,12-13,13,11页。
[12] 曹丕《典论论文》,郭绍虞主编《中国历代文论选》上册,中华书局,1962,第124页。
[13] 王文禄《文脉》卷二,丛书集成本。
[14] 邵雍《无苦吟》,《伊川击壤集》卷十七,四部丛刊本。
[15] 赵翼《书怀》,《瓯北集》卷二十四,嘉庆寿考堂本。
[16] 李贽《杂说》,《焚书 续焚书》,中华书局,1975,第97页。
[17][18] 鲁迅《三闲集·序言》,《鲁迅全集》第四卷,人民文学出版社,2005,第4,5页。
[19][40] 《春秋左传正义》,北京大学出版社,1999,第41,691页。
[20][21][23][24] 夏衍《懒寻旧梦录(增补本)》,三联书店,2006,第101-102,209,208,197页。
[22][35] 鲁迅《答徐懋庸并关于抗日统一战线问题》,《鲁迅全集》第六卷,且介亭杂文末编,人民文学出版社,2005,第552,549-550页。
[25][29] 胡风《关于三十年代前期和鲁迅有关的二十二条提问》,《新文学史料》,1992年第4期。

[26][28][31][34] 胡风《胡风回忆录》,《胡风全集》第七卷,湖北人民出版社,1999,第 333,334 页。

[27] 胡愈之《我所知道的冯雪峰》,《新文学史料》,1985 年第 4 期。

[30][32][33][36][37][38][39] 茅盾《我走过的道路》中册,人民文学出版社,1981,第 312,313,338,322,332-334,334 页。

[41][42] 薄一波《若干重大决策与事件的回顾》上卷,中共中央党校出版社,1991,第 492,492-493 页。

[43] 夏衍《〈武训传〉事件始末》,《懒寻旧梦录(增补本)》,三联书店,2006,第 448 页。

[44] 黄伟经《文学路上六十年——老作家黄秋耘访谈录(下)》,《新文学史料》,1998 年第 2 期。

[45] 吴光祥《蒙哥马利眼中的毛泽东》,《世纪风采》,2008 年第 12 期。

[46] 韦君宜《思痛录》,十月文艺出版社,1999,第 40 页。

[47] 石仲泉、沈正乐、杨先材、韩钢主编《中共八大史》附录《毛泽东同外国党的谈话摘述》,人民出版社,1998。

[48] 毛泽东《在第十二次最高国务会议作结束语的提纲》,《建国以来毛泽东文稿》第六册,中央文献出版社,1992,第 361 页。

[49][50] 毛泽东《在宣传会议上讲话(提纲)》,《建国以来毛泽东文稿》第六册,中央文献出版社,1992,第 376 页。

[51][52] 毛泽东《事情正在起变化》,《建国以来毛泽东文稿》第六册,中央文献出版社,1992,第 473,474 页。

[53] 毛泽东《在南京上海党员干部会议上讲话的提纲》,《建国以来毛泽东文稿》第六册,中央文献出版社,1992,第 404 页。

[54] 见《建国以来毛泽东文稿》第六册本文注 1,注释说"在审阅第一次清样稿时",改为现题。第 475 页。

[55] 社论《为最广大的人民群众服务》,《人民日报》,1962 年 5 月 25 日。

[56][57][58] 黎之《回忆与思考——所谓"全民文艺社论"和知识分子"脱帽加冕"》,《新文学史料》,1997 年第 1 期。

[59] 周恩来《说真话，鼓真劲，做实事，收实效》，《周恩来选集》下卷，人民出版社，1984，第349页。

[60] 薄一波《若干重大决策与事件的回顾》下卷，中共中央党校出版社，1991，第1074页。

[61] 林默涵《总结经验　奋勇前进———一九七八年十二月十四在广东省文学创作座谈会上的讲话》，《中国新文艺大系（1976-1982）》理论一集上卷，中国文联出版公司，1988，第127页。

[62] 茅盾《锻炼》，文化艺术出版社，1981，第102页。

[63] 中共中央党史研究室编《中共党史大事年表》，人民出版社，1987，第326页。

[64][65] 曾彦修《应该实事求是地研究周扬》，王蒙、袁鹰主编《忆周扬》，内蒙古人民出版社，1998，第308页。

[66] 初澜《塑造无产阶级英雄典型是社会主义文艺的根本任务》，《人民日报》，1974年6月15日。

[67][68][70] 周扬《关于政治和文艺的关系》，《人民日报》，1981年3月25日。

[69] 周扬《继往开来，繁荣社会主义新时期的文艺———一九七九年十一月一日在中国文学艺术者第四次代表大会上的报告》，《人民日报》，1979年11月20日。

会议

01

　　词义之变,往往是一部活历史,无待史家敷陈,自身即将社会演化揭橥出来。

　　例如"会"这字眼。《韩非子》"八经"篇说:"是以事至而结智,一听而公会。"[1]遇事,召集众人求取高见,一道来做决定。看来,战国晚期该字用法与今天已经接近。然而,那并非"会"之原义。《仪礼·士虞礼》:"命佐食启会。"[2]《说文解字》段玉裁于"会"字注曰:"器之盖曰会,为其上下相合也。"[3]原来,"会"的本义竟是盖子,"开会"也即把盖子打开。"命佐食启会","开吃"之谓也。如此,以中国而言,开会的起源在吃那里。我们号称"以食为天",把人邀在一起,总得管顿饭,有吃则助谈兴,慢慢地,皿盖之掀,就转为了后来的开会之意。据之回味由"会"组成的词,发现确多与吃喝相关。如会饮、会餐、会宴,至今仍然还用,只是大家对其中古义多已忘怀而已。不过意识的模糊,并未有妨行为执著地绍述其初。不然何以解释一般会议场合,总伴以饕餮?据说,中国由开会而消耗的饮食,犹在居家过日子之上。其实日常语言中,"会"字古义也并非全无踪影。从前斗争频仍的年代,常有"揭盖子""捂盖子"之说,而每每通过开斗争会来"揭盖子"。原先我对何有此喻,一直不解,及见到"器之盖曰会",才恍悟典据应在这里。

以上钩沉,"会"的起源颇显形而下,而对业已习惯会议具有重大意义与色彩的现代人来说,"命佐食启会"有失浅屑,无以揭示这件事在现代的严盛功用。

02

老辈人说:"共产党会多,国民党税多。"这是建国前后一句民谚。当时,先在解放区继而是全国农村,推行土地改革。办这样一桩大事,并不仅以制订规则、政策了事,而强调发动群众,造舆论、斗地主,鼓动土改积极性。其原理,即毛泽东所论:"将群众的意见(分散的无系统的意见)集中起来(经过研究,化为集中的意见),又到群众中去做宣传解释,化为群众的意见,使群众坚持下去,见之于行动,并在群众行动中考验这些意见是否正确。然后再从群众中集中起来,再到群众中坚持下去。如此无限循环,一次比一次更正确、更生动、更丰富,这就是马克思主义的认识论。"[4]。

经无产阶级革命实践,开会已成政治动员学之要着。在典型的革命年代,无论车间、田头、胡同院落,乃至满室顽童的小学课堂,开会皆为日常一景。连刑事案件审判,也移诸街头、广场,用"公审大会"式样,取代正规的法院庭审。借开会为法宝,历来不只办成了土改,三反五反、资本主义工商业改造、农业合作化、反右、大跃进……各种运动都是借"无限循环"的大会小会,统一思想、"化为群众的意见"。尤其"文革",别的文化纷然凋零,开会文化一枝独秀。除了有名的"批斗会",还有"忆苦思甜会"、"传达会"、"学习会"、"宣传会"、"汇报会"、"讲用会"、"誓师会"、"斗私批修会"、"谈心会"、"赛诗会",不一而足。"前期文革"(1968年解散造反组织、建立革命委员会)以后,剩下时间之运动方式,主要是开会;当时口号"抓革命,促生产",前半句之落实,实际就在没完没了开各种会。

03

总之开会与当代生活关系的紧密,是毋待多言了。将这点背景略事铺垫,以下本文便主要转往文学,就会议对20世纪文学的作用及影响,做一点初浅考察。

稍加注意,可以发现会议对百年文学既是显著元素,也是一大特色。现代以前,骚人墨客各依心得操觚,没有开会需求与习惯。虽然"嘤其鸣矣,求其友声",古人也以文会友,"奇文共欣赏,疑义相与析",并非没有交流,然而的确不采用开会方式。古人所谓"会",其实是雅集、饮酒、酬唱,杂以抚琴对弈助兴,旨趣在于娱兴,拟于后来事物,更近于沙龙,如王羲之等四十二人"曲水流觞"的兰亭会,竹林七贤搞的也是这种活动。

盖文学在古代,主要是心性之物,"文章千古事,得失寸心知",非由聚议中来,更无待会商予夺。现代不然。现代文学立足点是社会,从梁启超提倡"社会小说",到胡适、陈独秀"文学革命",再到文学研究会"为人生",都推重文学的社会责任。既面向社会,文学就不复是"垂文以自见"的一己之事,由此而群体化,群体化又带来结社、联合、运动等新的文学生态和方式。这当中,会议都起到纽带的作用,其于文学遂不可或缺,有如家常便饭。鲁迅述《新青年》日常编刊:"《新青年》每出一期,就开一次编辑会,商定下一期的稿件。"[5]茅盾谈其左联活动:"我在左联参加得比较多的活动还是开会,尤其在一九三一年下半年和一九三三年下半年两次担任行政书记时,经常参加一些会议,当然都是小型会议,三四个人,七八个人就最多了。"[6]现代以来,文学大抵无有哪件事情未经一定会议的协商沟通,也没有一个人文学生涯可与会议无缘。

不过,"五四"以降,会议虽为文学要件,却未闻特异之处。会议与文学,如影随形,然若论何会曾经大放异彩,以致须仰视才见,似乎一直也无那样的实例。盖以彼时,文学会议仅具工作意义,遇事而议,议之则已。考当时文人的开会态度,亦与此合。我们于其通信、日记以及述往文章中,不难查获某日往予某会之类记载,但都限于记以备忘,并不流露异样情怀。那是因为,确无什么会议可让人抱那种情怀。当时文坛,不要说一刊一社之会,即便偶有依后来眼光貌似"不可等闲视之"的会议,也开得散漫平淡。

胡风忆1938年在武汉,国民党中宣部长邵力子创"中华全国文艺界抗敌协会"之事。"第一次会有两桌,二十多人","以后,至少还开了六次筹委会,有时在饭馆,有时在中国文艺社。人数多到五六十人的一次是在普海春,由邵力子主持"。[7] 普海春是家饭馆。边吃边聊,虽合于"会"的古风本义,可是作为掌一国教化的当局主管部门所召集之会,居然取这形式,也真是有失庄重。又不止筹备会议如此,到了正式的成立大会,依然不考究:

> 1938年3月27日上午,在汉口总商会开了"中华全国文艺界抗敌协会"成立大会……会开到一半,就转移到普海春,一面吃饭一面继续开。这中间,警报响了,会议继续到下午四时警报解除时止。[8]

"开到一半",临时移樽酒肆,仿佛寻常"雅集"。如果搁在当下,类似层次或规格的会议,其烝烝皇皇、秩次井然、礼饬乐备,想必是"岂有异乎斯哉"[9]。孔子曾指点弟子:"礼云礼云,玉帛云乎哉?乐云乐云,钟鼓云乎哉?"[10] 但邵力子这位"大宗伯"(古以"大宗伯"称礼部尚书),却连"玉帛钟鼓"的意识也不分明。

这并不奇怪。当时,即以中共对文学的领导来论,对会议功用与形式之认识,也不深入。左联会议频密,乃至茅盾留下的记忆主要便是开会。然而左联不断开会,却未闻哪一次名垂青史。夏衍《懒寻旧梦录》提到1933年左联一次"反帝大会",述后他有几句感慨:

> 这件事,不但在中国电影史上,在左翼文艺运动中也是一件很重要的史事。但是,现代文学史料方面,完全没有人提起。因此,我在这里补记一下。[11]

类似情况想必不少。夏衍认为的"很重要",当指会议内容。而根据后来成功经验,一次会议历史上影响如何,内容重要仅为其一,外观的作用实际上更加关键。外观,是气象、风貌、样态、排扬,总之也即会议的形式感。就像写文章,"言之不文,行而不远",内容再好,没有恰当的形式衬托,难以动人。如今谁都了解,会议取何开法,简单质朴还是礼饬乐备,效果相差奚啻道里。左联时代或中国无产阶级革命文学早期,会议的功用虽比"资产阶级文学"益发重要,不过,把会议放到形式感上讲求的意识,好像还没有觉醒。

04

这历史性时刻,非待1942年延安文艺座谈会不可。

延安文艺座谈会指引了日后文学方向,规定了日后文学理路,它此番历史意义无人不晓。然而它另有一种意义,至今认识却未必充分。简言之,延安文艺座谈会是20世纪文学会议史的转折点。在这方面,它有一番创始的意义。假使我们认为,会议算得上现代以来文学一个紧要方面,延安文艺座谈会在其中就是一块里程碑。假使我们觉得,研究现代以来文学值得辟出一个"文学会议史"分支,延安文艺座谈会就必居分水岭的位置。前面讲,现代以来,会议介入文学发展、成为文学史元素之一;现在我们必须说,拜延安座谈会的所赐,会议还进而成为支配文学发展,乃至乾坤再造的决定性因素。

延安文艺座谈会如何将这一窗口打开,是颇有意思的过程。前一直讲,现代以来开会于文坛乃家常便饭,本无特异之处,没有哪次会议曾开到举足轻重、光芒万丈的样子。迄今所知第一个具此气象的会议,唯有追索到延安文艺座谈会那里。可究竟怎样做到这一点,其实也非一蹴而就。

日后描述延安文艺座谈会,每持礼敬虔肃口吻。例如,丁玲称之"那样一个隆重、严肃、有历史意义的大会"[12],何其芳亦以"庄严的有划时代意义的"[13]来形容。后人极易以为这就是座谈会现场氛围的写照,如今我们却有把握说,那并非当时本相。个中消息,是一点一点透露出来的。

何其芳写于1976年底、1977年初的《毛泽东之歌》,较早地从亲历者个人角度讲述了延安文艺座谈会。文章满纸敬止,努力保持"庄严的有划时代意义的"格调,然有一处,不经意闪出如下细节:

有一位作家在大会上发言一个多小时，讲的都是文学艺术的基本知识，阶级性，形象性，等等。当时会场上就有冒失的人叫："主席，我们这里不是开训练班！"[14]

重点是"冒失"这个词。以它为边界，一百来字的叙述分处两个时间状态，一为1942年5月当时，一是三十多年后的1976、1977年（即文章写作时间）。我们因而分辨出，作者实际同时做两个动作：回忆与评论。概括起来是这样，会间有一种状态，何其芳若干年后谈起，名之曰"冒失"。我们由此察觉到，当时现场情形并不满足"庄严"所表示的那种意思。

又如草明的描述。她称礼堂里"又暖和又热烈"。这是细心斟酌过的用词，以更好包容较复杂含义。"暖和""热烈"，常以形容革命环境的良好氛围，也是歌颂革命领袖人格魅力的喜闻乐见用语。作者努力从中寻求基调，来贴近延安文艺座谈会"永放光芒"的语意。不过，实际她还想在其中存放些别的，那是来自现场的一种记忆：

会上，不少同志勇敢地亮出自己的观点，提出人性论啦、爱是永恒的创作的主题啦等等，真是五花八门。[15]

"勇敢地亮出"、"五花八门"的观点，与"又暖和又热烈"暗通款曲。借词义的多向，"又暖和又热烈"既给予座谈会正面歌颂，却又涵盖了其他情形：会中出言无忌者，颇有其人。

有人"冒失"喊叫、谈吐而至"五花八门"，假两位亲历者吉光片羽的讲述，敏锐的读者，已能稍稍捕捉到与"庄严"有些出入的样态。但何、草之述皆在"文革"后之未久，有所节制亦情理之中。随着时间推移，有更充分完整的事例浮出水面。那是会中具体某人。我最早注意其身影，也借助何其芳文章，里面这么写：

在大会的第一天有人就作了这样一个发言，发言者以他惯有的傲慢态度，吹他自己。他说："这样一个会，我看了情况就可以写十万字。"然后他又说，他相信罗曼·罗兰提倡的新英雄主义。他不但要做中国的第一作家，而且要做世界的第一作家。他又说，鲁迅一直是革命的，并没有什么转变。他还说：他从来是不写歌功颂德的文章的。[16]

何文写作偏早，去"文革"之未远，难免顾虑重重，于所述情形多隐省，连那位会中人也未指其名。过了一些年，事情颇白于史料，此人便是萧军。5月2日，毛泽东开场白后，他第一个起来，说了一番口无遮拦的话。关于萧军的当场表现，如今我们至少握有两个既具体而又相当权威的讲述。先看90年代初胡乔木的回忆：

萧军第一个讲话，意思是说作家要有"自由"，作家是"独立"的，鲁迅在广州就不受哪一个党哪一个组织的指挥。对这样的意见,我忍不住了,起来反驳他,说文艺界需要有组织,鲁迅当年没受到组织的领导是不足,不是他的光荣。归根到底,是党要不要领导文艺,能不能领导文艺的问题。萧军就坐在我旁边,争论很激烈。[17]

自胡乔木笔下,萧军出言之疏狂已历历可见,但尚非全部。1988年温济泽接受中央文献研究室人员访问时所谈,再添生动细节:

> 当时有个主席台,不是高台子,而是平地,拉几张桌子铺几块布,上面坐着几个人我记不清了,只记得毛主席坐在当中,朱总司令坐在旁边。当时会场上的民主空气是后来很难想象的,有几个人提了不同的意见,萧军是最"激烈"的一个,他的态度很骄傲,很"蛮横"。萧军提的什么具体意见我现在说不清了,但我记得比较清楚的是他这样说,你们共产党现在又文艺座谈会,又在整风,我觉得你们的整风是"露淫狂"。你们现在整三风,将来总有一天会整六风(他的意思是说你们早就应该整了,而且还应该整得厉害一点,但不相信能整好)。[18]

温济泽着重描摹萧军的意态,连以"激烈"、"骄傲"、"蛮横"形容之。至其发言内容,"露淫狂"云云令人瞠目,且为胡乔木叙述所无,但既然温济泽自称"记得比较清楚",我们觉得应属无疑。

从何、草"冒失""五花八门"的委婉透露,到萧军作为完整个例浮现,我们于座谈会本来风貌终知其概,那也即温济泽所说:

"当时会场上的民主空气是后来很难想象的。"换个角度,此语意味着,非以"庄严"一类字眼加诸现场,当时反而"很难想象"。

05

这样一来,实际上我们面对了不同的两个延安文艺座谈会。一个散漫,一个庄严。前者是与会者所亲历、目击的现场与实况,后者则经历史话语或各种文献"再叙述"存放于今人理念。

这难免引发关于"真实"的困扰。揆诸常理,一件事若同时有两副面目,必有其一不真。然而,此时我们遇到的是很特殊的情形。我想说,上述"两个"延安文艺座谈会,不单同为真实,且唯当意识到它们各有其真,对于围绕延安文艺座谈会所构成的历史,我们方可称知其所以然。其间道理,容一一道来。

首先,作为现场或实况的延安文艺座谈会,面貌未至于"庄严",是一定的。温济泽释为浓厚"民主空气"未失,固然成立。不过见止至此,略嫌疏泛。我们知道历史循例而来,又可说历史只是一种"习惯"。如果先例未现、风气未开,人们做任何事,都不过是延其习惯而已。之前,我们察看过文坛会议的常态,知其风度和意识,乃至即便"重要"会议,也开得随意散漫。延安文人固然置身"革命圣地",但考之实际,1942年以前,他们对"会议"二字,所知不过如此。经验中,他们也无从获得庄重持敬之会议意识和体验。此亦为何收到座谈会请柬当时,萧军辈只不过怀揣惯常心态,施施然而至。至于会中诸般表现,"冒失"、谈吐"五花八门"抑或出言无忌,皆可谓意识使然、习惯所致。使非如此,彼时人们便已具"隆重、严肃"、"庄严的有划时代意义"之类情怀,反倒于理未协。

次论经历史再叙述而营造的"庄严"之延安文艺座谈会。"庄严"确非现场情形,但因而目为不真实,亦属拘泥。人世间,有一时一地的真实,也有"历史的真实"。历史上不少事,考诸一时一地,往往非事实,但却被人们当作真实的历史接受下来。常言说,历史由胜利者书写。朱棣发动"靖难之役",推翻他的侄儿、合法君主朱允炆,之后尽改《太祖实录》,抹去所有对己不利的痕迹。可以说,成祖以后的明代史,首先是建在谎言之上。及嘉靖、万历间,明人终于可以公开谈论这一点,然又有何益?"历史"已如此铸成,此时恢复建文史实,却无改永乐以来的历史走向。历史这种本来立于诬罔之上的情形,极为平常,除了人为造假,尚有由误会、穿凿乃至虚构想象而来的历史,考古学往往不正是验证了已知历史并不符合真实原貌吗?又如以实证为优长的清代学术,最后居然无奈地收获了一个疑古论。"辨伪书的风气,清初很盛,清末也很盛"。[19]学者们爬罗剔抉,结果发现诸多影响中国历史一两千年以上的典籍,根本是伪作。梁启超举清初考据家姚际恒为例,说他的《古今伪书考》,"从孔子的《易系辞传》开起刀来,把许多伪书杀得落花流水"[20]。据梁氏总结的清人古书辨伪成果,单单大的类别就有六种之多:一、"全部为绝对决定者",二、"全部伪大略决定者",三、"全部伪否未决定者",四、"部分伪绝对决定者",五、"部分伪未决定者",六、"撰人名氏及时代错误者"。内中,《古文尚书》、《孔子家语》、《周礼》、《孝经》、《晏子春秋》、《列子》、《毛诗序》等之全部,《老子》、《庄子》、《左传》、《论语》、《史记》等之部分篇章,赫然在列。[21]它们都是中华基本典籍,却与"伪"字粘连。想一想,我们素来虔肃捧读、礼敬不已的坟典,或许没几本是真货,乍然间真的让人很是沮丧。其实想开了,倒也没什么。那些古书纵然涉伪,但中国道德、思维方式和价值观从中而来,此一事实并未变,中国人累世累代承其教化依然真切无疑。自后一意义说,历史长河中,一事一物原貌如何抑或真相如何,慢慢地可以不重要。从实践角度,只要伪书对历史发生切实影响,也就不必视它为假。《红楼梦》云"假作真来真亦假",真假的问题确实含有相对性质。辨伪的工作固然很有意义,但倘如过分拘泥真伪,又颇无谓。

眼下延安文艺座谈会,于我们有些近似。许多年中,我们丝毫不知会议原貌其实不"庄严",而是相当之"散漫"。当那样的消息,一点一点地从字里行间透露,进而大白,我们情不自禁为知此真相而兴奋,然过后发现,也不过是兴奋而已。原貌纵然"散漫",却又如何?"散漫"的延安文艺座谈会与历史没多大关系,真正对历史、对中国文学、对所有人思想发生刻写之功的,还是"庄严"之会。或者说,"散漫"之会虽有一时一地之真,却没有进入"历史","历史"上已知的是"庄严"之会,而且正是后者深深影响了中国文学几十年。如今,我们确可以谈论当初延安文艺座谈会并不"庄严",可也究竟只是一种谈资而已,反视我们的思想,早被庄严妙相的延安文艺座谈会熏陶了很久很久,谁也摆脱不得。

　　这种熏陶,别说我们这些隔了数代的晚生后人,即便当事者,对于延安文艺座谈会的意识和记忆,也早已被"庄严"的历史再叙述根本扭转或改写,或忘其原来情氛,或嗫嚅吞吐而言它。丁玲、何其芳、草明等人极言其"重大"意义与色彩,是对这种再叙述竭诚贴近的方式之一种,而更耐人寻味者,可以回到萧军那里,通过他的变化,领略历史变迁。1987年,萧军写《难忘的延安岁月》一文忆往。内中,我们只读到"毛主席致开幕词后,要我第一个发言。丁玲也说:'萧军,你是学炮兵的,你第一个开炮吧!'我就第一个发言了"[22],以下"开炮"具体内容,全都略而不及。显然经过四十年,萧军只展开一番选择性记忆。那些有意的匿去,说明由再叙述建立起来的延安文艺座谈会形象,彻底压倒、淹没了会议原貌。几十年来,庄严甚至于神圣的延安文艺座谈会,与历史水乳交融,横亘于所有人的意识,而萧军当年言谈举止则尽失合理性,于今已无立锥之地,贸然述之必徒招误解而已。故他选择隐省,使自己当时真实言行化于无形。文章标题虽曰"难忘",实际他却是以忘其旧事而命笔,只留下闪烁之辞来避嫌。对此,我们重心倒不必置于萧军的不能坦对往事,而宜体会"历史"刻画之功,可以塑造出比"原貌"更强大的真实。

06

延安文艺座谈会从"散漫"翻为"庄严",以至当事人回忆中对自己与"庄严"所不合的表现也讳莫如深,生动展示了党对文学的领导,令文学会议如何开始崇高化、殿堂化。

若非延安文艺座谈会,我们无以设想会议一物在文学中可居这样的分量,拥有如此严盛的功用。它确乎标立了一个文学时代的开端。过去,现当代文学史分期曾以 1949 年为界,晚近学界则有共识,恰当起点宜为 1942 年。就此,以往学界只是觉得从方方面面来讲较为合理,而未专门意识到,那意味着一个大的文学史段落竟由一次会议开启!历史上的文学新时代,或由朝代变更启之,或得之文体文风嬗易新开,或为某种文学运动和思潮引发……而由一次会议直接打开一个文学新时代,还是破天荒头一遭。惊诧之余,我们对会议在 20 世纪中国文学的巍然存在和奇特意义,不能不仰之弥高。

前辨延安文艺座谈会现场情形并非妙相庄严,不简单出于复其原貌,更是为了具体察视文学会议如何从平凡到伟岸。这层意味,正自延安文艺座谈会始。虽然它自身之举行,形式感未及足备,样态依然普通,但之后使它神奇化的描述,却缔造了"隆重、严肃、有历史意义"的文学会议理念,培育了关于"重大"文学会议的情怀和想象。它自己曾否开成那样不重要,重要的是它带来了这样的意识,将会议对文学发展的意义提升到空前高度,为会议作为今后体制化文学统治秩序的表现形式,铺出道路。

07

余下的事情,水到渠成而已。又七年,国内战局已定,中共中央迁京。这时,整个思想、物质条件都已具备,由延安文艺座谈会注入然而未及落于实践的文学会议样式,得以从容展现。

是即第一次全国文代会。

1949年7月2日,"中华全国文学艺术工作者代表大会"在京(当时尚称"北平")召开,后简称"第一次文代会"。其时,中华人民共和国尚未宣告成立,而先开文代会,表现了党对及早建立文艺体制的重视。朱德出席开幕式祝贺并讲话,周恩来专门为大会代表做政治报告。7月6日,即周恩来做报告那天,大会结束前,毛泽东突然现身会场,接受欢呼,发表简短讲话。

第一次文代会筹备工作,早在3月亦即中共中央迁至北平不久,就开始进行。3月22日,在华北文化艺术工作委员会和华北文协举行的北平文艺界茶会上,由郭沫若提议,"发起召开全国文学艺术工作大会以成立新的全国性的文学艺术界的组织"。[23] 接着,3月24日就成立了一个筹备委员会,进行文代会准备工作。

大会正式开幕日期定在7月2日。7月1日为中共诞日,紧随其后第二天开文代会,未知仅为巧合抑或有所寓含。事实上,6月

30日那天,全体代表已经开完预备会,通过了代表名单,通过了大会主席团及总主席、副总主席名单,还有一份发给毛泽东、朱德的"庆祝中共诞生二十八周年"的电报。翌日(亦即7月1日),却并不举行开幕式,而是休会一天,全体代表去参加北平市的"七一"纪念大会。这些安排,无论有无构思,客观上都为文代会或其"代表"的文学,打上鲜亮政治色彩。

6月27日郭沫若向外界谈话时,着重介绍了文代会需要达成的两个目标:一是实现"空前团结",一是"确定今后全国文艺工作的方针与任务"。[24]前一句中的"团结",有多重含义;除了解放区、国统区文艺队伍大会师,除了各种色彩的文艺家齐聚一堂,更重要的是指,将在新基础上统一起来,实现在毛泽东文艺思想旗帜下的大团结。后一句则透露了从今以后,文艺即将发生的脱胎换骨的变化,因为一个必须共同遵守的"全国文艺工作的方针与任务"即将确定。

代表名额分配,反映了组织化的细密考虑。有两种代表,一种为"当然代表",一种为"聘请代表"。规定"五大解放区"(华北、东北、华东、西北、中原)文协的理事及候补理事,和中华全国文艺协会总会及分会的正式和候补监事,为"当然代表"。这部分人,也就是解放区、国统区两方面"革命文艺队伍"的头面人物(其中"中华全国文艺协会"是前"中华全国文艺界抗敌协会"在抗战胜利后改名而来,基本可以说一个是在国统区活动的左翼文艺家组织)。"聘请代表"分两种,一是解放区内省、市或行署一级以上,部队兵团以上的负责文艺工作的领导干部，二是普通文艺工作者。后者由解放区文协和中华全国文艺协会总会、分会推荐形成，推荐条件除了艺术成就和知名度，还必须或者"对革命有一定劳绩"，或者"思想前进"。[25]6月27日宣布经筹备委员会决定邀请的代表共七百三十五人，7月2日大会开幕时，增至八百二十四人。我们不知道哪些代表在新增的八十九人之列，但一般推测，这应该是组织上掌握政策灵活调整的结果。

大会主体内容，是就既往文艺进行总结。这种总结既不属于报告者个人，也不只代表大会本身，而反映着党对于过去一段时间以来文艺发展的评价、看法，肯定什么、否定什么，从而预示党所主张的以后方向。从第一次文代会起，这个报告和人事安排并居大会两项最实质性的内容，多少深远变化寄存其间。毫不夸张地讲，历次文代会、作代会的大会报告，就是一部党如何领导当代文学的简史。

由于当时历史特殊情况，本次文代会较后来不同处，是同时提出两份报告，分论解放区和国统区状况，报告人是上述两个区域的标志性人物——周扬代表解放区，茅盾代表国统区。其中，比较值得注意的是茅盾就国统区文艺所做的报告《在反动派压迫下斗争和发展的革命文艺》，其显著区别于解放区之处，是国统区革命文艺一方面同为党的文艺工作之一翼，另一方面却没有系统接受《讲话》的指引，作家艺术家也不曾经历过延安整风的洗礼、改造，它的情况就不像解放区文艺那样"单纯"，故而谈"问题"的地方明显多于周扬报告。

7月14日,大会通过《中华全国文学艺术界联合会》章程。它规定自己的宗旨是"彻底打倒帝国主义、封建主义和官僚资本主义,建设中华人民民主共和国(拟议中的国号原有"民主"二字,后来撤掉——引注)和新民主主义的人民文学艺术"。而对会员的具体要求有:一、"反映新中国的成长,表现和赞扬人民大众在革命斗争和生产建设中的伟大业绩";二、"肃清为帝国主义者、封建阶级、官僚资产阶级服务的反动文学艺术及其在新文学艺术中的影响";三、在工厂、农村、部队中"培养群众中的文艺力量";四、"开展国内各少数民族的文学艺术运动";五、"参加以苏联为首的世界人民争取持久和平与人民民主的运动"。[26] 五项使命中,前三条是基本。一为歌颂、赞美,二是批判、斗争,三即"工农兵方向"。这三大规定,将主导当代文学三十年以上。

会议分全体会和分组会,进行发言和讨论。发言特色分明。延安、解放区出身作家,多谈"转变"、"改造",如陈学昭题目是《关于创作思想的转变》,柳青是《转弯路上》,草明是《工人给我的启示》,杨朔是《人民改造了我》,康濯是《在学习的路上》,孔厥是《下乡和创作》,碧野是《在实际斗争中改造自己》,显示了他们的整风运动背景。无此经历或背景者,所谈从内容到语气,则别一况味,如巴金发言题为《我是来学习的》,而胡风的标题《团结起来,更前进》,更显得话中有话。[27]

大会章法谨严。依区域组团,分为平津、华北、华东、华中、东北和南方代表团，其中平津、南方各有一团、二团，又军队单独一团（称部队代表团），甚至特为"未解放区"备有九个名额。各团设团长一名、副团长一至三名，又有"团委"七名，余则称"代表"。[28]大会设百人主席团，之上有常务主席团十七人，再之上为副总主席茅盾、周扬，再再之上为总主席郭沫若。[29]

最终产生出全国文联领导机构，全委八十七人、候补全委二十七人，内中又有二十一人任全委会常委，主席郭沫若，副主席茅盾、周扬。其时，中华全国文学工作者协会（后之中国作协）尚未单立，它也产生了自己的全委、候补全委和常委，主席为茅盾，副主席丁玲、柯仲平。[30]

会程凡二十日（从6月30日预备会算起），于7月19日闭幕。之后至7月28日，尚有美协、文协、音协、剧协等各专门协会成立仪式，及歌舞戏剧观摩活动，全部时间加起来，几达一整月。以文艺名义，聚集六七百人[31]开一个马拉松式会议，报告、讨论、接见、游娱、餐饮……如此规模与气势，中国自有文学以来，当为首次；全新的"共和国文学"时代，便由这盛大的仪式掀开首页。

08

作为创制之会，第一次文代会虑周藻密，一举奠定往后国家文艺大会规格。许多形制就此定型，或遵行不悖或稍有增损。例如周恩来为大会作政治报告，后衍为惯例，由在任国务院总理向全体代表作国内形势专场报告。后届，新增一场国际形势报告，由主管外交的副总理（后为国务委员）出讲。党和国家最高领导人出席开幕式，接见全体代表、合影留念，大致也是成例。穿插乐舞、戏剧表演，以赏心助兴，也是保留项目。第一次文代会《中华全国文学艺术工作者代表大会纪念文集》尾部附有演出节目单，计有戏剧节目二十九个、音乐节目五十一个、舞蹈节目二十二个，出演者不乏梅兰芳、周信芳、戴爱莲、马思聪等顶级艺者，《大会纪要》于会议最后一日记之："戏剧音乐演出今日结束。"[32] 睹之，恍如面对一个漫长演出季，夜夜笙歌。这方面的情况，1960年第三次文代会（"文革"前最后一次文代会）《中国文学艺术工作者第三次代表大会资料》，提供尤为详细，其册末插页以表格列出会议全部日程，具体到上下午及晚间不同时段。半个月会程中，除一天外，每晚均有歌舞、戏剧、电影晚会，且多大型节目，如京剧《穆桂英挂帅》、歌舞剧《刘三姐》、歌剧《春雷》、芭蕾舞剧《天鹅湖》等。[33]

  文学会议开到这种程度，待遇之高、恩遇之隆，应该没人见过。此时再看丁玲加诸延安文艺座谈会的"隆重、严肃、有历史意义"，固非当时情景，但第一次文代会却丝毫不爽地使之成真。如此隆重的大会，对个人是荣耀体验和风光记忆，而在党和国家，厚会之举则因从中找到重要方式和功用。节日般的盛大会议，既是充满抚慰的联欢，更是表征与建构，来明示对文学的领导与组织。从此，"代表大会"作为当代基本文学制度，发挥不可替代的作用。它有虚有实、一石二鸟,奖励同时示以绳墨,使与会者一面品尝殊荣,一面战兢觳觫。1953年,胡乔木试图改革文联,仿效苏联,"改成各行各业的专门家协会,他主张作家协会会员要重新登记,长期不写东西挂名者不予登记。"汇报时,毛泽东对取消文联"发火了","狠狠批了乔木一顿。说:'有一个文联,一年一度让那些年纪大有贡献的文艺家们坐在主席台上,享受一点荣誉,碍你什么事了?文联虚就虚嘛!'"[34]胡的方案,是把文联实实在在改成创作工作室,他不懂"主席台上"坐一坐的意义,也即"虚"的妙用。这就是他和毛泽东的差距。毛泽东满腹古书岂是浪读,深知各种虚礼缛节,对于权控反倒最具实效。他坚留"主席台",让文艺家不时有机会上去坐一坐,"享受一点荣誉",意在以此虚的一面,将实的另一面春风化雨地实现。这就是郭沫若第一次文代会总结报告所说:

> 这次大会的成功之一,是成立了全国文学艺术界的统一机构……对于将来的文艺工作的发展,这些群众的和政府的机构必将起着重大的领导与推动作用。因此,目前文艺工作中的组织领导和行政工作,就显得更加重要。如果文艺工作只是作家和创作,而没有组织文艺工作的干部,那就会使得文艺工作涣散无力,得不到应有的成就。[35]

约而言之,此可谓庙堂之建。借"代表大会",数千年来,文坛始有正式的庙堂,配祭酒或长老,典牧其则,传导纶音。

这断然是制度创新。虽非首创(苏联在前),然而糅入中国独有的"礼乐"思维,令其仪式性更强,妙味远胜。

09

作为古来所无的文学制度,在中国,"代表大会"垂今凡六十年。因效用显著,"代表大会"不但作为模式、传统保留下来,后来又进一步细化和完善,形成分梯次的完整序列。这些丰富与发展,似为社会主义阵营别国文学之所无,构成了中国当代文学举世独有的特色。

继全国文代会后,1956年推出首届"全国青年创作者会议"(简称"青创会"),1965年举行第二届,"文革"中断,二十年后1986年得以恢复,已延续五十余年。就在笔者摇笔的不久前,刚刚开罢最新的一次"青创会"。

"青创会"的定位,在于对文坛新生力量加以检阅与拔擢。1956年首届"青创会"走出来一批人、一代人,王蒙、刘绍棠、邵燕祥、邓友梅……内中有人会前仅发表过一二篇作品,会后声名鹊起,有如鱼跃龙门,可见被这样一次会议邀为代表,意义之重大。基于这示范作用,时隔二十年第三届"青创会"重开之时,收到邀请的许多代表虽然当时成名已久,借此机会走出来的意义已经不大,但对在这样一次全国性"检阅"中亮相却都很在意。

规格上,"青创会"仿效文代会和作代会而略低。1956年首届最隆重,3月15日开幕,3月30日结束,会程半月。周恩来在怀仁堂亲自做报告,陈毅、胡耀邦也分别做报告。甚至3月18日晚在北京饭店举办舞会,周恩来亦亲临。难怪当年与会者常以这次经历为荣誉,在个人履历里郑重写上"1956年出席过全国青年文学创作者会议"之一笔。后届规格略降,改由主管宣传工作的政治局委员、中央书记处书记(如2001年丁关根)或政治局常委(如2007年李长春)到会讲话。但功能一脉相承,历次"青创会",都起到给文坛又一代新生力量打"标记"的作用。

嗣后,又有"全国青年业余文学创作积极分子大会"。其之源起,即《讲话》提出的"工农兵方向"。为贯彻这一方向,自延安时期起,开始有意识培养"工农兵作者"。《讲话》发表后不到五个月,康生就在《解放日报》发表文章,要求"应积极组织工农分子写文章","提高工农干部写文章的热情和信心,打破只有知识分子才能写文章的错误心理"。[36]50年代后,这更成为一项有计划的制度,其之实施终迄70年代末坚持不懈,形成专业、业余两支队伍的"两条腿"格局,其中"业余"之谓实即"工农兵作者"。不过,这计划或制度的推进,有起有伏。一方面,对"工农兵创作"似乎有足够重视,各地作协都曾大力树立典型。上海工人胡万春就是这样树立起来的一个典型,他1952年在《文汇报》发表《修好轧钢机》之后,被上海作协看重,调离工厂,进入"上海工人文艺创作组"从事脱产创作,又安排魏金枝负责专门指导,令其学习文学基本知识和理论,而每篇作品都由专业作家和编辑帮助反复修改,直至达到发表水准。由此,胡万春终于成长为作家,出席1956年首次"青创会",复入文讲所深造。另一方面,与此类个别成功典型形成鲜明对照的是,较诸专业创作的成就,建国后"工农兵创作"整体起色并不大,远不能说"蔚然成风"。故反右后,批评渐多。1957年第38期(12月29日出版)《文艺报》整版发表梁明文章《应当造出大群的新的战士来!》。文章反思、检讨创作队伍建设,质问"我们到底怎样去作?到底遵循着一条什么样的路线去作?""我们培养青年作家,是沿着工农兵的文学方向去培养呢?还是按照相反的方向去培养呢?——生活已经尖锐地向我们发问。"矛头所向,显然是解放以来文学比较偏重的专业化和正规化。它说:

我们的文学青年,大体上可以分为这样两类:一类是工农兵群众中产生出来的,他们一面劳动、战斗,一面取得文学知识和文化修养;一类是青年知识分子,他们先取得了一定的文化知识,然后到实际生活中去。这两类文学青年都完全有可能成长为很好的作家,问题的关键就在于他们和群众的关系、和实际斗争的联系是否紧密。因此,我们认为青年文学作者应该是业余的文学写作者,他们一天也不能够脱离生活,他们应该从事于和广大群众经常密切接触的基层工作和劳动,他们应该永远置身于火热的变革现实的斗争中。这样,他们就能不断地从生活和斗争中充实和提高自己,就能获得对生活的真实深刻的感受和理解，就能让自己的文学才能健康地发展起来。[37]

经大跃进民歌运动，"工农兵创作"真正达于高潮，涌现大批"工农兵作者"。继而1963年底，毛泽东连续作出"两个批示"，"工农兵方向"被提到新的高度。这样，遂于1965年底首次召开"全国青年业余文学创作积极分子大会"。

这次大会，宣告文坛"代表大会"序列品种趋于完整。它与文代会（作代会）、"青创会"，三足鼎立，全面反映典型形态下党对文学队伍建设的布局构想。不过，它仅举行了这唯一一次。随后"文革"开始，过往文学制度一概停止。"文革"后，诸事更始，先前旧例有存有废，"工农兵作者"路线未得延续，附诸其上的"全国青年业余创作积极分子大会"遂亦作古。故1965年大会，以其独一无二，堪称珍稀，文学史价值甚高。1966年，中国青年出版社曾特为本次大会出版《发言选》，收文三十三篇，里面见解与话语，皆为那时特产，可谓中国当代文学史一份原汁原味鲜活材料。仅发言标题就极具时代风采，令人过目难忘。如《一手挥锤一手写诗》、《夺过笔杆子　保卫印把子》、《写作为革命　越写越有劲》、《我唱山歌党定音》……至其内容，权举一例以窥。本溪合金厂工人作者张立砚说，自己曾在一位"一九五九年因反党错误"受过处分的老作家指导下，走过"一段弯路"。老作家几句话是这样的："在写作上，你描写能力太差，你只能写纵的，不能写横的，你得多读英国书，英国书描写有功夫"，"写作先别想政治，把意思想好了,再用政治来衡量","什么是写作的秘诀?把你最喜欢的书读烂,把你最喜欢的题材写烂,这就是写作的秘诀。"[38] 所谈普通,但对文学写作来说都算诚朴之论,发言者却称自己为其引上"弯路","通过学习毛主席著作"而"深深体会到",那是"资产阶级文艺的泥坑"和"骗人的鬼话"。[39] 这种文学观引人惊奇,然而是当代文学真实历史一部分。"工农兵作者"也是一代人或一个群体,曾构成当代文学独特一页,不应遗忘,虽然《发言集》中人名几乎完全陌生,我仅对三人有所知:李准、郭澄清、殷光兰。李准以短篇小说《李双双小传》鸣世,郭澄清是"文革"后期小说《大刀记》的作者,殷光兰则为安徽民歌手,我因生长于彼碰巧有知。

10

不光品种颇多,文坛"代表大会"还是一个庞大的多级系统。国家级别以下,省、地、市乃至县一级都有。除级别递减、规模渐小,其他略无不同。1951年,大众书店曾出版有北京市第一次文代会的纪念文集,阅之可见北京市文代会实乃小一号的全国文代会,形态、办法如出一辙,连那个演艺环节亦备而不缺。

对于地方上开这种会的必要性,北京文代会发起人之一李伯钊有述:

> 为什么要开这个会?因为北京市文学艺术界需要成立一个全

市群众性的、文学艺术工作者研究性的组织,就是文学艺术工作者的联合会。北京市有了文艺处为什么还要发起成立文联呢?北京市文教局文艺处是政权机构的组成部分,它是一个政权机关,它的性质和任务同一个群众性的研究团体的性质和任务是不一样的。有了群众组织的政权机构,基础会更结实,力量会更雄厚,并且还可以协助人民政府执行政策和法令,而群众组织有政权机构的领导和协助,会更能发挥群众的创造性和积极性。[40]

强调的是与"政权机关"性质和任务不同。政权中的对口行政机构,工作方式及覆盖面有限,从领导或密切掌控文艺的角度难以深细,以此另建"群众"组织,将文艺界有声望有影响的头面人纳于其间,假之以使政权对文艺的组织更有效、更"结实"。

我们从老舍开幕词中,看到了这样的呼应:

这里还有个很重大的问题。那就是新文艺怎样与民间文艺相结合?如何把新血液输到旧形式里去?如何采取民间文艺遗产的精华,去使新文艺成为结实的土生土长的东西,不再像先前那样"狗长犄角,弃羊(洋)!"这是个极难解决的问题,正需要新旧的人才团结到一处,经常地交换意见与合作,才会不偏不倚,共同找出创作民族文艺的道路来。[41]

将老舍讲话与李伯钊的话联系起来看,地方文代会的功能是,"政权机构"给出文艺政策、任务,然后具体推行则交给"群众组织"研究和落实。

老舍着重谈到并鼓动大家实践、摸索的"土洋结合",就结合了北京地方的文化特色。"土洋结合"主张,源于《讲话》所倡并推崇的民族风格、民族气派、下里巴人,是当时所欲树立的有助于抑除知识分子艺术取向的文艺新风。根据这一点,北京文代会认为以本地传统,自己在此方面较别处(比如上海或南方)更具优势、更有可为:"北京戏曲界的名家,也是全国的,甚至是国际的名角儿。今天,全国各地普遍地展开戏曲改进运动;那么,以北京过去的在这一方面的贡献与成就,再加上现有的人才与他们的努力,我确信北京的戏曲改进的成绩要比别处作得更出色,因而发生带头作用。"[42]可谓文艺服从党的思想政策要求,努力为其服务的一例。

对此,老舍在文代会上作出呼吁以后,自己身体力行,将所擅长的小说几乎完全放下,以全副精力投入俗文艺形式的创作,写了大量面向市民社会的鼓书唱词、戏曲脚本,最不通俗的品种,也是可直接观听、无须识字的话剧。虽然这也合乎或并不违拗老舍本来的趣味,但其"遵命"而行的缘由是显而易见的。这位20世纪中国重要小说家,就这样自50年代起疏离小说创作,直至最后几年,方于寂寞中重拾小说式样,写《正红旗下》;未几,"文革"祸起,毕生最后一部小说,竟成未果之遗作。

11

"重大"文学会议形制出现以来,对其认识在不断加深。第一次全国文代会,仪式意义是压倒性的,甚至是唯一的;它是一次宣展,或一次会师,显示文艺队伍在党的旗帜下统一团结起来,而运用"重大"文学会议统治或治理文学的思路,似乎还无所表现。

但是,很快"重大"文学会议就开始在仪式性基础上,朝着对文学施展实质性控制的方向延伸,比如担负规划文学生产的功能,直接确定、规定文学的各种指标。1956年,由作协第二次理事会扩大会议通过的《中国作家协会一九五六到一九六七年的工作纲要》,对文学生产既有宏观规划,又有相当具体的量化数据。从"促进多种多样的文学体裁和文学样式的发展",到重点放在扶持"如特写一类的短小形式的作品";从强调"积极组织电影文学剧本的创作",到类型上偏重"喜剧及各种讽刺作品"。任务乃至细化到:在工厂、机关、团体、学校、农村高级合作社"广泛建立文学创作者小组和文学爱好者小组";1956年到1958年由中国作协举办六期青年作家短期培训班,"每期招收学员八十到一百人,共训练青年写作者五百到六百人";规定1967年前作协所属报刊所应达到的销量,如"'人民文学'、'文艺报'三十万份以上;'文艺学习'、'新观察'一百万份以上;'译文'五万份以上;上海'文艺月报'、'萌芽'、武汉'长江文艺'十万份以上……"[43] 落实到数字，恍若工厂生产进度表。古往今来，以量化指标预设文学生产，岂但无闻，想象亦难。当代能如此，皆因国家化文学体制。一如当年计划经济，当代文学很长时间也是"计划文学"，而"重大"文学会议亦与当年之经济会议、农业会议、工业会议等一样，负为文学制订生产计划之责。尽管它的实施，大抵不像工农业生产计划那样果真，而象征性或纸上谈兵成分居多，但有趣之处在于，文学曾被认为可以这种硬性方式来管治。

"重大"文学会议设定的生产指标，我们兴许不用较真，但它所宣示的另一些内容却必须认真对待，比如某个时期的文学政策。当然，文学政策非由会议产生，而是由更高政治层面所决定和给出。但文学政策的发表，一般都借"重大"文学会议为平台。

曾有文学"法定标准"地位的"社会主义现实主义"创作方法，即于1953年第二次文代会周扬报告发布。报告称：

> 我们把社会主义现实主义方法作为我们整个文学艺术创作和批评的最高准则，工人阶级的作家应当努力把自己的作品提高到社会主义现实主义的水平，同时积极地耐心地帮助一切爱国的、愿意进步的作家都转到社会主义现实主义的轨道来。[44]

规定单一创作方法为"整个文学艺术创作和批评的最高准则"，要求"一切"作家"都转到"其轨道上来，是对苏联的仿效。1934年，第一次全苏作家代表大会通过"苏联作家协会章程"，确定"社会主义现实主义"是必须遵守的创作原则。中国效之,是基于与苏联共同信奉马克思主义文艺观:"在马克思主义者看来,艺术创作是思想活动的一种方式,它是和作家的世界观不能分离的;因而,创作方法就和世界观有着不可分割的联系。"[45] 创作方法攸关世界观,为保文学创作世界观正确,故对创作方法加以指定,其逻辑大略如此。

至于为何第一次文代会未加指定,而在第二次文代会提出,周扬报告说:

> 现在我们的国家正在逐步地和广泛地进行着社会主义的改造;在人民生活中社会主义因素正日益迅速地增长着并起着决定的作用。强大的社会主义的国营经济已取得了整个国民经济中的领导地位。共产党作为国家政权的领导者在人民当中享有了无上的威信。马克思列宁主义的理论以及毛泽东同志关于中国革命的学说在全国人民中有极广泛的传播。这就使得社会主义现实主义的文学艺术的发展有了更广大的现实基础,因而进一步学习和掌握社会主义现实主义的方法对于我们来说就具有更迫切和更重要的意义了。[46]

原来是照顾到马克思主义对社会发展史的界分。学中国近现代史,可知有"旧民主主义""新民主主义",1949年中华人民共和国因"新民主主义革命胜利"宣告成立,原拟国号曾有"民主"二字,即表示对当时中国革命性质的判断，尚处民主主义、未入社会主义。而从周扬报告可知，到1953年，认为中国已开始迈向社会主义阶段，故而此时提出"社会主义现实主义"是合适的。

文学政策有变的消息，也借会议透出。例如1956年2月，在中国作家协会第二次理事会会议（扩大）上，周扬所作报告仍奉"社会主义现实主义"为准绳：

> 我们是马克思列宁主义的信奉者。我们认为宣传马克思列宁主义的伟大世界观是文学家、艺术家及其他一切思想工作者的莫大光荣。一切进步的，愿意成为社会主义现实主义的作家都应当努力学习马克思列宁主义。社会主义现实主义之所以是人类历史上的一种完全新型的现实主义，就是因为社会主义现实主义这种艺术方法是和马克思列宁主义的世界观紧密地联系着的。[47]

不久，忽有"双百方针"提出。5月26日，陆定一在首都学术、文化界大会宣讲"双百方针"，中间一段：

> 文艺、科学方面今后主要是贯彻执行"百花齐放、百家争鸣"的方针。这里很重要一条是要反对清规戒律。文艺只要为工农兵服务、为人民大众服务这条基本原理就够了，其他的都可以不要。比如社会主义现实主义很好，但不一定要求每个作家都掌握它。齐白石、梅兰芳都是国宝，但不是社会主义现实主义，能不要他

们么?其实社会主义比资本主义优越,社会主义完全可以大解放,可以"百花齐放、百家争鸣"。[48]

可见,从周扬作协报告到陆定一宣讲"双百方针",短短三个月,文学政策发生重大改变。"社会主义现实主义"标准虽然未弃,却被允许跨越。曾几何时,"社会主义现实主义"还是先进世界观之所在,眼下不以"社会主义现实主义"为限,却成为"社会主义大解放"的表征。

由"重大"文学会议宣陈的最著名的文学政策大调整,是1979年四次文代会弃提"文艺为政治服务",代以"文艺为社会主义服务"。两个提法,表面上差别不大,不熟悉中国官方意识形态语汇,或难辨其异同。周扬就此解释说:"任何政治家,包括无产阶级的政治家,并不能保证自己在任何时候总是正确的。"[49]政治有出错之可能,这是"文革"验明的教训。因而,规定文艺为一种本身包含出错可能性的东西服务,显然不对,故易以"文艺为社会主义服务"。社会主义是宪法规定的国家根本制度,它与一时一地、可能对也可能错的特定具体政治不同,区别在此。

12

起码到80年代,"重大"文学会议都有风向标意义。在以上已述例子外,1960年第三次文代会突出以毛泽东文艺思想为"指针"、以"为工农兵服务"为"方向",将此内容无一例外写入作协、剧协等各专门协会章程,以及1985年第四次作代会使"创作自由是社会主义文学的题中应有之义"[50]赫然现于大会报告,都记录了文学变迁的时代履痕。实际上,欲踪迹当代文学足印深浅,借"重大"文学会议予以考详,颇为简明之选。

然而亦须留心,简明之外,由会议反映和表现的当代文学史,也有相当隐晦的一面。这是因为,基于当代文学体制特色,那些"重大"文学会议一般要包含两个部分:可见与不可见。

可见部分,是从会议举行之日,公开展现于普通与会者及社会公众面前的过程、报告、议题、发言、活动、选举结果等。这些内容,查阅媒体的报道、报章的刊载以及会议资料可得之,研究者所能依凭的主要在此。但问题是,它既非"重大"文学会议内容之全部,甚至不是主干。海明威云:"冰山运动之雄伟壮观,是因为他只有八分之一在水面上。"当代文学史那些"重大"会议也许相反,只有八分之一藏于水下,然而这八分之一的分量,却远远超过其他部分。"重大"文学会议的"重大"情形,对于它的普通会议代表来说,往往是不公开、不可见的。

从某种意义来说,这种会议开幕时,与其说是开始,实不如说已到尾声。真正实质性内容,已在幕启前决定下来,大幕之能开启,其实以尘埃已经落定为条件,会议的进行与结果无关,甚至没有揭晓的意义,只是就已有结果给予仪式上的确认。例如1979年第四次文代会:

这次大会筹备的过程很艰难，会期一拖再拖。出现这种情况的原因当然是多方面的，但最重要的原因是，周扬代表中央所作的主题报告，由于意见分歧，不能按时成稿。之所以会有分歧，是因为当时文艺界，甚至包括中央的一些领导同志，对于新中国建立后的十七年、粉碎"四人帮"以来的三年文艺界形势的看法不一致。有分歧，就有争论。涉及文代会的主题报告，不但主持起草的班子更换，而且报告八易其稿——我所收藏的有关这一报告起草过程中所留下的档案，就能装一个柜子。[51]

归于周扬名下的大会报告，宣读出来亦即我们所见的样子，不过二万七千余字，以《中国新文艺大系1976-1982理论一集》所收此文计，总共十二页。谁能想象，围绕这区区十二页，整个起草过程产生的字纸，竟要"装一个柜子"。

再举一例。张光年于其出版的工作日记《文坛回春纪事》，对第四次作代会有多笔记述。

先简述作代会由来：第一次文代会时，作协前身文学工作者协会列文联诸协会之一，不单独举会；1953年第二次文代会，作协地位提高，成为文联诸协会唯一单立出来、与文联平级的团体，并于1956年单独举会，称"中国作家协会第二次理事会会议（扩大）"；1960年与第三次文代会同时，开了第三届理事会；1979年，开四次文代会时，作协本应同时开会，因故推迟。张光年所筹备的，就是这次会议，而名称改为"中国作家协会第四次会员代表大会"，简称"作代会",延至于今。

1982年12月31日记道:"我给冯牧通知,告以决心5月间(指1983年)开作协四大,请他考虑筹备工作,并考虑新年后积极推进作协整改。"[52]同日还记:"沙汀、荒煤二位都赞成1983年上半年把作协四大开了,不要再拖。"[53]可见,此时第四次作代会已拖了一段时间,质之先前,6月26日有"照章应在今天举行的作协会员代表大会"[54]一句,因知事情本应在1982年年内毕。然而,从1982年末张光年"决心"在翌年5月开完会,到它真正举行,又用去多长时间?整整两年!四次作代会最后开幕的时间,为1984年12月29日。所以如此,从大的思想政治形势到文坛领导层的分歧,以及人事安排、调整、调动,具体到筹备工作由谁主抓,都柳暗花明、飘忽不定。引几段相关记述。1983年3月29日:"近半年来,想从《人民文学》杂志做起,对作协工作进行一点调整改革,而人微言轻,迄今一事无成。我深感继续担当作协党组书记职务,只会误人误己误事!"[55]6月2日:"作协'四大'请示报告已批下:'请贺敬之同志多协助各项筹备工作。'"[56]6月7日:"下午阅报,3时半参加党组会,讨论召开'四大'有关问题,决定为此最近召开书记处会,7月召开分会工作会议。我强调各项筹备工作争取贺敬之同志领导,重要的请他拍板,并请文艺局派人参加三个筹备组。"[57]6月10日:"下午3时半至7时,贺敬之来我处谈了三个半小时,这是柯岩事先约好的。我概括地谈了旅途观感,不过一刻钟,然后谈到召开'四大'的筹备工作,按批示由他领导并拍板。他说日内将邀束沛德等到文艺局商谈。他谈到冯牧不能容人,听不进意见,希我找他恳谈。然后用较多时间力求客观地谈到周扬文章引起的风波,感到为难。我只说了做法'不正常'。"[58]6月14日:"晚朱子奇电话告知:下午他参加了贺敬之如今作协党组(包括列席的孔、葛)开会,听取作协'四大'筹备意见的汇报,认为7月召开工作会议不利,不如先分途下去了解情况,交换意见后再开,易于求得一致。冯在会上对党组工作有倦勤意(不想干了)。"[59]……张光年的筹备工作计划,贺敬之接手主持后加以否定,理由是应先"分途下去了解情况,交换意见",含意似乎平淡,却致冯牧有"不想干"的心情,张光年自己也曾心灰意懒。而这仅为片断之一,类似的回合来来往往在,1984年下半年局面始趋明朗。总之,等到张光年最后登上讲台去念"创作自由是社会主义文学的题中应有之义"的"会旨",不知不觉时间已流逝了七百多天。

复杂虬结之故,来自人事。而人事变动,表面是个人进退,实际为思想导向的角逐。文坛普遍相信,谁沉谁浮,可以用来预测今后文坛走向与空气。角逐自有机宜,其间审时度势、窥间伺隙、琵琶别抱……种种幽晦,我们虽愿闻其详,其情形却是"不可见",偶有张光年日记那样的材料发表,亦难还原所有细节。不过,这也正是当代文学史特色所在,文学比拟于政治,文坛便有如官场,从而生出许多不载于字面或者字面难载的内容。

13

一部中国文学史,到当代这个段落,无论如何不能仅凭作家作品的线索摸清了。作家作品仅为当代文学史组成部分之一,且是相对次要的部分,文坛政治大过文学创作。我曾讲到研究当代文学史得来一种体会,很多作品表面上是作家自主写作,追索到最后,发现作家是按照一种要求、一种指令或一种布置命笔,自主写作行为之前,作家已处被写状态。

对当代文学的政治化,过去多限于盯住"文艺为政治服务"提法,比较失诸表浅。当代文学政治化的真正表现,在方式和形制。当代文学所以倚重会议,或会议所以对文学举足轻重,即因这种文学被政治方式所组织,构设统辖关系,领导/听命、指授/服从、裁夺/奉行,文坛实为政坛的仿生,官署规则也即文坛规则。曩者有个老大难问题,文艺很难摆脱"长官意志"、"行政干预";它的起因,归根到底是当代文学政治化结构构成,设若换作别国,纵想干预也没有那种关系或管道为凭依。政治是非文学因素,但对中国当代文学来说政治却并非外在,而已内嵌其中,使它以政治方式运行。中国当代文学的政治化不是提法问题,不会因一个提法改变而改变。

将当代文学说透,没法绕过政治这字眼。不解政治而治当代文学,方枘圆凿;弃政治、另务玄说而以为高妙,则自欺欺人。

以眼下话题论，数十年来会议与文学形影不离，此现象非政治不能解，是文学政治化导致对会议需求极高。众所周知，出于政治原因管理和控制文学，曾令当代文学频兴斗争，而斗争之开展，主要便仰会议。这里姑举一例，对"丁陈反党集团"的斗争，从风起青萍到曲终人散，单单中国作协党组扩大会议就开了二十七次：

> 中国作协党组扩大会议从6月6日开始，历时三个半月，加上9月16、17日两天的总结大会，一共开了27次，发言者达138人。[60]

其他小范围会议，尚不在内，且这仅为丁陈一案，建国后文坛斗争逐年不息，若把所开之会全部相加，则非铺天盖地、汪洋大海一类词不足表。此乃中国当代文学史之常情、生态，文人作家几乎无日不与之伴，研究当代文学若不知此、不言此，虽不妨称文学研究，但只怕很难说研究的是中国"当代"文学。

总之，迄于80年代末，当代文学史几可浓缩为一部会议史，以会议为线索修写这段历史，无论流变、现象和作品，可大致囊括而少有孑余，反之抽去会议环节则零残不堪，验证的办法，莫如自制一张当代文学大事表，然后一看便知。90年代后，情形相对不充分、不典型，不过，骨架尚存，起码从式样来说，文坛仍很在意、讲究会议的功用。

注 释

[1] 《韩非子》，八经，中华书局，2007，第 257 页。

[2] 阮元校刻《十三经注疏》，《仪礼注疏》卷四十二士虞礼第十四，中华书局，1982，第 1168 页。

[3] 段玉裁《说文解字注》五篇下，上海古籍出版社，1981，第 223 页。

[4] 毛泽东《关于领导方法的若干问题》，《毛泽东选集》第三卷，人民出版社，1991，第 899 页。

[5] 鲁迅《忆刘半农君》，《鲁迅全集》第六卷，人民文学出版社，2005，第 73-74 页。

[6] 茅盾《我走过的道路》上册，人民文学出版社，1981，第 56 页。

[7][8] 胡风《胡风回忆录》，《胡风全集》第七卷，湖北人民出版社，1999，第 373，374 页。

[9] 《抱朴子内篇校释》，中华书局，1998，第 137 页。

[10] 朱熹《四书章句集注》，《论语》集注卷九阳货第十七，中华书局，1983，第 178 页。

[11] 夏衍《懒寻旧梦录（增补本）》，三联书店，2006，第 171 页。

[12] 丁玲《延安文艺座谈会的前前后后》，艾克恩编《延安文艺回忆录》，中国社会科学出版社，1992，第 60 页。

[13][14][16] 何其芳《毛泽东之歌》，《时代的报告》，1980 年第 1 期。

[15] 草明《五月的延安》，艾克恩编《延安文艺回忆录》，中国社会科学出版社，1992，第 118-119 页。

[17] 胡乔木《胡乔木回忆毛泽东》，人民出版社，1994，第 54 页。

[18] 中央文献研究室毛泽东研究组冯蕙、刘益涛 1988 年 8 月 25 日访问温济泽的记录（经本人审改）。

[19][20][21] 梁启超《中国近三百年学术史》，东方出版社，1996，第311，316-319页。

[22] 萧军《难忘的延安岁月》，《人民日报》，1987年5月11日。

[23][24][25] 《大会筹备经过》，《中华全国文学艺术工作者代表大会纪念文集》，新华书店发行，1950年3月，第125，126，127页。

[26] 《中华全国文学艺术界联合会章程》，同上书，第572-573页。

[27] 《纪念文录》，同上书，第408、414、419、426、430、436、450、392、399页。

[28] 《中华全国文学艺术工作者代表大会代表名单》，同上书，第547-555页。

[29] 《中华全国文学艺术工作者代表大会主席团和常务主席团名单》，同上书，第559-560页。

[30] 《中华全国文学艺术界联合会全国委员会名单》，同上书，第579-582页。

[31] 代表实际报到总人数650人。据《报到代表统计表》，同上书，第558页。

[32] 《大会纪要》，同上书，第140页。

[33] 《中国文学艺术工作者第三次代表大会暨各协会、研究会、学会等会议、活动日程》，《中国文学艺术工作者第三次代表大会资料》，中国文学艺术界联合会编，1960，第500页。

[34] 张光年《回忆周扬——与李辉对话录》，王蒙、袁鹰编《忆周扬》，内蒙古人民出版社，1998，第8-9页。

[35] 郭沫若《大会结束报告》，《中华全国文学艺术工作者代表大会纪念文集》，新华书店发行，1950年3月，第121页。

[36] 康生：《提倡工农写文章》，《解放日报》，1942年10月4日。

[37] 梁明《应当造出大群的新的战士来！》，《文艺报》，1957年第38期（12月29日出版）。

[38][39] 张立砚《我业余写作上的一段弯路》，《全国青年业余创作积极分子大会发言集》，中国青年出版社，1966，第87-88，90-91页。

[40] 李伯钊《发起人大会上讲话——为建设首都人民文艺而奋斗》，《北京市文学艺术工作者代表大会纪念文集》，大众书店，1951，第213页。

[41][42] 《老舍致开幕词》，同上书，第223页。

[43]《中国作家协会一九五六到一九六七年的工作纲要》,《中国作家协会第二次理事会会议(扩大)报告、发言集》,人民文学出版社,1956,第99-106页。

[44][46] 周扬《为创造更多的优秀的文学艺术作品而奋斗——一九五三年九月二十四日 在中国文学艺术工作者第二次代表大会上的报告》,《周扬文集》第二卷,人民文学出版社,1985,第249,248页。

[45] 以群《论现实主义及其他——兼评何直、周勃及陈涌等的修正主义观点》,《上海十年文学选集论文选1949-1959》,上海文艺出版社,1960,第343页。

[47] 周扬《建设社会主义文学的任务——在中国作家协会第二次理事会会议(扩大)上的报告》,《中国作家协会第二次理事会会议(扩大)报告、发言集》,人民文学出版社,1956,第13页。

[48] 陆定一《百花齐放,百家争鸣——一九五六年五月二十六日在怀仁堂的讲话》,《人民日报》,1956年6月13日。

[49] 周扬《继往开来,繁荣社会主义新时期的文艺——一九七九年十一月一日在中国文学艺术者第四次代表大会上的报告》,《人民日报》1979年11月20日。

[50] 新华社《张光年在中国作协第四次会员代表大会上作报告指出:创作自由是社会主义文学的题中应有之义》,《人民日报》,1984年12月30日。

[51] 徐庆全《早期文坛的标本》,《博览群书》,2006年第2期。

[52][53][54][55][56][57][58][59] 张光年《文坛回春纪事》(张光年日记选),海天出版社,1998,第414,366,439,458,459,460-461,461-462页。

[60] 李向东、王增如《丁陈反党集团冤案始末》,湖北人民出版社,2006年,第233页。

斗争

01

> 这个现实在一定程度上有力地证明,剥削阶级作为一个阶级在我国大陆虽然已经不存在,但是阶级斗争并没有结束,它还在一定范围内继续存在,并且会在某些条件下有所发展。[1]

上列引文,不加说明,易被误为出自 80 年代前,实则它是 1981 年 8 月 8 日胡乔木在中宣部"思想战线问题座谈会"讲话中的一段。胡严厉批评"过去两年半的时间中"思想战线"涣散软弱"[2],而将原因落在回避"思想斗争"。而后接着说:

> 有同志提出,开展批评自我批评或思想斗争,会不会危害三中全会以来的安定团结、生动活泼、思想解放、文化繁荣的局面,而把它变成一潭死水?正确地开展思想斗争不会危害这种局面,不开展思想斗争倒一定会危害它。[3]

要求克服对"思想斗争"的心理障碍:

有些同志很怕听到批评特别是思想斗争,但是过去三、四年的历史却丝毫没有什么叫人害怕的地方。由此可见,除非某种思想斗争毫无道理,方向错误,方法也是武断专横,那确实会危害安定团结等等,否则就不会。[4]

进而指出:

正确地开展批评自我批评以及必要的思想斗争,正是发展社会主义民主,走向高度民主的条件和表现,而不是压制社会主义民主,妨碍走向高度民主。[5]

"斗争"二字,之前诸篇每每提到。中国当代史,很长一段时间是斗争史;中国当代文学,很长一段时间亦与斗争如影随形。离此二字,对这历史和文学相当程度上无从认识。这一点,凡过来人素所稔知,然而何以致之、内中道理何在,恐怕也未必曾用心思之。

02

说起"斗争"往事,许多人想到的多是悲剧、整人、冤案之类,那固可谓彰彰明甚,不过见仅及此,却遗神取形。本文引胡乔木的话为开头,就是因它对我们从源头或原理上理解"斗争",将有很大帮助。这位党的高级理论家,给出一个概括:"作为无产阶级斗争高度发展和科学社会主义理论相结合的产物共产党"[6],将共产党表述为二物之合——科学社会主义之外,便是"高度发展"的无产阶级斗争。如果我们据此说,"斗争"乃无产阶级政党精魂之一,想应未拂他的原意。归根到底,本文的论题,津源在此。我们将要说明,历来对"斗争"的孜孜以求、常抓不懈,我们所见必须提至意识形态高度,作为一种哲学来看,否则,只囿于身家忧患、一己之悲,没法知其根底。

再看一段论述:

毛主席指出:"矛盾着的对立面又统一,又斗争,由此推动事物的运动和变化。"社会矛盾只有通过斗争实现革命的转化,才能推动历史的前进。**共产党的哲学就是斗争哲学**。斗则进,不斗则退,不斗则垮,不斗则修。[7]

引自"文革"御用写作班子"初澜"为纪念《讲话》写的《坚持正确方向 坚持斗争哲学——学习〈在延安文艺座谈会上的讲话〉》,文章发表在1973年5月23日《人民日报》。

那时凡毛泽东的话,都印黑体字,以示崇敬。上有两处黑体字,一处加了引号,一处未标,然而确实都是毛语录。前者出自毛泽东

50年代代表作《关于正确处理人民内部矛盾》，后者见于一篇相对偏僻的文章。此文有个十足军事风格的标题：《机关枪和迫击炮的来历及其他》，好像是战争年代旧作，实则它和军事没有关系，而是1959年8月为刘澜涛等人所编一本小册子所写批语。大约写得过长，毛为它加上标题，变成一篇独立文章，如今可从《建国以来毛泽东文稿》第八册读到。

刘澜涛等所编小册子，名《马克思列宁主义者应该如何对待革命的群众运动》，其中"革命的群众运动"指大跃进。当时正是庐山会议期间。会上，中共高层因大跃进发生严重分歧，这本小册子对大跃进取一种力挺的姿态。见到它，毛泽东很高兴地称道："算是找到了几挺机关枪，几尊迫击炮，向着庐山会议的右派朋友们，乒乒乓乓地发射了一大堆连珠炮弹。"所以，"机关枪"、"迫击炮"都是比喻，将党内意见之争比为战斗。批语中，出现了"共产党的哲学就是斗争哲学"这句名言，而与之相关的完整一段如下：

> 庐山出现的这一场斗争，是一场阶级斗争，是过去十年社会主义革命过程中资产阶级与无产阶级两大对抗阶级的生死斗争的继续。在中国，在我党，这一类斗争，看来还得斗下去，至少还要斗二十年，可能要斗半个世纪，总之要到阶级完全灭亡，斗争才会止息。旧的社会斗争止息了，新的社会斗争又起来。总之，按照唯物辩证法，矛盾和斗争是永远的，否则不成其为世界。资产阶级的政治家说，共产党的哲学就是斗争哲学。一点也不错。[8]

"资产阶级的政治家",指原国民党将军邓宝珊。抗战时,邓任国民政府晋陕绥边区总司令,故与延安的中共交往颇多。他关于共产党哲学是斗争哲学的话,缘起如下:"邓先生家在榆林。抗战期间,他看了一些马克思主义的书籍,形成了这样一种不确切的断语。当他路过延安回家时,在同毛泽东同志谈话中,说了这句话,给毛泽东同志留下了很深的印象。"[9] 我们从毛泽东引述时的语气来看,邓宝珊这番评论,原意不尽正面,但毛泽东却觉正中下怀,"一点也不错",他接过邓的话题,顺势给以完全肯定。由此,这句原出于邓宝珊的话,"文革"中虚其背景,被《解放军报》于1967年9月22日,当作毛语录披露出来[10],以致其真正来历,反而知道者不多。

回到1959年,毛的巨大权威遭遇建国后第一次公开挑战。他油然想起邓宝珊的旧话,一面有力将挑战"粉碎",一面写下上述批语,以教育全党今后从唯物辩证法高度,对类似事态做足思想准备。核心意思,就是斗争永无止境。告诫说,至少还要斗"二十年"或"半个世纪";之所以是这样两个数字,是因当时他对实现共产主义所需时间,估为"二十年"或"半个世纪",也就是说,要一直斗到共产主义实现。不但如此,他后来还认为,即便共产主义实现,仍要斗争。"文革"时,就明确地说:"到了共产主义就没有斗争了?我就不信。到了共产主义也还是有斗争的,只是新与旧,正确与错误的斗争就是了。"[11]

03

明显地,毛泽东对"斗争"抱有信仰,乃至奉为永恒,称:"按照唯物辩证法,矛盾和斗争是永远的,否则不成其为世界。"指其所怀信仰,由来是辩证唯物论。

考诸经典马克思主义,《共产党宣言》有著名论断:"到目前为止的一切社会历史都是阶级斗争的历史"[12],似乎可以验证毛的信仰。但细抠马、恩原话,却当注意两个限定语,一为"到目前为止",一为"社会历史"。前者显然指19世纪当下的资本主义现实,后者则点明阶级斗争是一个历史概念而非哲学概念。把二者联系起来看,"阶级斗争"在马、恩那里严格或仅限于生产关系前提——因生产关系前提而存在,亦因生产关系前提而终结。故马、恩又说,一旦共产主义实现,"在消灭这种生产关系的同时,也就消灭了阶级对立和阶级本身存在的条件","在那里,每个人的自由发展是一切人的自由发展的条件。"[13] 马、恩眼里的阶级斗争,非无止境,更非哲学命题,而仅仅是一个社会发展史论述。

进而还须考察马克思的思想方法。自从发现了政治经济学的解释,马克思就告别了思辨,扬弃了一切玄学或抽象本体论的思维。例如在人的问题上,青年马克思犹取人本学观点,抽象谈论着"人性"、"人的本质力量"一类话题,但到《关于费尔巴哈的提纲》,他却将"人"定义为:"人的本质并不是单个人所固有的抽象物。在其现实性上，它是一切社会关系的总和。"[14]随后他指出，费尔巴哈人道主义谬误在于，"撇开历史的进程……假定出一种抽象的——孤立的——人类个体"，"把人的本质理解为'类'"。[15]我们要抓住的重点，是成熟期的马克思，反对任何不以社会历史为依据、抽象、绝对、形而上学的命题。因而，经典马克思主义只谈论源自且严格限于社会发展史围内的"阶级斗争"概念，而不谈论所谓"永远"或永恒、上升到哲学高度的"斗争"，后者不符合马克思成熟期以后的思想。

在毛泽东那里，却存在脱离或超越社会历史层面，作为纯哲学命题的"斗争"命题。1937年写的《矛盾论》，是他一生重要的哲学论文。其中说：

一切事物中包含的矛盾方面的相互依赖和相互斗争，决定一切事物的生命，推动一切事物的发展。没有什么事物是不包含矛盾的，没有矛盾就没有世界。[16]

万物处在矛盾中，此确系辩证唯物论观点。然对矛盾概念，辩证唯物论原不片面强调"对立"，或以"对立"为主。确言之，辩证唯物论视矛盾为一体，"对立"与"依存"并存，"矛"与"盾"是事物随时转化的两个方面，此为彼、彼亦此，为流动而且相蕴含的关系。毛泽东虽亦提到"相互依赖"，对这方面却绝少展开来论，重心都在"对立"或"相互斗争"一端。愈到后来，趋势愈重，发展成有崇拜色彩的斗争至上思维,片面强调斗争,称之为"永远",乃至不斗争就"不成其为世界"。可见"斗争"在他那里,确已抽象成不论条件的绝对目的和本体,不再是事物发展的过程、方式或表现。

04

就此,毛泽东的思想与我们普通人有巨大差距。我们眼里的斗争,都很现实、形而下。大则争权夺利,小则家长里短。在毛泽东,斗争二字其实是万物概莫能外的普遍形式,"万类霜天竞自由"[17],一切存在,必取斗争的形式,若要斗争停止,除非不存在了。就此而言,普通人对他确实易生误解,所谓以小人之心度君子之腹,以为他的心思和我们一般浅近。至今,谈起他对斗争的倾心,不少人仍以"权力忧患"为解读。虽然无须刻意否认这层因素和动机,但我们必须提醒自己,根源绝不在此。如果不能越过现实、功利,从更深的比如哲学的角度认识毛对斗争的迷恋,则不单他被庸俗化,我们自己也无法从那段历史得到真正教益。

虽然那段记忆,留予我们的深刻体验,是政治、社会起伏动荡,以及个人和家庭在其间命运悲喜无妄,但实际上,这些尚非最本质的方面。"文革"结束眼看快要四十年了,稍稍注目一下现实却不难发现,尽管政治、社会动荡早成往事,中国人日常临事处世的态度,还是难脱斗争式反应。无论面对生活、历史、文化、自然、人际关系，我们和世界或周围事物相处的方式，易对抗而非互谅，易破坏而非建设，易消极而非积极，易峻急而非转圜，易破裂而非妥协。这是因为多少年来，我们办任何事已习惯了斗争，而缺少和解的意识。

我们似乎已不知道，大千世界，百物万类，生存之道其实在于互相容留。每一种意志，每一种利益，有所取的同时，必应有所留。人对自然应有所取又有所留，对其他动物植物等一切生命物种应有所取又有所留，对自己同类即人与人间，更应有所取又有所留。故古今人类思想主流，没有以斗争为美事的。不光古希腊人重"和谐"、基督教倡"博爱"，中国自身文化传统何尝不以宽纾为要？儒家尚"和"、主"同"、讲"恕"、美"谦"；老聃以为"柔"、"弱"较"刚"、"强"为好；佛家劝"慈悲"；兵家视"兵者不祥之器，非君子之器，不得已而用之，恬淡为上"，觉得"不战屈人之兵"才算高明；连商贾之流也奉"和气生财"为道……总之，世界是太平的好，天地则要海晏河清。千百年来，中国人心中所存，本来是这样一些道理。

当代国人若谛听内心，却将听见一个声音：凡生存，总在于"斗"。其从何而来？把既存思想资源挨个考索一遍，也只有溯至毛氏斗争哲学，舍此，并无一家一派思想以"斗"诲人。经它几十年思想的化育和行为的训练，当代人对于以斗争维持与外界关系，已形成一种本能反应在、潜意识，沦肌浃髓，少有例外。

05

  我们看毛泽东治国,凡二十七载、近万个日日夜夜,几皆用于斗争哲学的实践;复于实践的同时,不断发展,引往极致。晚年,他推得最后结论:世上仅有"斗"与"不斗"两种关系,而"斗则进,不斗则退,不斗则垮,不斗则修"[18],"斗"乃唯一正确之选。类似意思,又表述为"破"与"立":"不破不立"、"破字当头,立也就在其中了"[19],无"破"便无"立","破"就是"立","破"同样有唯一性。很显然的,他对世界虽曰取二分法,实则只执一端。注视于此,我们发现"文革"于我国很难说是无妄之灾,而是迟早之事。表面上,"文革"起于具体政治或人事原因,撕开来看,则是哲学、思维方式使然。任何问题,都有多种应对与处置可采,相中"文革"方式,不是问题本身的必然,是哲学和思维方式的必然。

  以斗争为唯一选项的倾向,在他根深蒂固。1963年诗句:"金猴奋起千钧棒,玉宇澄清万里埃。"[20]孙悟空是他偏爱的人物,其修成正果时的封号即"斗战胜佛"。1945年也有名言:"凡是反动的东西,你不打,他就不倒。这也和扫地一样,扫帚不到,灰尘照例不会自己跑掉。"[21]我们发现,二十年中他脑畔盘旋着不变的意象,"灰尘"与"万里埃","扫帚"与"千钧棒",字眼稍稍不同而已,世界图景定格不变。

  溯得更早,1927年曾讲:"革命不是请客吃饭,不是做文章,不是绘画绣花，不能那样雅致，那样从容不迫，文质彬彬，那样温良恭俭让。革命是暴动，是一个阶级推翻一个阶级的暴烈的行动。"以至于言：

> 每个农村都必须造成一个短时期的恐怖现象。

理由是"非如此不能镇压农村反革命派的活动，决不能打倒绅权"。如果这个必造"恐怖"现象之论，尚有特定的现实针对性，随后一句却反映了思维方式：

> 矫枉必须过正，不过正不能矫枉。[22]

可知决绝斗争在他非一时行为之选，而有性格乃至心理的执著。

　　从这点说，斗争，是他与世界相处的方式。无处不在，无物不引为这种关系，而不限于无产阶级的阶级斗争，不限于人类社会。故除"与人斗"，也战天斗地，"欲与天公试比高"，向老天爷宣战、迫大自然称臣。劈山引水、填海造田，接踵而至。热衷这些"奇迹"，并不尽因生产建设之需。以单纯经济眼光看，它们往往得不偿失，为理性务实者所不取。它们第一位的抑或全部意义，在哲学方面，作为斗争精神和斗争人格的宣示，来顽强表达一种意志。

　　哲学化治国，把国家付之个人哲学，变成哲学观的实验和工具，是一段历史弯路的根源。国，生灵所寄，生民为本，那时代却弃本逐末，民失所赖。

　　哲学化治国，既然令民生空乏、食短衣绌，就必然设法搪塞。办法是，以虚妄的精神填塞民腹、画饼充饥。怎么做到？盖哲学与美学相邻，将对斗争哲学转换成斗争美学，可以导人亢奋。那时极重宣传和文学艺术，部分原因为此；唱斗争之歌，吟斗争之诗，演斗争之剧……不单教义易入人心，也是移情的致幻剂，使人陶而醉之、乐而忘返。毛泽东曾亲自描绘这感受，《卜算子·咏梅》以"她在丛中笑"讴歌唯斗争给人遗世独立的快乐。"文革"中注解者阐其精神："坚贞不屈,傲霜斗雪,不怕孤立,不畏强暴……"[23] 造反组织多有取名"丛中笑战斗队"者，而"与×斗，其乐无穷"一类标语铺天盖地。经由审美化，斗争延展为幸福观，指向美乐的人生。信仰斗争的人有福了。勇于善于斗争，是唤起钦羡和仰慕的秘药。小伙以此俊朗，姑娘因之动人。因而在那时代，斗争确非后人眼中干巴巴的"政治"二字，反而真实地致人容光焕发，使时光美妙、使生命充盈。前不久，央视于街头逢人问以"幸福"，而四十年前，这答案将泰半属于"斗争"。

　　但这似乎永不枯竭的斗争激情，究非常人所能备。历经"文革"极度狂热，芸芸众生不免渐有疲态而心生倦意，连"最亲密的战友"，亦露徘徊之色。对此，毛泽东的反应，是将斗争哲学鼓谈更盛。林彪事件后，披露出来的"571工程纪要"，抱怨党内斗争过于残酷。随即开展"批林批孔运动"，围绕这说法反复驳斥，论述马克思主义精髓即斗争哲学。《人民日报》连篇累牍抛出标题包含"坚持斗争哲学"字样的评论和报道,诸如《坚持斗争哲学 狠批"克己复礼"》[24]、《坚持斗争哲学 推动社会前进》[25]、《必须坚持斗争哲学》[26]、《批判中庸之道 坚持斗争哲学》[27]、《坚持斗争哲学的好党员》[28]……初澜的《坚持正确方向 坚持斗争哲学——学习〈在延安文艺座谈会上的讲话〉》,是其中专从文艺方面阐述斗争哲学的一篇。

到了生命最后时刻,豪情不减,号令全国:"八亿人民,不斗行吗?!"这句话当时播于人口,至今也常提及,但时过境迁,引用者于其正式出处都未具其详,查《建国以来毛泽东文稿》亦无果。一番搜寻,检得它面世于1976年5月16日《人民日报》:

毛主席在今年年初说过:"不斗争就不能进步。""八亿人口,不斗行吗?!"无产阶级文化大革命的十年,就是我们在斗争中前进的十年,是我们国家发生巨大变化的十年。亿万人民在斗争中学习马克思主义、列宁主义、毛泽东思想,大大提高了反修防修、继续革命的觉悟,毛主席的无产阶级革命路线更加深入人心。我们的党经过吐故纳新,更加坚强,更加朝气蓬勃。[29]

这是《人民日报》、《红旗》杂志、《解放军报》就"文革"十周年所写纪念文章,时谓"两报一刊社论"。

据逢先知、金冲及《毛泽东传(1949-1976)》,两句话为毛泽东对尼克松女儿朱莉夫妇所谈。新华社公布的会见时间为1975

年12月31日。毛有深夜见客习惯，会见可能持续至翌日即1976年元旦凌晨，这大约是社论称两句话为"今年年初"所说的原因。而张玉凤谈"1975年10月下旬"以后毛健康状况云："他讲话困难，只能从喉咙内发出一些含混不清的声音字句……当主席的语言障碍到了最严重的地步时，他老人家只好用笔写出他的所思所想了。"[30] 情况想必是逐渐加重的，以此推之，与朱莉夫妇所谈极可能是毛一生最后不多的清晰口头表达之一，而他使之落于"斗争"二字。

06

理这些头绪，是为探赜钩沉。通过搜逖毛泽东胸中丘壑，认识那段高蹈斗争的历史逻辑。

能窥小说真昧，即知故事其表、叙事逻辑其里。历史亦相仿佛。"571工程纪要"将残酷斗争归结于"整人"，而受到不懂哲学者的嘲笑，其实是对的。对斗争主掌中国的这段历史，见不及逻辑，不但会把事情说浅，甚至对某些现象解释不了，讷口难言、舌挢不下。例如红卫兵曾将暴力行为大量施之陌生人（导致老舍自杀的，就是前一天北京某中学素不相识之"小将"对他的野蛮批斗），就事论事，简直觅不到一点因果动机。而在"文革"前，同样情形早于反胡风、反右等运动中露其端倪。广大"群众"对被斗争者，岂止谈不上个人恩怨，甚至照面过去也根本不曾打一个，却仍能如对宿仇一般，怒火满胸、口诛笔伐。有些斗争，面对的是和自己风马牛不相及、八竿子打不着的古墓、碑刻、雕像、书籍……大家照样显出苦大仇深的样子，砸而毁之，焚而烧之。更有甚者，有时对象与自己不但无冤无恨，反倒有恩乃至是至亲的骨肉，斗争起来，霎时着魔般咬牙切齿、分外眼红，近来媒体上已不断有人为其当年匪夷所思举止忏悔道歉……诸如此类，都无法以常情常理揆之，仅就事论事，似乎只能以"中国人疯了"一语胡乱了之。只是图个痛快，这么说说无妨，倘要正本清源，则不能作这种率性之谈。事实上，中国人没疯，所有看似不可思议之事，全都在正常和清醒状态中发生，有其明白的由来、确切的逻辑。显而易见，那就是斗争哲学对全体国民积数十年之功，日复一日导引和砥砺的结果。

下笔千言，离题万里。自云"文学史微观察"，兜了偌大圈子还没怎么讲文学，难辞挂羊头卖狗肉之讥。但在我们，却属不得已。那段文学史，不顶着这样一只大帽子无从谈起，勉强谈了，也将言不及义。好在冗长的铺垫告一段落，下面专注于文学情形的讲述。

07

文艺，是斗争经常光顾的领域，本拟名之"重灾区"，平心又想，实则哪个领域都不轻松，遂弃此顾影自怜的表示。不过，文艺处境特殊，倒也确实。一来无产阶级革命格外高看意识形态，多年来以文艺为其前沿阵地；二来毛泽东本人文武双全，尤其能文，毕生"枪杆子"、"笔杆子"并重。所以文艺在斗争史上所受眷顾，常置优先。前有延安文艺座谈会为新中国"文治"奠基，后有"两个批示"吹响"文革"号角，此于文艺的深受倚重，已足证之。

具体再看，以建国为界，文艺斗争举其著者，便有1951年批萧也牧、《武训传》，1954年批旧红学、胡风集团，1955年批丁（玲）陈（企霞）集团，1957年反右，1959年反右倾，1962年批"反党小说"《刘志丹》，1964年"文艺整风"（批夏衍、邵荃麟、田汉、阳翰笙、陈荒煤等），1965年批《海瑞罢官》，1966年初江青受"委托"搞"部队文艺工作座谈会"、出笼《纪要》将整个"十七年"打为"黑线专政"、提出"黑八论"。"文革"正式发动（1966年5月16日）后，更毋待赘言，文艺舍斗争而无其他。即"文革"已毕，纵观80年代，文艺领域斗争仍然意犹未尽，批《苦恋》、批人道主义、批现代派、"清污"、反资产阶级自由化，势头一般不及过去而常虎头蛇尾，然就频率言，短短十年有这些斗争，亦十分可观。

以上历史，谈者甚夥。文学史、个人回忆录、专题研究、访谈、纪念文集等，各种形式著述盈筐积案。近二十年，当代文学在史料方面可谓暴增，而依粗概印象，七成以上与各种文艺斗争、运动有关。这是那段历史实际使然，反映了历史自身面貌。不过另一印象是，无论当事人、讲述者，或运用材料的评论者、研究者，角度视线甚少脱逸论人骘行，多就个人之间是非做文章。丁玲与周扬之间，就很典型。

08

1955年起，由周扬领导和实施，丁玲先后作为"宗派小集团"（1955）和"反党集团"（1957）头领遭斗争，最终发地方改造。1979年丁玲回京后，撤销其右派分子、恢复党籍，但1956年中宣部对丁玲历史问题的审查结论，未见取消。

历史问题，即1933年至1936年丁玲被国民党拘于南京的经历。中宣部审查称：其间，丁玲曾向敌人"屈服"，存在"变节性的行为"。[31] 相关问题，早在延安时期中组部有过一次审查，当时出具的《结论》为："根据现有材料看来，说丁玲同志曾经自首没有具体证明，因此自首的传说不能凭信"，但又指出："丁玲同志没有利用可能（虽然也有顾虑）及早离开南京（应该估计到住在南京对外影响是不好的），这种处置是不适当的"，[32] 即拘禁期间丁本有机会脱身，却未加利用，《结论》对此表示困惑，但因无事实材料可说明究竟有何问题，故未加判断，而以"不适当"字句提出批评。

对比前后两个结论，可见两点：一、1956年明指丁玲有"变节性的行为"，1940年认为"自首的传说不能凭信"；二、1940年一面指出"自首"是传言、"不能成立"，然又强调是"根据现有材料看来"，似对进一步评判留有余地，次而对不"及早离开南京"表示微词，故1940年结论总体态度也不鲜明，倾向于存疑，内中一句真正明确的判断"应该认为丁玲同志仍然是一个对党对革命忠实的共产党员"，原稿本无，是毛泽东审批时所加。[33]需要说明，虽然1940年毛泽东为中组部审查结论加了那句话，但1958年他已将它完全推翻："丁玲在南京写过自首书，向蒋介石出卖了无产阶级和共产党。"[34]这是他为1958年第2期《文艺报》"再批判"特辑，所亲撰《编者按语》中的句子。

1979年6月8日，丁玲打报告，要求两个"确认"。一是确认1956年中宣部对她历史问题的审查结论"不能成立"，二是"确认1940年中央组织部所作的结论是正确的，应该维持这个结论"。[35]总之，废除1956年结论，回到1940年结论。但是，第二天中国作协复查办公室立刻答复她，1956年审查结论"实事求是"，"应维持"。[36]

从《丁陈反党集团冤案始末》语气（其作者之一王增如，是丁玲最后一任秘书）看，丁玲显然认为是周扬作梗，在幕后阻挠。这很自然。1956年结论就是周扬主持下搞的，他不愿意被推翻可以想见，此其一。而中国作协是周扬领导下的单位，"应维持"的答复受到周扬影响亦可以想见，此其二。第三，周扬确有反对纠正结论的表示，据说当其旧部贺敬之流露不同态度时，周扬极不满，"甚至对贺敬之说：你今后还想不想在文艺界工作呀？你是否认为'叛徒哲学'还有理呀？你如果这样看，就站不住了！"[37]

周、丁矛盾众所周知，推想周扬是丁玲恢复名誉途中的拦路虎，如以上三点所示也很合逻辑。然而，丁玲恢复名誉过程艰难，能否归结于周扬阻挠，却要单独来看。因为有另外的线索。

经丁玲进一步要求,复查正式开始,工作由中组部来做,最后报中央审批。其间,将听取宣传口方面意见,在此层面,周扬以其身份、地位,于事情确当发挥某种作用。但毕竟复查工作的本体与实体,是中组部,裁决权在中央,要说周可以一手遮天,左右中组部乃至中央态度,显然不契情理。1979年末,中组部将问题上报后,翌年1月25日中央作出批复,基本维持1956年中宣部结论,具体表述是:"关于丁玲同志历史上被捕中的问题,同意维持中宣部一九五六年十月所作'在敌人面前犯有政治上的错误'的结论,对该结论中说丁向敌人写'申明书''是一种变节性的行为'一词,可予改正。"就此,《丁陈反党集团冤案始末》写道:"这是中共中央的正式意见,顶天了。"[38] 从而提示问题的复杂性。

足足又过了四年,中组部最后拿出《关于对丁玲同志申斥的复议报告》。值得注意的是,在分辨相关事实时,对1956年中宣部结论所依据三点,即"(1)与叛变的爱人冯达同居;(2)国民党每月给一百元生活费;(3)写了一个'申明书'",[39] 均未否认,而是重新解释。例如,认为国民党的"优待",系因丁玲著名人士身份而发生的"特殊存在"的"情况",意即可以理解;对于"申明书",则认为"属于为了应付敌人,一般性表示对革命消沉的态度"。[40] 换言之,复议的结果,基本事实无出入,突破在于如何解释。

可见,丁玲历史问题的症结与难度在于观念,并非某人阻挠可致。过来人知道,丁玲南京所涉三种情节,为往昔革命伦理话语断不容。在1956年当时,类似经历被目为"变节",可谓必然,而无例外。之前，1940年未作"自首"论，是因当时不掌握三种情节（这是丁玲1955年受审时刚交代出来），故以"传闻"不足凭信具结，但对丁玲南京经历仍不无保留和批评。1979–1984年复议，则是在已知三种情节基础上进行，困难亦在此。"组织上"的难题，在于既有为丁玲恢复名誉的意向，又不知具体如何操作，亦即对于党既往的伦理观念如何安放。客观上，后者需要调整或突破，但一时间，"组织上"沉吟不已、颇费斟酌的是，怎样做到既照顾和衔接"过去"，又使思想、政策向"将来"打开。最后，我们所见1984年复议报告，交织了如上两难话语，但努力加以弥缝：

> 关于丁玲同志写"申明书"的问题，可以从两方面看，一方面，只有她本人的交代，没有直接证据。"申明书"的内容，没有以共产党员身份发表自首悔过的言词，说"出去后，愿家居养母读书"，是属于为了就应付敌人，一般性表示对革命消沉的态度。另一方面从丁玲同志整个被捕情况看，她被捕后拒绝为敌人做事，写文章，曾想逃跑、自杀均未成，最后她终于想方设法找到组织，并在组织的帮助下逃离南京，转赴陕北。被捕中并没有危害党组织和同志安全的行为。事实表明，她并不是"消沉下去"，相反是积极设法逃脱牢笼，继续革命。据此，可以认定丁玲同志写"申明书"问题，既不属于自首性质，更不是变节性质。[41]

撰者用心是，避免伤及原有伦理话语同时，克服它的严苛，代以宽容厚德。这显出时代的进步，理当如此、原该如此，不过显然来得不易，从丁玲提出交涉到等来这份答复，为之耗掉五年时间。

在这过程中，周扬起何作用，我们主张不去辨识。因为不重要。且不说周扬究竟何想迄今并不明了，假定他不肯成人之美，亦难想象此一个人态度能是事情症结所在。说到底，丁玲问题形成源自党的相关原则，其申诉的辗转、迁延，是相关原则是否和如何变化未定所致。

但当事人和围观者之属意，偏偏在私人恩怨。当中有个场景，意味深长。1979年夏，周扬与丁玲见面，以极轻微声调吐出一句蹊跷的话，丁玲当时甚至没听见：

> 陈明听到周扬仰着头在沙发上轻声说了一句"责任也不能全推在一个人身上"。回去后他把这话告诉了丁玲，两人一起猜周扬是指谁，是指他自己，指林默涵、刘白羽，还是指毛主席？[42]

周扬此语，半明半晦。明者，是望丁玲谅解那层意思；晦者，是他暗示自己不能单独承担责任。"责任也不能全推在一个人身上"，是微讽，却又可以说什么都没说。周扬闪烁其词，而指望丁玲会意。但丁玲岂便贸然会其意？她与陈明"一起猜"的情形，像是对他的嘲讽：阁下揣着明白装糊涂，却作恍然大悟状。丁玲对猜谜自然不感兴趣，而需要看到现实的结果；从现实角度，丁玲可以揪住的，只有周扬这位"拆行者"，向他追责，来争取洗清名誉。

我们作为旁观者，却别有感慨。都知道丁玲对于周扬，不唯切齿当年的迫害，亦复恶其最终不能公开宣陈悔意；也都知道周扬"文革"后逢人道歉自责，却偏偏独对丁玲吝此一语。于此怪异情形，过去普遍看法，是两人积怨太深，互不稍让。然而见了这个材料，我们才觉得事情曲折，并非是负气使然。他们僵持不下，双方各有其难。

先说周扬。过去所谓周扬对丁玲既无歉意更从来无所表示的说法，至此应当打消了。1979年这次见面，虽然遮遮掩掩，但周扬确实表露了疚色。只是，与在其他场合针对其他人的明朗致歉不同，周扬对丁玲采取的乃是一种嗫嚅以至含混不清的方式，事情焦点也正在此，既然心怀悔意，他为何不能直言之，非得采用吞吞吐吐的方式？若说碍于面子，非无可能，然而真顾忌面子，多半会不流露、不表示，既有流露与表示，却中途半端，与其说可保颜面，不如说反而展示软弱。因而以情理推之，周扬欲言又止或言而不尽，不是有心认错却放不下身段，而是对所言之事如何言之，有难言之隐。这种难言之隐，想与丁玲案内情有关。

什么内情？周扬既守口如瓶，他人自不知晓。我们从一般逻辑设想，或许是：一、丁玲案原委复杂，周扬是其中一个角色，但非主要角色，"责任也不能全推在一个人身上"，意在郑重强调这一点；二、但是所涉情节，或因外部条件和限制，或者出于自身考虑，周扬暂不能原本述之；三、语虽涉嫌涉忌，不过，周扬相信丁玲非不了解，稍稍暗示，她完全能够"想象"得到。

结合周扬语意，我们对他的嗫嚅踌躇，推得上述三点。总之，他想取得丁玲谅解，就丁玲之案，分清哪些是他的责任，哪些并不该由他来掮任。

周扬倒了苦水，可是，丁玲岂无苦衷？她是否如周扬所信，对"责任也不能全推在一个人身上"心如明镜，我们不推测。关键是接受周扬暗示，对彻底恢复名誉有何助益？显然没有。相反，接受那暗示，某种意义上沉冤更不可洗。冤有头，债有主。由周扬及其当时领导的中宣部担责，事可议；超过或高于这层面，则多半遥遥无期、不能指望。周扬是现成的责任人，她何苦接受那个暗示，帮周扬卸掉包袱，而坐视自己的问题可能作为无头之案、在谜般状态中保持下去？丁玲自知来日无多，她的现实需求是，在瞑目前拿到实实在在的结果。1984年7月26日，获知中共中央书记处批准《关于为丁玲同志恢复名誉的通知》，丁玲当即取来录音机，留下一段话：

我死了之后，不再会有什么东西留在那里，压在我的身上，压在我的儿女身上，压在我的亲人身上，压在我的熟人我的朋友身上，所以，我可以死了。

把这段话，与周扬对她打哑谜的那句话参照而读，周、丁二人之所以有机会和解而终于不和解，我们可以觑得比较实在。

在周扬，"真相"很重要，他希望和丁玲一道面对；但丁玲在意的并不是这一点,也许事情的复杂她心里很清楚,也许"真相"对她太奢侈,她不想纠缠于此,只欲见到简单直接的结果,亦即组织上为其开具恢复名誉的一纸公文,她就要这张纸。我们作为居旁而观之人,或觉当中有是非。然从当事者角度,各自所愿或不愿,却无可指摘。周扬不免认为,丁玲明知责任不该"全推在一个人身上",而不吱声、不接茬,像是刻意赖在自己身上;可丁玲也有她的道理,人被害到这地步,纵非"一个人全责",担一担何妨,莫非不该?

双方态度遂成死结。漫长纠葛,终未出离私人恩怨。最后收束,甚至在那情绪里陷得更深。1985年9月,丁玲住院,刘白羽探望。此时,丁玲完全恢复了名誉,周扬却因人道主义、异化理论问题得咎,继而病重。他们谈起周扬:

丁玲说:1957年作协党组扩大会闭幕后,我走的时候,周扬跟我谈过两句话,第一句话:以后再也没人叫你同志了,你有什么想法?1957年那个时候,我当然无话以答。第二句话:我看,还是谁笑到最后,谁笑得最好?他很得意呀,他胜利了嘛,我是失败者嘛,我是反党集团,右派分子嘛!

刘白羽说:周扬现在得了脑软化症,说话很吃力,有人去看他,他还常常流眼泪。

丁玲说,天晓得,你要是不得脑软化症,那还是你笑到最后你笑得最好,我顶多只能翻身儿,我还有许多遗留问题在那里么,你没有啊。说罢哈哈大笑。[43]

这场景,读得人五味杂陈。文坛两位大僚,你来我往斗了半生,来争一个"谁笑到最后"。那总有结果,非此即彼,必有一人。然而文坛四五十年斗争史,倘以个人"笑到最后"为收获,岂止代价昂贵,简直还是白白付出。

09

沿个人恩怨摸索,最终只得到一段无厘头历史。斗争那样普遍,无人能脱干系。往往,被斗争者曾是勇猛斗士,斗争者也不知何时将沦为被斗对象。丁玲遭遇不幸之前,建国后文坛首个较大规模斗争——批萧也牧——便由她带领《文艺报》发动。周扬在"十七年"历次斗争中为掌印撑旗人物,及至"文革",也难逃被斗命运,乃至80年代还在斗争尘埃中落寞而终。除了极少的例子,十足的斗士与十足的羔羊,都难得一见。说到应该道歉、悔恨,彼时文坛,真正名节无亏者,究有几许? 1925年,鲁迅以"凶兽样的羊,羊样的凶兽"喻国中之人,说:"他们是羊,同时也是凶兽;但遇见比他更凶的凶兽时便现羊样,遇见比他更弱的羊时便现凶兽样。"[44]到20世纪下半叶,我们已没有鲁迅的把握,去分清谁是凶兽样的羊,谁是羊样的凶兽。是凶兽或羊,都身不由己,被斗争"形势"决定和支配,由它安排你做凶兽或羊,随时作角色的变化和转换。

郭小川1959年被斗争时已是羼弱羔羊，可之前从丁陈集团到反右，他却作为斗争者冲锋陷阵。老舍在生命终点，如同走投无路的羊，被凶兽们撵赶着沉入太平湖；然而，过去当别的羊受着驱剿时，他也参与其间，那些文章、发言至今可查。类似的还有巴金先生，以素来赋性情怀，我们觉他羊性十足，但千真万确，他也投入过凶兽围羊行动，向战栗之羊发出恫吓……这，都无法用品性来解释。余者，冯雪峰如何？曹禺如何？茅盾如何？何其芳如何？艾青如何？甚至鲁迅遗孀许广平又如何？1957年8月27日《人民日报》，就中国作协对冯雪峰的批判活动报道说：

> 会议从6月6日起，到8月20日止，已先后举行了十九次，在会上发言的共百余人。第十二次会议后，在会上继续发言的有许广平、老舍、钱俊瑞、夏衍、郑振铎、蔡楚生、邵荃麟、张天翼、何其芳、周立波、赵树理、王任叔、袁水拍、葛琴（十七人联合发言）、冯至（和吴组缃、卞之琳联合发言）、陈白尘、张光年、孙维世、臧克家、严文井、蒋天佐、沙汀、楼适夷、阮章竞、李伯钊、菡子、王士菁、王蒙等。丁玲在会上先后共作了五次发言，态度极不老实。会上，大家一致对她的这种态度感到愤慨。大家对冯雪峰在第十八次会上避重就轻、吞吞吐吐的交代也极为不满。会议仍在继续进行。[45]

当时作批判发言的人，以后或早或迟几无例外也沦为别人的批判对象。类似名单,报上不时可见,而以轮回方式周流不止,此时我为刀俎、人为鱼肉,他日则我为鱼肉、人为刀俎。

凶兽与羊,果可辨乎?

近阅严平访王信先生谈忆文学所"文革"往事,涉多位有名人士,中有那样的例子:后对"文革"确实厌薄唾弃,考之当时,却"调子很高","走到最前面",但此与个人品性无关,整个文学所,对斗争的投入几乎没有例外,王信搜其记忆"真正的逍遥派只有一个人"。[46]

四五十年文学斗争史,症结不在人性、人品,教益也必不在。惜乎当事人与研究者,至今越此窠臼者寥寥。我们的思维或文化,有时极端忽视个人,有时偏又深陷个人障壁,不能到一己悲欣善恶外求认识。鉴此,这篇文学斗争往事之论,才力主排遣恩怨、拔乎个人,探历史的所以然。

10

毛泽东斗争哲学,前面考析了一番,而它如何化在文艺中,落实为具体的文艺思想,还要单独来看。为此引两段论述。

其一:

> 历史是人民创造的,但在旧戏舞台上(在一切离开人民的旧文学旧艺术上)人民却成了渣滓,由老爷太太少爷小姐们统治着

舞台，这种历史的颠倒，现在由你们再颠倒过来，恢复了历史的面目……[47]

其二：

资产阶级在近代文化、近代技术这些方面，比其他阶级要高，因此必须团结他们，并且把他们改造过来。……音乐家中的许多人在思想上是属于资产阶级的。我们这些人过去也是这样，但是我们从那方面转过来了，他们为什么不能过来呢？事实上已经有许多人过来了。团结他们是有利于工人阶级的革命事业的。要团结他们，帮助他们改造这，把他们化过来。[48]

大家知道，毛泽东文艺论述很丰富，这里是有意避开《讲话》等热门著作，从相对偏僻出处引两段。头一段，出自1944年1月一封书信，过了二十三年才首度公开。第二段，为1956年一次谈话。两段话各有一些特殊性，对于说明本文的问题，更有帮助。

前者特殊性在于，成文早而发表晚，时隔二十三年始面世，但人们初一读之，又都有耳熟能详感，仿佛习之日久、早存胸间。借此，可明白这样的道理：毛泽东文艺观整体性很强，一以贯之；他的话，具体如何说、说于何时、何时方为人知，这些外在区别较之思想和逻辑的一致性，几可忽略。具体的话语，本身或为初见，但话语后面的逻辑却早就深入人心。

第二段引文，也有一点特殊性。它是1956年8月24日同音乐工作者谈话的一段，而1956至1957年初，是毛意识形态尺度最宽之时，我们所重正在此。以"斗争"字眼本身之严厉，我们觉得，一番和风细雨之论，反而比态度峻急所谈更值得征引。思想总是平和时较近于本原，不至于受情绪化的干扰。因而，尽管毛泽东倡导文艺斗争说过许多相当激烈的话，我们却恰恰弃激烈就平和，选一段春风拂面的话语，这对察见他的胸臆想来更为允切。

进而来看，两段论述分别有其主脑。一为"颠倒"，一为"改造"。"颠倒"是对过去的总审判，"改造"则讲令"颠倒"发生"再颠倒"的途径。毛泽东通过文艺想要办的事，基本浓缩在这两个词中。

"改造"可列为毛泽东或毛泽东时代带标记意味的字眼之一，他极为喜谈这字眼，常以它为题做事做文章。单单知识分子改造运动，就搞过两次（一次延安，一次建国初）；经济方面，也有"社会主义工商业改造"。

大多数时候，"改造"是毛对思想、历史和文化的思路。当具体化的时候，它还衍为别的表述，广为人知的如"排泄其糟粕，吸收其精华"[49]、"古为今用、洋为中用"[50]、"推陈出新"[51]等，俱系"改造"之意。不过最后他却放弃了这思路。晚年，他对"改造"失去耐心，"一万年太久，只争朝夕"，甚至认为"改造"无法达到目的，很难奏其"再颠倒"之效，故将"改造"升级为"革命"，欲以一场全面文化革命，毕其功于一役。相应地，立足"改造"所提出的"排泄其糟粕，吸收其精华"、"古为今用、洋为中用"、"推陈出新"等,也代以"横扫一切牛鬼蛇神"[52]、"砸烂旧世界"[53],将过往历史文化分称"封""资""修",概予摈斥、无所容留。

不过,"改造"与"革命"之间,有程度不同,无逻辑的不同,都从"颠倒"、"再颠倒"认识而来。对于"再颠倒","改造"效果不佳,便继以"革命"。"改造"是"革命"的浅尝,"革命"则是"改造"的躐进。几十年文艺深陷斗争史,愈演愈烈,线索如此。

自1942年他开始亲自、直接、集中过问文艺工作,这领域略无片时止息斗争。1944年这封信本身是个生动说明。它发表与撰写相差二十多年,而发表版与原版之间若干不同——隐去收信人、另拟标题《看了〈逼上梁山〉以后写给延安平剧院的信》,并删去称道郭沫若历史剧之一语,这些改动,原因是信件发表时的"文革"初期,收信人已被打倒,郭沫若政治形象如何有待确定。换言之,二十来年文艺斗争高潮迭起,造成与此信相关的历史,含义有变,面目全非,致其公开发表时不得不或隐或改,以适应历史之变。连毛泽东自己的撰著,也无法避免频仍动荡带来的尴尬,文艺斗争之剧烈可想而知。

11

毛泽东1944年写的信,1967发表时要经修改才与当时形势相合。这细节提示我们,"颠倒"、"再颠倒"造成的淆乱,无人能免。类似之例,还有"百花齐放"口号。这50年代所发号召,"文革"

中竟讳莫如深,消失报端近十年,1975年邓小平领命调整文艺政策,才再见天日。以此联系周扬丁玲恩怨,以及当代文学史其他斗争名例,通常所视的"整人"、"被整"关系,就显得表浅。谁是整人者,谁是被整者,完全区分清楚,近乎没有可能。因为斗争是不断加码的过程,即毛泽东自己,也在不断加码中,略显前后矛盾、首尾难顾。

言及此,想起关于斗争频兴的一种阴谋论解释,这种解释,将不断展开的一场又一场斗争,看得胸有成竹、心机深刻、目的明确。其实,这是另一种神化,好像真有人可以神机妙算、图迥天下。事情并不虑周藻密,是从思维定式而来。伟人虽伟,也有被惯性控制的时候,思维定式便是一种惯性。信仰上了斗争,会有盲目冲动,本能反应,身不由己,赖以解决任何问题,另有其他办法方式,但都在盲区,视而不见。斗争以权力之故或明确政治目标而兴,不是没有,但更多是为思想、理念而发,甚至有的时候,和思想、理念关系也不大,就是一种性格,一种习惯的态度,唯此才可解释斗争为什么如此普遍。

过多从政治权谋角度看取,沿此探寻,可能大大降低对那段历史的解释有效性,甚而落在索隐的境地,总想挖掘秘闻、内幕来找动机,其实真的未必能以现实必然性绳之,而是只有思维方式的必然。到目前为止,对当代文学史上斗争现象的研究,麇集于"大事要案",极大忽视了几十年文学斗争不舍昼夜,完全维持日常化状态。"大事要案"牵广创巨,为人所重亦在情理之中,但忽视斗争的日常化，却没有理由开脱。它说明我们对这段历史认识非常有限，根本达不到现实本身的深度。故继强调应把文艺斗争置之哲学、思维方式的考察后，我们再提一点：重视斗争的频仍、普遍、细屑和滥常，从这个方面领悟斗争思维对当代文学的影响。这倒不是刻意去切"微观察"的题目，要知道，当代文学在"斗争"名义下发生的事情，远远不是几次运动、文字狱，远远不是睚眦相报、命运无常，而是更深更细，渗及文学每个毛孔。

12

说到细屑，因时湮日久，历史反思又开展不畅，当时文学很多具体细节，如今知者益少。即从这一角度，也很有必要披拣存录，以防历史日益枯瘪。

由于公开的言谈维持高度统一，建国后文艺真正原生态的诸般情景，不要说从形诸报章的文艺批评、报道、发言中看到，即便作协与文联各协会内部的工作报告、会议文件等，也鲜能载及。从言说者身份讲，普通作家、批评家自不必说，即便文坛领导人，谈什么、怎样谈，都紧贴政策做它的"复述者"，将若干套话，经不同的口与笔，各讲一遍而已。

唯有一种可能，可对文艺本来实际作相对率真的描述。若如此，又附带两个条件。首先，言谈者身份足够高；其次，言谈时机合适、恰当。前者关系着话语权，层次要相当高，至少高出文艺界之上。

然仅此也不够，即这种身份的言谈者，亦待特殊时机，方能对文艺实际作比较疏放之谈。

"文革"前十七年，这样的文本主要有四篇，周恩来、陈毅各两篇，都出现在1961至1962年初之间。对国史具一定了解，应知这个时间点意味着什么。当时，大饥荒现实验明大跃进完全破产，由它所象征着的1957年下半年以来政治经济各项政策，尽告失败；这一形势下，党内话语权情形悄然有变，遂于著名的七千人大会前后，短暂形成"群言堂"局面。使非若此，即以周、陈的身份地位，欲从他们那儿听闻这些谈吐，亦属无缘。

它们可称"十七年"文学的最重要史料。以我所阅，对建国后文艺情形的质实、少粉饰的叙述，没有其他文字可与这四篇谈话相提并论。对还原文艺现实，它们比较接近实录。文坛真况，不见于文学中人笔下口中，反而出自政界人物，确实怪异，但也正是当时特色。以那时来论，文坛上自周扬以下，没有一个人可突破话语屏障。

13

周恩来两篇谈话，分别是1961年6月19日的《在文艺工作座谈会和故事片创作会议上的讲话》，1962年2月27日的《对在京的话剧、歌剧、儿童剧作家的讲话》。两谈话最重要处，是从文艺现实概括出新"五子登科"[54]现象：

几年来有一种做法：别人的话说出来，就给套框子、抓辫子、挖根子、戴帽子、打棍子。[55]

"五子登科"之说，出民国末期，讽刺抗战后接收大员的抢位子、票子、房子、车子、女子，是当时典型的腐败症候。周氏将他观察到的文艺现实，不避嫌忌也括为"五子登科"，显然是情形已极滋彰。对新旧"五子登科"的成因稍予分辨，会更有趣：旧"五子登科"由自贪腐，新"五子登科"则全因思想斗争太过严苛，可谓特色分明。

"五子"具体如下："首先是有个框子，非要人家这样说这样做不可，不合的就不行。"[56] "一个框子把什么都框住了，人家所说所做不合他的框子，就给戴帽子，'人性论'、'人类之爱'、'温情主义'等等都戴上去了。"[57] "抓住辫子就从思想上政治上给戴帽子，从组织上打棍子，而这都是从主观上的框子出发的，是从定义出发，那种定义又是错误的，并不合于马克思列宁主义。还有挖根子。一是联系历史。不论讲了几句什么话，都要联系历史检查，这叫人怎么办呢？二是联系家庭，挖出身的根子。"[58]

从来没人如此概括新中国文艺，但揆以实际，堪称仅有的写真。真况明明如此，之前无人说、片纸不及，本身就是"五子登科"的证明。所以讲话一开始，周恩来用很长篇幅谈"现在却有好多人不敢想、不敢说、不敢做。想，总还是想的，主要是不敢说不敢做，少了两个'敢'字"[59]，呼吁"要使人把所想的都说出来做出来"[60]。拜特殊形势所赐，终于有了这样的对文艺真况无所粉饰的陈说。七千人大会上，周恩来在福建组发言，吐露了要"讲真话"[61]的心声。那段时间，他确实做到了。比如，上面就"五子"中"框子"所举之例，"'人性论'、'人类之爱'、'温情主义'等等"，都知道始于《讲话》，他不避讳，相当可佩。

让人感慨的是，1961年周恩来用"五子登科"勾勒建国后文艺现实，多年后今天，反无哪本文学史著作循此讲述这段历史，可见当时周所了解和所谈的细节，经过主流话语反复遮蔽，流逝多么严重，人们多已不知当时文艺的这些有血有肉状貌。从逻辑上推想，文艺现实本身表现，应比周恩来讲话罗列的更丰富，可惜，如今都不能复原。周氏讲话保存了一些实例，实属难得，一般研究者却囿于习惯性思维，将其归类于"党和国家领导人论文艺"，不能意识到这是原汁原味的、一手的文艺史料，纳入文学史叙述。

且看周恩来就新"五子登科"举的一些实例。

电影《达吉和她的父亲》被指"温情主义"、"人性论"，周不同意，认为从小说到电影都是"一个好作品"。而下面的遗憾不满，比之于赞扬让人印象更深："赵丹同志和黄宗英同志看电影时流了泪，我昨天看电影也几乎流泪，但没有流下来。为什么没有流下来呢？因为导演的手法使你想哭而哭不出来，把你的感情限制住了。例如女儿要离开彝族老汉时，我们激动得要哭，而银幕上的人却别转身子，用手蒙住脸，不让观众看到她在流泪。思想上束缚到了这种程度，我们要哭了，他却不让我们哭出来，无产阶级感情也不是这样的嘛！"他说他不是批评导演，"听说导演提心吊胆"，被"斗"怕了。[62]

前说文艺领域的斗争及其表现，五花八门、匪夷所思，这里便有一例——"献稿费"："人家本来是按照规定的标准领得稿费，但你却规定要献出百分之几十，这个规定又没有经过批准，而且，即便批准了，也不一定就合适。"[63] 主动献稿费的事，过去我们有所闻，《收入》篇就曾谈到。我们不知道的是，还有过强迫献稿费的"规定"。这件事，我个人仅在周恩来这篇讲话见到，他所提到的那个"规定"，其文件不知是否还能找到？甚望有人考掘出来。为什么强迫献稿费？我可以做一点注释：大跃进时，批资产阶级法权，稿费入围；于是造成拿稿费一方面合法，一方面又对你开展思想斗争，使你拿了再"献"出来。周恩来还提到有"平调了作家的房子"的现象，想必和逼人献稿费一样，理由都是限制资产阶级法权；周恩来要求"退还本人"。[64]

其他各种表现有：1.1959年后"由于执行总路线在具体工作上发生偏差"，"文艺上的缺点错误表现"主要是"产生了新的迷信"，"今的一切都好，古的一切都坏"，"中国一切都好，外国一切都坏，骂倒一切"，"又回到义和团时代"。[65]2.创作公式化严重，发展到"一个阶级只能一个典型"，"写一个党委书记，只能这样写，不能那样写,要他代表所有的党委书记。"[66]"某些党委领导同志"乱批评，"这个不能写，那个不能写，还要给人家戴帽子：右倾，保守"，带来"公式化、概念化、庸俗化"。3."作家但求无过，不求有功"[67]，深受束缚。举曹禺为例，说他"入了党，应该更大胆，但反而更胆小了"，"过去和曹禺在重庆谈问题的时候，他拘束少，现在好像拘束多了。生怕这个错，那个错，没有主见，没有把握。这样就写不出好东西来。"[68]4. 就电影《万紫千红总是春》批评"张瑞芳演的那个角色，她那一家人把孩子送托儿所，自己去参加工作，也总有那么点不顺。"但补充说这还算"好片子"，"好片子尚且如此，何况那些标语口号式的作品。"[69]5. 介绍曹禺旧作遭到质疑："为什么鲁大海不领导工人革命？《日出》中为什么工人只在后面打夯，为什么不把小东西救出去？"无奈表示"这种意见是很可笑的"。[70]6. 指出要求创作"反映时代精神"，导致许多作品"把党的决议搬上舞台"，"把时代精神完全解释为党的政策、党的决议"，有如"科学分析文章"。[71]"新作家把《人民日报》社论搬进剧本"[72]。7. 不知何时，作品中英雄人物"临危的时候似乎只能喊'共产党万岁'，别的都不能讲，否则就是动摇"；某戏烈士牺牲前对爱人说了句"我们要是有一个孩子该多好呵！"，被批写"英雄的动摇"，周恩来叹为"奇怪"，"是怪事"。[73]8. 只能歌颂、写正面，讽刺剧、喜剧、悲剧等类型俱皆不容。[74]9. 舞剧《小刀会》"弓舞"一段，"女的站在男的身上"的动作设计，上海本来没有，"北京演出时加上了"；问："事实上在太平天国时代怎么能有这种动作呢？它同太平天国的历史背景不符合。"建国后历史题材都这么搞，让古人古事符合"当代思想感情"。周恩来说"在这方面，也许我有些保守"。[75]

14

陈毅两篇讲话，时间与周恩来接近，分别是1961年3月22日、1962年3月6日。其中，后者讲于"全国话剧、歌剧、儿童剧创作座谈会"，和周恩来《对在京的话剧、歌剧、儿童剧作家的讲话》确有衔接。会议在广州开，周因故不能去，自己先在北京对文艺界讲一次，把广州的讲话托付给陈毅，陈毅也事先与周恩来做过交流。1961年陈毅讲话早周恩来三个月，虽不确知曾否就商于周，但显然，对建国后文艺两人看法颇协，所讲内容、主旨相通。

区别也有。一是两人身份与所居有差，二是性情及为人的风貌各自分明。陈毅才情纵逸，胸次亦极坦豁，称得上快人快语、诙谐风趣。故而他两篇讲话，与周恩来相互生辉、作鸣鹤之应的同时，更显率直、锐利，使人有饮醪之畅。内容上，陈毅讲话没有类似新"五子登科"那样的全局性概括，而以信息海量、细节极丰为特点，对文艺景状描摹鲜活，各种因"左"而生的奇闻怪谈信手拈来、俯拾即是，就像明人野史笔记。

他讲到《光明日报》"文学遗产"、"哲学"这样的著名栏目，"把古人骂得一塌糊涂"，"把李清照完全否定了"。[76] 讲"音乐界有些同志，因为贺绿汀说黄自是他的恩师，就大整贺绿汀"。[77] 讲"有篇文章讲陶渊明，为什么当时不去和九江、鄱阳湖的起义军结合，却坐在那里喝酒？因此认为陶渊明的诗一无是处"。[78] 讲有的作品搞"笔下超生","把曹操、武则天写成十全十美的人物"[79]（应指郭沫若历史剧《蔡文姬》、《武则天》）。讲"有些人要求什么东西都要有人民性，只是有人民性的东西才加以垂青，没有人民性的就认为不值得去研究"。[80]讲让古人穿"人民装"，"赋予他们以现代的意识形态"，"现在有些人不仅在旧戏里找马克思主义，而且要在里面找毛泽东思想"。[81]讲"很多人对遗产采取非常轻率的态度，一笔勾销，还是'五四'运动时期'打倒孔家店'那种片面的东西在作怪"。[82]讲"有许多报刊编辑不登旧诗词"。[83]讲为迎合当代意识形态乱改古典，如明传奇《红梅阁》本是鬼戏，而新编京剧"赵燕侠演的《红梅阁》，李慧娘活了，没有死"，陈毅讽道："这样就很麻烦了：将来裴生究竟是同李慧娘结婚还是同卢昭容结婚呢？如果讨两个老婆，岂不又'违反婚姻法'？"[84]批评田汉改编《西厢记》，"让张生和莺莺两个人'开小差'，我不大赞成"。[85]说《满江红》把岳飞作为悲剧人物处理后，却硬加光明尾巴，"一定要岳夫人劝说牛皋把金朝打败"，纯属"画蛇添足"。[86]讲《宝莲灯》"让沉香和铁精结合，把铁精作为群众，所谓'走群众路'。和群众结合，就把二郎神打败了"。[87]讲川剧《荷珠配》戏改，"有什么艺术处的同志说，《荷珠配》要改，要赵旺同荷珠结婚，这样才比较好，才有无产阶级意识。又说，现在这样是'阶级调和论'，为什么在城隍庙赵旺还要给老员外去讨口？还有一点是'人性论'，说赵旺同情地主的少爷，等等。我听了这些话很紧张，如果这种意见流行，我们中国的旧剧就完蛋了"。[88]讲"有人说贾宝玉有什么'同志爱'，说他是什么'新人物',我看这是瞎扯八拉"。[89]（那是"两个小人物"颠覆旧红学后的时髦新说）讲广东批判《说岳全传》,"岳飞为什么不在朱仙镇渡河北伐？为什么要跑回杭州杀头？"[90]讲"不要都是团圆主义……有些话剧,最后总是解放军出来解决问题……悲剧还是要提倡。悲剧对我们青年人很有教育意义。并不是每一个戏都要有完满的结局,实际生活中也不都是完满的结局……这两年来,我们遭到了大灾害,所以实际生活并不都是那么美满的"。[91]

以上均见于1961年讲话。

1962年3月在广州,受周恩来委托,陈毅有两个讲话,先对科技界讲一次,第二次给文艺界。陈是数得着的儒将,对文艺熟极,故这篇讲话信息量比1961年有过之而无不及,为后世留下大量文艺现象的直击式描述。

如文艺大跃进中,喊出"两年就要超过鲁迅"、"一个夜晚写六十个剧本"。[92]如"我们有些党的领导机关,和科学家之间,和剧作家、导演、演员之间产生了矛盾,伤了感情,伤了和气"。[93]如"有很多事情做得太粗暴、太生硬",用"强迫的"、"搞运动的方式"搞思想改造,"读《毛泽东选集》,这本来是好事情。毛主席的思想本身是真理,真理是可以吸引人的,《毛泽东选集》自然会有人读的,而且读的群众已愈来愈广大,完全用不着强迫,但我们有的同志却用强迫的办法叫人家读。以后请同志们免动尊手,不要强迫人家读"。[94]说"那我们共产党就很蠢了；人家住房、吃饭、穿衣什么都给包下来,包下来又整人家,得罪人家,不很蠢吗？""十年八年还不能考验一个人，十年八年十二年还不能鉴别一个人，共产党也太没有眼光了！"[95]说斗得太厉害，斗来斗去，结果难免"光我们几个人、几个光杆将军、'空军司令'"。[96]说"一个作家带那么一点旧的东西，就要整得一塌糊涂，我看这不是党的政策"[97]，"为什么十二年后，这些人中的大多数又有了新的进步，而我们有些人还拿着'资产阶级知识分子'给他们作鉴定？这不符合实际，伤人太甚嘛！"[98]"这种态度，要丧失社会同情的，没有什么人会同情我们这个态度的。""形势很严重，也许这是我过分估计，严重到大家不写文章，严重到大家不讲话，严重到大家只能讲好，这不是好的兆头。将来只能养成一片颂扬之声，这对我们有什么好处？"[99]谈到对创作的政治审查不唯过苛，且毫不讲理；他嫉之也甚，嬉笑怒骂，痛陈一番：

可以把人家的作品五年不理[100]？动员人家写了半年、一年，结果一分钟工夫，就否定完了？对人家的劳动为什么这么不重视？一定要人家改，非改不可？！又是哪个给你的权？中央给你的？中央宣传部给你的？宪法上载有这些吗？都没有。昨天我对一位同志说，中央没有决定要审查文艺作品。你们写的政治论文，送到我那儿，我有时改几段，有时改几个字，或者提点意见，第二天一发表，我看有时候是吸收了我一些意见，有时候也没有吸收。吸收了我固然高兴，没有吸收也并不以为得罪我。因为作者有他的民主权利嘛！怎么能随便糟蹋呢？作者不是你的马弁，你又已不是军阀,可以对人唤之即来,挥之便去,因此有同志跟我们最好是不要搞什么审查。今天我们有几个人一起谈,有同志说倒还是有个审查尺度还好办,没有尺度的审查是"无期徒刑",更难受。没有个框框,权力无边大。一个党委书记,一个什么处长呀、文教书记,他的权力可以无边大。假如我当作者,恐怕还是愿意有个检查尺度哩。规定出一些条件,我们作者还有办法,我就可以适合你的套套,搞个东西,还可以出版嘛。有一个网,我可以漏网求生,没有个网,到处都是网,你哪里能够生呐!(笑声)是呀,无网之网,大网也。网死人啦,网哉!网哉!(大笑)[101]

自觉太尖锐,补了一句:"这个不好,今天我是出这个气。"讲以党和政治名义,对创作干涉:"文学作品的创作,我看,还是以作家的个人努力为主。集体创作,只是一种方式,它不是主要的,尤其是人家写的东西,硬要安上五六个、七八个名字,变为'集体创作',而且把首长的名字写在前头,这是很庸俗的,非常庸俗的。要我就不干。我发表的诗,我就是一个人,你要和我两个人干,我不干。(笑声)你比我地位高的,我不要沾你的光,你比我地位低的,你也不要沾我的光。(活跃)这简直是开玩笑嘛。"[102] "我劝有些做党的工作的同志,做行政工作的同志,你的任务是做党的工作,你的任务是做行政工作,你不要去干涉科学家的内部事务,不要去干涉作家的创作。你可以提意见,只达到提意见为止。"[103] 说"目前就是整得有很多同志精神上不痛快,心情不舒畅,不敢写,写的时候也只能奉命作文","他犯了错误你再来批评他嘛！他还没有犯错误你就整他"。[104] 说文艺已被搞成"领导出思想、群众出生活、作家出技巧"[105]，举例：

> 有这么个故事，要人写个作品，写好了，这个说要加大跃进，作家便加大跃进；那个说要加大办钢铁，又加大办钢铁；这个说要加大办水利，又搞了大办水利，结果一加，这个作品根本就取消了。[106]

讽刺道："我想幸喜这个作品取消了，没有拿出来演，拿出来演，一定是新中国'最高'的水平。"问："中国近百年的历史、几千年的历史都可以写，近四十年的革命实践也可以写，十二年来已经很成熟的东西也可以写，为什么要逼迫我们的作家，忙于去写一些不成熟的东西？糟蹋精力，糟蹋劳动力"。[107] 说《洞箫横吹》因批评了一个县委书记挨批，"县委书记为什么不可以批评？这一点批评都不容许？"[108] 说领导干部与作家艺术家"尺有所短，寸有所长"，应"截长补短"，让创作繁荣，让文艺繁荣，而不是以改造者自居，尤其是搞成这样：

> 在有些人的思想里有这样一种观念："领导领导，领而导之。领就是领袖，我就是领袖，要来教导你。我是青红帮老头子，收你为徒弟。"（笑声）甚至我就是改造者，你就是被改造者；我

是胜利者,你是我的俘虏兵。你这样搞,知识分子就不理你这一套。我就是知识分子,我就最不理这一套。"[109]

谈到儿童文学,"现在儿童看小人书,这是可以的,但是有些小人书有个很大的缺点,净是些生硬的政治概念,把儿童的脑筋搞得简单化,将来我们的儿童——下一代,恐怕也会犯粗暴之病。(笑声)儿童应该有很多幻想、很多美丽的故事、神仙的故事、很多童话故事——好像《天方夜谭》那样的故事。儿童的幻想多,智慧就开阔,眼界就扩大。不能净是一些政治名词、斗争故事"。[110]余如"写英雄人物不能够写缺点"[111]、"为什么我们的剧作家不能够写悲剧呢"[112]、不让文艺作品批评现实,"一批评就是反党,一批评就是反社会主义"[113],及配合形势写任务"一个临时任务,就要写个剧本,一个临时任务就要写部大的小说"[114]等等。

陈毅无周恩来的精要凝练,仅以新"五子登科"就一举概括文艺面貌,他是挥挥洒洒、长卷铺展,描染一幅共和国文艺"浮世绘",点点触触之间,建国后文坛众生相百态毕呈。

15

周恩来的高度简括也好,陈毅的随意摹写也罢,诸般情状现象后,都或分明或隐约浮现两个共同的字:斗争。"五子登科"根源必在斗争,文艺工作者因一部作品挨批挨整、作家不敢写即便写也只是"奉命作文"、李清照被完全否定,陶渊明一无是处……哪个不是斗争之剑高悬所致?连儿童文学和读物义正词严、声色俱厉、咬牙切齿、被斗争故事所充斥,岂不也是斗争意识、斗争思维不留死角的表现?

读四篇讲话,我们对斗争之于建国后文艺的无处不在、细密如发,才感到见微发幽。回头再瞻"大事要案",不能不觉着,它们充其量是文学斗争汪洋大海上几座浮出水面的礁岛。当代文学与斗争的依存、依赖度,根本处在"鱼儿离不开水、花儿离不开阳"的状态,像它的人伦纲常、柴米油盐,无时缺得、无日可少。

显然,抽掉"斗争"二字,那时文学就彷徨无地,失去主心骨。这是因为当代文学自认使命,在于拒不承认过往历史,也即那个"颠倒"、"再颠倒"理论。这与过往文学大相径庭。迄今的已知文学,不论中国与外国,都以薪火相传方式,在师承基础上生长,从来无人用把先贤前辈遗产乒乒乓乓捣毁打烂的办法搞文学。毕竟历史是一条汩汩而来、不间断的河流,人活在其中,字、句、文法、意象、技巧、审美认识也都在其中。虽然超越前人乃各时代文学共有的苦闷,但超越不是拔乎其外,更不是视前人前代为仇敌、冤家对头或渣滓。

当代之所以对历史抱如此奇特的态度,根子是"革命"。"革命"者何?革命就是推倒重来,就是造反,是把一切捣毁打烂、生生地再造一个全新世界。

抱"革命"之想,或一时对"革命"趋之若鹜,古今中外都有。

然而，像20世纪中国这样持久地沉湎耽溺其间、难以自拔，实所罕见。"五四"起，中国就被"革命"情怀驱使，从鲁迅悍然声言应少读或根本不读中国书，到毛泽东对历史和传统递上全面"再颠倒"的战书，"革命"意志一浪高过一浪，及至"文革"，终于抱了与世相诀的决绝，将己逼至"千山鸟飞绝，万径人踪灭"的孤悬之境，来开创自古所无的革命文化。

"谁说鸡毛不能上天？"[115]这曾是一句豪言壮语，今天来看偏执而无谓。何必非要鸡毛上天，鸡毛纵然上天又如何？当时并无人想到问这样的问题。"文革"落幕，回首所来，人们大感荒谬与怪诞，便以"闹剧"指那时代的可笑。的确，无稽之事何其多，制造的怪胎亦复不少，但将认识落于"闹剧"一类字眼，不能了结历史。再离奇的历史，也不要付之谑嘲。那只让人匆匆逃离不堪记忆，掩饰苟且和马虎。

历史有庄有谐，但对待历史的态度不能有庄谐之分，都应报以严肃。我们选"斗争"为当代文学史一大题目，便极郑重，绝非以"出丑"为目的，把种种精灵古怪历数一番，与读者共予嘲讽，就感到快意。比如，当年有人质问陶渊明为何种菊南山之下，而不跑去加入农民军。对此我们第一反应是忍俊不禁，令人喷饭，但随之却要意识到，作者并非来自疯人院，在其当时，也绝不觉其所论乖张。而且，不单作者一脸严肃地自认做着一篇"学术论文"，国家权威大报亦抱同样看法，使之堂皇发表，推荐给万千读者——这是关键。个别论点幼稚搞笑、不伦不类，从前有，今天也多的是，我们目为奇闻、为之捧腹可也；但是，当十足疯话或诡异之说，能为社会肯定、捧作高明之见，我们就再无笑的心情，只会觉得悚惕难安。因为，这不是某一人、某一观点出问题，是整个文化语境陷于颠悖状态，有一种促成、鼓励各种疯论的时代思想必然。而究竟怎样的蛊惑，可使人发此无稽之谈而却全不自知？上了点年纪的中国人，大约都记得"念念不忘阶级斗争"这句话。念念者，一心一意、每念相随之谓也。如果阶级斗争到了"念念"的地步，那么有人在研究陶渊明时，为他不曾投奔农民军而大张挞伐，此种思绪与反应，不但不离奇，反倒极其"正常"。

一位千年前躬耕自奉的诗人，都难躲清净、不被放过，文学又有哪个角落与斗争无关？借此小例可以明白，斗争与文学似藤缠枝、如影逐形，迄今学界对文学斗争史的理解，只及"大事要案"，太过一叶障目，兴趣、所论不逾恩怨攘夺，也就宜乎其然，至其因缘原委、精神内涵、风泽流韵，更是难以窥涉。

16

当代文学，斗争日常化、斗争思维笼罩一切，而不限于几次运动、文字狱。此一概念，眼下料已清楚。

而文学这么搞法，史无先例，讶其独异之余，我们亦必好奇于根由。什么原因？目的何在？就此，前面曾用相当篇幅讲了毛泽东的斗争哲学，那是终极之源，一切都要溯到那儿。然而，单论文学这特殊领域，它的尊崇斗争，舍当代史共通背景而外，有没有一些单独的原理，乃至被奉为文学规律的东西？这一层，我们还没论到，然而无疑是更深入的方面，不作这样的透视，我们对当代文学何以要苦苦在斗争中跋涉，恐怕不能彻知其然。

以往，谈到文学中斗争与表现，多认为由外部因素（如政治）引起，亦即文学斗争不断，是外部因素的作用和反映；文学作为受动体，承载国家政治、思想的激烈动荡，形成了此起彼伏的斗争。

这样说未为无理，但有明显片面性。导致片面的原因，是未从文学生产方式角度看问题。文学领域斗争，由外铄内的确实不少，特别那些较大风波——如对《海瑞罢官》的批判——明显是政治冲突的借题发挥，利用文学寻找突破口，夺文学之酒杯，浇政治之块垒。但我们一再指出，对当代文学而言，斗争实已常态化，对斗争常抓不懈是文学的一般情形。这种日常的、琐屑之至、一地鸡毛的文学斗争，与政治折冲无关，亦未必承自外力，实际上是当代文学生产方式自身的固有之义。

这种文学生产方式，萌生于《讲话》后的延安。长话短说，内中，经常性开展斗争，已是文学内置机制。它要达到的目的是，自我维护、使文学生产始终符合政党意识形态要求、方向和利益。对于这种文学框架，斗争成为管控手段，起控制、调节功能。而基本手法是，通过斗争的间歇、起伏的节奏性变化，使党对文学的领导宽严相替、稳然可控、力度恰当，收其绳墨之效。

认识一旦转换于这个角度，我们对当代文学的斗争景象，意外会有新的观感。通常，提起文坛斗争不得消歇，都只留下芜乱的印象。而当作为一种机制来看，逐年观察文学历程，我们却发现斗争并非乱云飞渡，反而呈现出明显的规则性和周期性。对此，可用十六个字描述：张弛相济、时紧时松；过紧则松、过松必紧。这就提示我们，文学斗争实际上被有意识地用作文学生产的管理机制。

　　文学斗争这种规则性、周期性，在整个"十七年"没有例外。至于"文革"时期，文学表面始终保持斗争高调、高压，细看则1971、1975年前后，仍有两次紧松之变。1971年，"文革"以来陷于瘫痪的文学有所恢复，小说、诗歌创作在绝收五年后，重见发表和出版；1975年，毛泽东又突然抱怨"缺少诗歌，缺少小说，缺少散文，缺少文艺评论"，主动提出文艺政策"应该调整一下"。[116]可见在毛心中，抓文学斗争，不尽出于哲学、意识形态缘故，也确有技术性操控的考量。换言之，斗争并非一味把弦绷紧，适当时候把弦调松，令紧松相辅互见，才是文艺斗争的妙上法门。这一方略，在党的话语体系里实际上有着专门表述，一曰"加强党对文艺的领导"，一曰"改善党对文艺的领导"，何时"加强"、何时"改善"，根据需要而定。

　　真正有意思的，是它背后的道理。人类古今文学，都是依自身规律，自然生长、自由进化。诗亡而后有骚，骚亡而后有乐府，乐府亡而后有词，词亡而后有曲……汉文学这些变迁，因势而起、势尽则殆，从来没有任何的人为干预。当代文学却不然，它有自己独特的文学发展观。文学有高有低，有优有劣，对此古今看法相同。不同的是，历来相信文学自身完全具备存优汰劣的能力，当代则认为文学必在于领导，如果失去正确领导，文学就会偏离好与健康的方向，走上邪路。出乎此，文学在当代不被容其放任自流，而采取管控的办法，以确保它不脱"正确方向"。

于是造成当代文学一个特有现象，或曰工作原理。几年前我曾予归纳，称之"以斗争求繁荣"。

其中有两个词，一个"斗争"，一个"繁荣"。过去谈斗争，都认为对文学只有破坏与毁伤。这是从效果上看。实则依当代文学生产方式自身的逻辑，它大力开展斗争，目的并非为了自残自伤，其实也在于"繁荣"。历来文学体制公开表明的态度，都说要推动"文学繁荣"，从未说想要损害文学。不过它的"繁荣"加了限制词，是"社会主义文学"的繁荣。这个前提，使它不能为"繁荣"而"繁荣"，不能是"繁荣"就要，而是有所取、有所不取，是"宁要社会主义的草，不要资本主义的苗"。

既要"繁荣"，又要"繁荣"与意识形态的规定性相合，怎么实现？那便是靠斗争，通过不懈的斗争达到"社会主义文学"的繁荣。此即第二次作协理事会上刘白羽报告所表："如果没有在过去一段时间中和各种阻碍创作发展的思想倾向进行斗争，那么，今天就不可能进一步来进行发展我们的文学事业。"[117] 周扬同样指出："两年来，经过思想战线上的一系列的斗争，特别是批判和揭露胡风反革命集团的斗争，文艺界存在的反动的资产阶级唯心主义思想和各种反人民的活动受到了致命的打击,右倾保守主义的思想也得到了有力的纠正。这样,就为我们的社会主义文艺事业的顺利前进扫清了道路。"[118]

以斗争求繁荣、没有斗争便没有繁荣、愈斗争愈繁荣……诸如此类的理念,从建国至70年代末从来未改,构成了当代文学的发展观和运动规律。一手抓斗争,一手抓繁荣,斗争与繁荣共予促进、教学相长,中国当代文学正是这样走完自己前三十年的历程。

了解这种理念,有个典型的文本,即作协领导人刘白羽在作协第二次理事会所作的主旨报告。报告标题就是《为繁荣文学创作而奋斗》,既阐明文学工作目标在于"繁荣",又指出获得"繁荣"的办法途径是"奋斗"。而其具体解释,正如报告中所说:"作家协会的中心任务是繁荣创作",作协工作的根本意义是"我们能不能发展、繁荣文学创作,以适应社会前进的需要,满足人民日益提高的文化要求。"但对如何完成这一任务,报告斩钉截铁指出:"毫无疑问,是在于作家协会的领导。"没有作协代表党的意志对文学实行组织化统一领导,文学的发展、繁荣无从谈起。怎样"领导"呢?刘白羽回顾道:"作家协会在第二次文代会到现在这一段时间内,作了许多积极有益的工作,使文学事业得到了进展。如果没有这些工作,如果没有在过去一段时间中和各种阻碍创作发展的思想倾向进行斗争,那么,今天就不可能进一步来进行发展我们的文学事业的工作。"他历数了"我们在文学战线上"开展的"一系列斗争",总结说:只有当"燃起了斗争的火花","才形成了思想上的活跃,工作上的活跃,才使文学战线成为生动活泼的战线"。一言以蔽之,是斗争让文学充满活力。[119]

  报告所论,就是前三十年对文学怎样繁荣所奉的信条。虽然这种看法相当独异,与千百年来普遍的文学经验对不上号,讲给这时代这国度以外的人听,多半会摸不着头脑,实际效果也全不如其所愿,但这些不重要。重要的是,那个时代诚切相信如此可以"发展"文学,觉得"以斗争求繁荣"产生出来的小说、诗歌、散文、戏剧等,是史上最光辉灿烂、登峰造极的成就(如"样板戏"所得赞誉)。对此,我们可不苟同,却不能否认这种理论或信条曾经存在。后世确有些论者,出于反感,否认数十年风刀霜剑的文学斗争有繁荣文学的寄意,觉得它一味摧残,对文学略无善爱存心。这样论事,固然解气,无意中却错失了那种文学现实的根由。"以斗争求繁荣"的年代,文学最严重的问题和最可怕的事情,并非花叶凋零,而是"我花开时百花煞",是以美好和繁荣名义行所谓芟草除秽之事,是以独爱自恋之甚恣其滥诛妄灭之快。

17

  好世界、好社会、好文学,不是靠"斗"出来,而靠理性求实、包容宽宏的建设。这样的认识,当代中国经过几十年碰壁,慢慢领悟了。改革开放的实质,就是放弃斗争思维,学会以建设性姿态而非破坏性姿态与世界、人类、历史、自然、传统等相处。回想80年代初,胡乔木犹然斥责舆情对斗争将有损文化繁荣、导致"一潭死水"的担虑,强硬指出"不开展思想斗争倒一定会危害它"。这明显未能忘情于"以斗争求繁荣"的思路。然而,经过"清污"、"反自由化"两次遗响,之后二十余年,文学未兴斗争,非但没有垮掉或没落,实际日益茂美,像现在的长篇小说,水准就已越于现代文学时期之上。文学离斗争思维益远,而成就则愈大,兹可谓彰彰明甚。

注 释

[1][2][3][4][5][6]　胡乔木《当前思想战线的若干问题》,中共中央书记处研究室文化组编《党和国家领导人论文艺》,文化艺术出版社,1982,第283,293,296,296-297,302页。

[7]　初澜《坚持正确方向　坚持斗争哲学——学习〈在延安文艺座谈会上的讲话〉》,《人民日报》,1973年5月23日。

[8]　毛泽东《机关枪和迫击炮的来历及其他》,《建国以来毛泽东文稿》第八册,中央文献出版社,1993,第451页。

[9]　胡义成《"共产党的哲学是斗争哲学"是谁最早提出的?》,《人文杂志》,1980年第1期。

[10]　据《毛主席哲学语录》,中国人民解放军军政大学训练部编印《学习文件(一)》,1970,第106页。

[11]　毛泽东《在外地巡视期间同沿途各地负责人谈话纪要》,《建国以来毛泽东文稿》第十三册,1998,第249页。

[12][13]　马克思、恩格斯《共产党宣言》,《马克思恩格斯选集》第一卷,人民

出版社，1973，第 250，273 页。

[14][15] 马克思《关于费尔巴哈的提纲》，《马克思恩格斯选集》第一卷，人民出版社，1972，第 18 页。

[16] 毛泽东《矛盾论》，《毛泽东选集》第一卷，人民出版社，1991，第 305 页。

[17] 毛泽东《沁园春·长沙》，北京师范学院中文系《毛主席诗词注释》，北京师范学院中文系编，1978，第 1 页。

[18] 施壁《斗则进　不斗则退——学习〈哥达纲领批判〉的一点体会》，《人民日报》，1974 年 3 月 24 日。

[19] 中国共产党中央委员会《通知》（1966 年 5 月 16 日），《"文化大革命"研究资料》上册，中国人民解放军国防大学党史党建政工教研室编印，1988，第 2 页。

[20] 毛泽东《七律·和郭沫若同志》，北京师范学院中文系《毛主席诗词注释》，北京师范学院中文系编，1978，第 258 页。

[21] 毛泽东《抗日战争胜利后的时局和我们的方针》，《毛泽东选集》第四卷，人民出版社，1991，第 1131 页。

[22][23] 毛泽东《湖南农民运动考察报告》，《毛泽东选集》第一卷，人民出版社，1991，第 17，271 页。

[24]《人民日报》，1974 年 5 月 30 日。

[25]《人民日报》，1974 年 4 月 1 日。

[26]《人民日报》，1973 年 1 月 5 日。

[27]《人民日报》，1974 年 6 月 24 日。

[28]《人民日报》，1975 年 4 月 3 日。

[29]《文化大革命永放光芒——纪念中共中央一九六六年五月十六日〈通知〉十周年》，《人民日报》，1976 年 5 月 16 日。

[30] 张玉凤《毛泽东、周恩来二三事》，《炎黄子孙》，1989 年第 1 期。

[31] 中共中央宣传部《关于丁玲同志历史问题的审查结论》（1956 年 10 月 24 日），李向东、王增如《丁陈反党集团冤案始末》，湖北人民出版社，2006，第 141 页。

[32][33] 中共中央组织部《审查丁玲同志被捕被禁经过的结论》(1940年10月4日),同上书,第66页。

[34] 毛泽东《"文艺报"编者按语》,《文艺报》编辑部编《再批判》,1958,第2页。

[35][36][37][38][39][40][41][42][43] 李向东、王增如《丁陈反党集团冤案始末》,湖北人民出版社,2006,第273,286,281,284,284-285,275,289页。

[44] 鲁迅《华盖集·忽然想到(七)》,《鲁迅全集》第三卷,人民文学出版社,2005,第63页。

[45] 《冯雪峰是文艺界反党分子》,《人民日报》,1957年8月27日。

[46] 严平《曾经的年代:对文学所"文革"的一些回忆与思考——王信访谈录》,《甲子春秋——我与文学所六十年》,社会科学文献出版社,2013,第173-203页。

[47] 毛泽东《给杨绍萱、齐燕铭的信》,《党和国家领导人论文艺》,文化艺术出版社,1982,第7页。

[48] 毛泽东《同音乐工作者的谈话》,同上书,第19页。

[49] 毛泽东《新民主主义论》,《毛泽东选集》第二卷,人民出版社,1991,第707页。

[50] 毛泽东《关于〈对中央音乐学院的意见〉的批语》,《建国以来毛泽东文稿》第十一册,中央文献出版社,1996,第172页。

[51] 毛泽东《为中国戏曲研究院题词》,《建国以来毛泽东文稿》第二册,中央文献出版社,1988,第222页。

[52] 社论《横扫一切牛鬼蛇神》,《人民日报》,1966年6月1日。

[53] 短评《砸烂旧世界,创立新世界》,《人民日报》,1967年1月15日。

[54][55][56][57][58][59][60][62][63][64][75] 周恩来《在文艺工作座谈会和故事片创作会议上的讲话》,中共中央书记处研究室文化组编《党和国家领导人论文艺》,文化艺术出版社,1982,第35,33,34,30,33,33-35,38,53-54页。

[61] 周恩来《说真话,鼓真劲,做实事,收实效》,《周恩来选集》下卷,人民出版社,1984,第349页。

[65][66][67][68][69][70][71][72][73][74] 周恩来《对在京的话剧、歌剧、儿童剧作家的讲话》,《党和国家领导人论文艺》,第61,62,66,62-63,67,68,69,76,72-73,74页。

[76][77][78][79][80][81][82][83][84][85][86][87][88][89][90][91] 陈毅《在戏曲编导工作座谈会上的讲话》,同上书,第92,93-94,94,95-96,103,104-105,105,106,108,111,116,118页。

[92][93][94][95][96][97][98][99][101][102][103][104][105][106][107][108][109][110][111][112][113][114] 陈毅《在全国话剧、歌剧、儿童剧创作座谈会上的讲话》,同上书,第120,121,122,125,127,128,130,139,140,141,143,144,146,152,154,174-175,176页。

[100] 陈毅稍后点出,是指郑律成:"郑律成同志作了一个乐曲,五年没有给人家批准"。同上书,第141页。

[115] 毛泽东《〈中国农村的社会主义高潮〉按语》,《建国以来毛泽东文稿》第五册,1991,第526页。

[116] 毛泽东《关于文艺工作的谈话和批语》,《建国以来毛泽东文稿》第十三册,1998,第446页。

[117][119] 刘白羽《为繁荣文学创作而奋斗》,《中国作家协会第二次理事会会议(扩大)报告、发言集》,人民文学出版社,1956,第75,72-97页。

[118] 周扬《建设社会主义文学的任务》,同上书,第9页。

批示

01

我们不知道,批示是否中国所独有的决策方式。以比尔·克林顿为例,他于八年总统施政生涯的记述,未尝使用"批示"这一字眼。[1] 读吉米·卡特回忆录,同样如此;不过他倒也曾经写道:"我节省时间的另一个办法是在答复书面问题时把意见写在页边上,然后把原件退给本人。我向自己身边的工作人员和其他高级官员下达手令总是只有几个字。例行的书信声明多半由别人起草,由我最后审定或签字。"[2] 看上去,这与我们所称"批示"有几分相像。然而卡特的意思,一来那只是他个人喜欢的方式,而非美国官场通行的、带程序意味的"公牍惯例";二来又只是一种答复而已,固然表明了总统的态度,却属"一事一答",不逾事务性范围,尤其是无从构成"政策"的含义。无论克林顿或卡特的记述,美国各种政策抑或较为正式的决定,都由总统主持,产生于磋商和咨议。

而我们则熟悉另一种情形:领导者个人信笔写在纸上的某句

话,可以成为某个领域或方面所遵奉的指针,而毋待其他途径的议定;地位越高、权力越大,个人批示直接衍为政令的可能性就越大。

此一情形的根源,可在中国古代找到。

明代政治权力最高体现,称作"批硃"。"硃"是对"朱"字的避讳,到了清代则称"朱批",朱是指朱笔,臣工将意见写于票签,附本进呈,皇帝阅后以朱笔批答。关于此项权力,温功义先生的概陈颇为清晰:

所谓"批硃",便是根据阁臣的票拟文件,用硃笔批具意见,或是认可,或是批驳,或是指出另外的做法,交回阁中,命其照拟。[3]

个中关系,黄宗羲言之最简明:"夫未进呈曰票拟,既落红即圣旨。"[4]可见明清两代圣旨,大量的实际就以"批示"形式出现,至今人们于此二字的顶戴、慕企等种种心理,应从这里形成。这一权力样式,充满了中国特色:那管蘸着朱墨的笔,天底下仅有一人的手指可握。倘要他摇笔写出的文字无不稳妥恰当,非得此人通体明慧,且一年三百六十五天从不犯糊涂不可。姑不说有无这样的人,就算破天荒地有了一个,又如何保证下一个复能如此?何况尚有别的可能:"或因皇帝太忙,或因一时心绪不佳,倦于理事;或因心有旁骛,讨厌这类麻烦;或因虽已登基在位,而年龄尚幼,还拿不起来……"[5]更糟的是皇帝也许不怎么识字,是个白丁，宠信魏忠贤的天启皇帝便如此，但"批硃权"却不因此而放弃，烝民社稷仍赖他摇笔匡理，于是"小人窃柄"几成必然，宣德皇帝以后，"批硃一事竟成了司礼秉笔太监的例有职务"[6]，鲜有非是。太监之在明代为祸尤烈，这"批硃权"乃是一大根由。国家命门就在那杆朱笔，如果皇帝乐意旁人代他写批示，那人便等同皇帝。虽然"批硃权"明明置国家于隐患，帝制却宁守其弊也不设法采取更好一点的办法。因为它视权力为私产，政治不妨弊窦丛生，大权则不可旁落。其用朱笔，便是宣陈权力禁忌，红色含禁忌之意（至今交通信号犹用之），引申之有终极、不改之意，再引申之又寓权力、地位、身份之差。过去，死刑犯要用朱笔勾决，乡、会两试要将墨卷（考生原卷）封糊姓名交人誊抄为朱卷，再送考官批阅，余如紫禁城为朱垣、显贵之宅用"朱门"……这些，与"既落红即圣旨"意思一样，都是标立等级或特权。

帝制终，朱批遂寝，然其精神未作古。上世纪后半叶的50-70年代，批答之制悄然重生，一度成为国家决策的基本方式，唯朱笔落红式样未曾一道拾起而已。这万事定夺于一笔的情形，见于方方面面，我们这里，仅就文学一隅而言之。

02

当代文学曾因高度政治化，而与"批示"渊源颇深。"批示"高居这段文学史顶层，犹如一根巨绳，串联和撑持文坛几三十年。

离开它们，这段历史不唯不易解释，或许压根儿也不会那样发生。但说来也怪，这么紧要的线索，文学史著述并不置于显要地位，且迄今无人加以稍稍系统的整理。鉴此，我们试为一述。

如所素知，毛泽东极重意识形态，继因视文艺为其有力荷负者，而极重视文艺。他不但常使目光聚焦于文艺，且每借为枢机，来触发全局性的政治问题。1976年6月，距辞世不到三个月，盘点一生他自谓只"干了两件事"，一为反蒋抗日，"另一件事你们都知道，就是发动文化大革命"。[7] "文革"撕开口子，从"两个批示"到京剧现代戏观摩演出大会、批《海瑞罢官》，完全凭借文艺。在他的时代，文艺历来列国家的头等要务。"四人帮"竟有三位从文艺起家，据而可见一斑。毛泽东对文艺的特殊瞩目始于延安，意趣和胸襟亦从那时开始展露，而全面、深度的介入则待建国后。他曾于重庆谈判间发表有名词章《沁园春·雪》，笑指"秦皇汉武，略输文采；唐宗宋祖，稍逊风骚。一代天骄，成吉思汗，只识弯弓射大雕"[8]。入居中南海以来，御宇临政，干戈载戢，烂熟旧史的他，对过往"圣王"留心文治、令文教放兴的图景，心向往之，引为己任，将文艺视为荦荦大端，亲自过问，无论巨细，未尝松懈，突出的方式便是不断作出批示。

03

帷幕初启，因电影《武训传》。该片筹拍于"1949年秋冬之间"，

"1950年出品"。[9]1951年5月20日《人民日报》发表社论《应当重视电影〈武训传〉的讨论》，开启大规模批判。

建国初，已形成严密的电影审查。《武训传》开拍前，先向中央文教委员会（主任郭沫若）备了案，后又经文教委和中宣部审查过剧本。"事情办得很顺利"，都"没有问题"。拍完，"先送到上海市委宣传部和文化局审查"，参加审看的，有中共华东局、上海市委宣传部，及上海文教委、文化局诸负责人舒同、冯定、匡亚明、夏衍、于伶、姚溱等，甚至饶漱石亲自到场。夏衍记之：

> 饶这个人表面上很古板，不苟言笑，更少和文艺界往来，所以这晚上他的"亲临"，使我颇出意外。当然更意外的是影片放完之后，从来面无表情的饶漱石居然满面笑容，站起来和孙瑜、赵丹握手连连说"好，好"，祝贺他们成功。当时，他的政治地位比陈毅还要高，是华东的一号人物，他这一表态，实际上就是一锤定音：《武训传》是一部好影片了。[10]

上海之后，北京也有一次审映：

> 参加审映的有周恩来、朱德、胡乔木、沈雁冰、袁牧之，还有当时参加一个会议的一些领导人。放映后没有提什么意见。周扬何时审查《武训传》我不知道，他自己多次说过他审查通过的。[11]

编剧、导演孙瑜回忆，地点为中南海一个大厅，"周总理和胡乔木同志很快地出来，让我们坐在大沙发上，吃着福建蜜橘。不一会儿，大约有百多位中央首长们谈笑着走进了大厅"，放映"长达三小时。我注意到，大厅里反应良好，映完获得不少的掌声"。孙瑜特别提到，"朱德同志微笑着从老远的坐间走过来和我握手，说了一句：'很有教育意义。'"[12]

对于电影审查制度，以我们平素所知，有的影片是在筹拍阶段不能通过审查而拿不到拍摄许可，有的是在拍竣后未通过审查而不能发行放映。《武训传》并不属于上述情形任何一种。它拍前拍后，已过各关，在所有审查中被认可。从地方到中央，党政领导及宣传部门要人亲看，并未发现"原则性"问题，而普遍给予良评。简而言之，它走完各种程序，是手续齐备的合法作品。

影片公映后，毛泽东突然调看此片，提出指责。孙瑜说："后来，据中影华北管理处的同志告诉我说，是几天后又调了《武训传》去看的。"[13] 但他如何注意起这部影片，一直缺乏公开的材料。逮1967年初，姚文元《评反革命两面派周扬》方有所透露：

这部反动电影一出来，立刻被毛泽东同志发现了。当时，中央有的同志通知周扬，《武训传》是一部宣传资产阶级改良主义的反动电影，必须批判，还没有说到毛泽东同志的意见，就被周扬顶了回来。周扬趾高气扬地摆出一副十足的贵族老爷架子，十分轻蔑地说："你这个人，有点改良主义有什么了不起嘛！"[14]

此处"中央有的同志"隐其姓名,实即江青。姚文发表稍后不久,由造反派组织编写的电影大事记,在姚文基础上,直截了当写作:"2月,《武训传》上映后,被毛主席立刻发现。江青同志通知周扬……"[15] 至是,《武训传》事件缘起,稍稍白于天下。

姚文所以隐掉江青姓名,是因文中使用了"中央有的同志"的表述,而彼时江青并不是"中央同志"。据戚本禹《爱国主义还是卖国主义?——评反动影片〈清宫秘史〉》,1951年前后江青的身份,其实是"文化部电影事业指导委员会委员"[16]——以文化部所属某委员会的一位委员,而"通知"其上司(周扬时任文化部党组书记)如何如何,这情形看上去不太"自然"。想是为此,姚文不得不隐去姓名,曲笔写为"中央有的同志"。

在《武训传》达于天聪之前,1950年,江青还曾举报另一影片《清宫秘史》。她如此紧盯电影,不光是"文化部电影事业指导委员会委员"身份所致,她原本影人出身,与电影界的渊源非寻常人可比。夏衍就江青插手《武训传》,曾如此分析:

> 孙瑜、郑君里、赵丹这些人30年代都在上海电影、戏剧界工作,知道江青在那一段时期的历史,这是江青的一种难以摆脱的心病。加上赵丹、郑君里等人都是自由主义者,讲话随便,容易泄露她过去的秘密,所以《武训传》就成了打击这些老伙伴的一个机会。[17]

有时,重大历史事件,内里其实掖着私密的个人史,《武训传》

问题或亦如此。不过,那并非主要。主要的,应如江青自己所说:"我是一个普通的共产党员,多年来都是给主席做秘书……在文教方面我算一个流动的哨兵。"[18] 说这番话时已是 1967 年。她随后加重了语气,用总结式口吻说:"我多年来的工作大体上是这样做的。"[19] 首先是需要"哨兵",然后这位"哨兵"才会在执行任务中夹带一些私货。

讲得再细些,这位"哨兵"也经过一些变化。原来并不"流动",有固定岗位即"文化部电影事业指导委员会委员"。连续侦伺到《清宫秘史》《武训传》和红学研究三个"敌情"之后,"有几年我害病"、"就辞职了"[20],"哨兵"暂时息影。约自 1962 年,"哨兵"重新活动。林默涵忆称"1963 年以后,我同江青的接触多了",并获悉"她不是以主席夫人的身份来管文艺,而是主席让她来管文艺"。[21] 这次,没有固定岗位而转为"流动的哨兵",势焰较前益炽,大有在文艺界"代天子巡方"的况味,如此直至"文革"爆发。

回到《武训传》事件,"哨兵"携归讯息之第一现场,因近年李家骥回忆录面世,已能落实到细节。李家骥,山西霍县人氏,1948—1961 年间担任毛泽东卫士。他于《领袖身边十三年》中讲述:

> 2 月末 3 月初的一天晚上,主席吃饭时,江青对主席说:"有个电影叫《武训传》主席看过吗?"
>
> "这个片子怎么样?"
>
> 江青把影片情况作了一个简单介绍:这是昆仑影业公司制

片,孙瑜编剧兼导演、赵丹主演,公映后各地报刊发表了不少评论文章。"主席可以看看。"

毛遂于"两三天后"的"一个星期六","在含和堂看了这个电影"。"又过了两三天",田家英送来一些登有《武训传》评论文章的杂志,李家骥如往常那样置于毛的办公桌。此时江青回来,见到杂志,说她要"先看看"。"我把杂志送给她。江青一本一本地翻了个遍"。看后,江青命李家骥转告田家英"也给我找几本这些杂志"。翌日,李以此告田,而田又分派李做一件事:"你把最近报纸涉及《武训传》电影的文章剪下来给主席。"从4月末到5月初,李家骥将有关《武训传》的文章"给主席剪了一大本"。江青表扬了李的工作,要求他再剪一套,原话是:"家骥,最近你给主席剪的报纸很有用,为我们分担了困难。这些文章主席要挤时间看,有时我先看。为了方便你能不能剪两套,我和主席各一套。"[22]

  这样我们便知,《评反革命两面派周扬》所谓"这部反动电影一出来,立刻被毛泽东同志发现了",并不确实。不是毛泽东"发现"了它,而是江青"发现"后报告给毛泽东。且江青作用不止于"发现",整个过程中,她都扮演重要角色。那些《武训传》材料由她当第一读者。"有时我先看"的意思,应是毛泽东没有时间将材料亲自一一看过,或经她筛选挑拣后选出部分供其阅览,或由她根据所读向毛泽东汇报。这与《为人民立新功》对"流动的哨兵"工作方式的描述,分毫不爽:

就是订着若干刊物报纸,这样翻着看,把凡是我认为比较值得注意的东西,包括正面、反面的材料,送给主席参考。[23]

04

《武训传》被"发现"后,"毛泽东先是通过胡乔木组织一点对电影《武训传》持批评意见的文章"[24],遂有《文艺报》1951年第4卷第1期发表的贾霁《不足为训的武训》和署名江华(陈企霞化名)的《建议教育界讨论〈武训传〉》,贾霁标题中的"不足为训"四字为毛泽东原话,黎之说:"别人告诉我,他就是根据毛泽东'不足为训'的意思写的。"[25] 于是,对《武训传》的公开批判,1951年4月启于《文艺报》。但贾霁文章让人失望,未捅着"痛处",尤其文中对过去陶行知弘扬武训,以为在"国民党万恶统治"条件下,提武训精神,不失"积极的作用"。[26] 这样写,原是为了顾及"政策"——当时,陶行知仍被看作兴教育于民间的典范,他曾极力推重武训精神——有此一句,以示陶、武区别,避免批判武训伤及陶行知。然而在毛泽东看来,这实属画蛇添足。紧接着新一期《文艺报》便出现了署名杨耳的文章《试谈陶行知先生表扬"武训精神"有无积极作用》,专驳贾霁,称"不管是'今天'或是'昨天','武训精神'都是不值得表扬的,也不应当表扬"[27]。杨耳即许立群,时任共青团中央宣传部副部长。

杨耳文章及时阻止了对武训批判失诸表浅的可能。虽然它后面的背景至今未能确知，但所受重视说明其立场甚得要领——5月16日《人民日报》将其转载并加编者按，赞扬此文见解"比较深刻"。编者按写道：

> 歌颂清朝末年的封建统治拥护者武训而污蔑农民革命斗争、污蔑中国历史、污蔑中国民族的电影《武训传》的放映，曾经引起北京、天津、上海等地报纸的广泛评论。值得严重注意的是最早发表的评论（其中包括不少共产党员所写的评论）全部是赞扬这部影片或者是赞扬武训本人的。[28]

辞气之盛，不是一般手笔。时在《解放日报》总编室工作的袁鹰先生，对编者按留下"措词很厉害，上海话就是'很结棍'"[29]的印象。黎之则径称其感受："从行文上看是经毛泽东修改的"[30]。值得一提的还有《人民日报》转载时的处理；《文艺报》原文标题有"试谈"字样，犹取商榷姿态，转载时去掉，用质问驳难口吻，改为《陶行知先生表扬"武训精神"有积极作用吗？》。

又四日，《人民日报》社论《应当重视电影〈武训传〉的讨论》发表。这篇社论系胡乔木起草[31]，但发表出来时，两者关系只剩下寥寥几句话和整理出来附于文内的一份前期《武训传》若干评论文章目录。毛泽东完全改写了它。过了整整十六年，1967年5月26日，《人民日报》又出现题目一模一样都是《应当重视电影〈武训传〉的讨论》的文章，而署名已变成"毛泽东"，附注曰："这是毛泽东同志为《人民日报》写的社论的摘录"。[32] 截至这篇社论，《武训传》事件迎来高潮。

存于《建国以来毛泽东文稿》第二册涉及《武训传》事件的文献，计四件。继上述社论的改写部分之后，有标作"1951年6月"的《在审阅杨耳〈评武训和关于武训的宣传〉稿时加写的几段文字》。这是杨耳在《武训传》事件中第二篇重头文章，前面那篇，我们曾说"背景未能确知"，这一篇则白纸黑字、昭然目前。文章发表在6月16日出版的《学习》第四卷第五期，从而推知批改大致发生6月中旬头几天。批改很细，且非字句而已，有大段的添加，如："你看，武训装得很像，他懂得封建社会的尊卑秩序。他越装得像，就越能获得些举人进士的欢心，他就越有名声。他已经很富了，还是要行乞。他越行乞，就越有名声，也就越富。武训是一个富有机智和狠心的人，因此他成了'千古奇丐'，只有那些天真得透顶的人们才被他骗过。"[33] 实际上，毛泽东对此文的关怀并不止于批改；据黎之，"为写此文毛泽东找许立群谈了两次"[34]。

次为《武训历史调查记》的修改。

调查团系毛泽东亲自派出。《武训历史调查记》"前言"载有调查团成员名单："这个调查团是由下列十三个人组成的：袁水拍（《人民日报》社）、钟惦棐、李进（中央文化部）……"[35] 其中"中央文化部"李进，就是江青。然而《〈武训传〉批判纪事》作者袁晞考证："据我多方了解，除袁水拍、钟惦棐和江青三位执笔者外的调查团其他成员都是这份'调查记'见报时，才第一次看到。"[36]

总共十三人,除三人为真,另十人竟俱系捏入。但调查团之为毛泽东亲遣仍然不假,黎之闻于袁水拍:"毛泽东对这次调查非常重视,临行前找调查组谈了话,临行时亲自送江青上车。"[37]

所形成的《调查记》,几近五万言,7月23日至28日连发于《人民日报》,总算登完。庞大篇幅,与它努力摆出"学术化"架势有关。文章对各种史料(方志、野史、碑刻、契约、账册)征引极博,并制表六份(毛泽东审稿中还专门批示胡乔木"其中几个表,特别注意校正勿误"[38]),写作体例很有如今"田野调查"、"口述实录"的风范,读来甚显翔实客观。不过,戴着学术化面具的《调查记》,仍然充斥了捏构。当初几位仅曾提供过材料、并未参加"调查团"却被列入其间的山东人士,"文革"后"写文章说《调查记》不真实,给武训戴的'大地主、大债主、大流氓'的三项帽子,根据不足"。[39]顺此线索,笔者查阅相关文章,读到1981年第1期《齐鲁学刊》冯毅之《要从〈武训历史调查记〉的调查中吸取教训》一文。1951年,冯任山东省委宣传部文艺处处长,省委安排他为调查"做些协助与联络的工作",得以目击其过程。冯证实:"因为在调查前,目的要求和结论已定,所以在调查中,就光喜欢听说武训的坏话和否定的话,不喜欢听说他的好话,更不喜欢听赞扬他的话。""开始时被调查的人并不了解我们的意图,所以一说起武训,就大加赞扬。这使我们很作难。有一个这样的实例:堂邑的县委书记已知道了我们的意图,但县长不知道,就召开了会。在会上,县长还是老观点,一再讲武训的好话,急得县委书记直拉他的衣襟。

以后地方党组织向群众做了工作,人们的谈话才慢慢转变了。"[40]看来,"田野调查"、"口述实录"亦不可尽信,采用这种形式而通过引导、控制受访者,照样可以造假。

《调查记》毛泽东又作了极繁复修改,据《建国以来毛泽东文稿》第二册所收《对〈武训历史调查记的修改〉和给胡乔木的信》粗计,亲笔改动的部分计十五段落、约合三千字。有成段成段的添写,也有逐字逐句的更易。如这一段:

"崇贤义塾"在一八九五年,即在该塾经班开办之后第八年,亦即武训死的前一年,才设立蒙班,四年以后,即一八九八年以后,这种蒙班就废止了。武训及和他合作的地主们对于设立这种程度较低的蒙班是不感兴趣的。武训及其合作者杨树坊之所以在这四年内开办了蒙班,是因为柳林镇上的商人们表示不满,他们的子弟不能上学,武训和杨树坊才勉强办了个蒙班,敷衍他们一下。在学生的成分方面,经过我们调查,不但经班学生中一个贫苦农民的子弟也没有,就是蒙班学生中贫苦农民的子弟也很少。[41]

宋体字部分,即毛泽东所批改。明嘉靖间某官,记其在首辅徐阶处所见御批云:"臣于徐少师阶处,盖捧读世庙谕札及改定旨草……见其所拟,帝一一省览窜定,有不留数字者。虽全当帝心,亦必更易数字示明断。"[42]读《人民日报》社论、《学习》杂志杨耳文章和《武训历史调查记》,感觉"一一省览审定,有不留数字者"诸语也很贴切。

四件文献中又一个,为1951年7月7日对中共华北局宣传部报告的批示。报告说,河北省委对如何处理现有与武训有关的事物向华北局请示,华北局宣传部意见是:凡以武训命名的私立学校,"在对武训及电影《武训传》讨论渐趋成熟时,由他们自己提出更名和改组","凡公立的武训学校(如平原武训师范),在教职员学生思想澄清后,更改校名";凡因纪念武训留下的碑刻、建筑等,"教育群众认清武训后,由群众自觉地拆除。石刻、塑像、柱、碑要拔除,画像要涂抹,武训纪念林要改名"。[43]一般以为,因意识形态毁夷旧文物乃"文革"时期现象,现在来看,实际建国初已有此风。对此,毛泽东批示:

可予同意。但应着重教育解释,其余可以从容处理。[44]

批准了这些处理。"从容"二字,是告以勿操之过急。大概建国初"群众"思想觉悟还不能跟十几年后比,故嘱咐先做好"教育解释"工作,然后行之。

05

在毛泽东对文艺的领导史和权威史上,《武训传》事件是一个时间窗。过去，他对文艺指明方向，给以思想指导，但尚未将个人裁决加诸特定的一物一事。《武训传》事件首次针对一个作品，发动批判、整肃，颁示禁令。这既开了以个人决断处置文艺问题的先例，也是领袖个人批语等同文艺政策的先例。其过程显示，《武训传》作为手续齐备、并获充分肯定的合法作品，处境急转直下，尽出毛泽东手中之笔，它源源不断流出各种批写，一举扭转所有事态。这是全新的案例。如果说《在延安文艺座谈会上的讲话》从思想上树立了毛泽东的文艺权威，《武训传》事件则意在明确对于文艺问题毛泽东还拥有最高的行政权威。

之前，这一点本来并不明确。就此须提到稍早的另一部影片《清宫秘史》。"文革"中，戚本禹"爆料"：

> **毛主席严正指出：《清宫秘史》是一部卖国主义的影片，应该进行批判。他还说过：《清宫秘史》，有人说是爱国主义的，我看是卖国主义的，彻底的卖国主义**。但是反革命修正主义分子陆定一、周扬和当时的中央宣传部常务副部长胡××等，以及背后支持他们的党内最大的走资本主义道路的当权派，却顽固地坚持资产阶级反动立场，公然对抗毛主席的指示，说这部反动影片是"爱国主义"的，拒绝对这部影片进行批判。[45]

当时"革命导师"的话印黑体字，此处毛的两句话因以往尚未正式公布，便以不加引号而印黑体字来处理。"胡××"即胡乔木。

这里显示，毛泽东对类似单个文艺作品等具体文艺事务的干预，始于《清宫秘史》，然而未获成功。戚本禹将毛的声音被置若罔闻，归之宣传和文艺部门负责人"公然对抗"、"拒绝"。实际上，无论陆定一、周扬或胡乔木，都不可能有"公然对抗"、"拒绝"之心。他们未将毛泽东表态当作行政命令执行，应是那并不属于正常的"工作程序"。《武训传》终于解决了这个问题。毛泽东通过持续、不断加码的亲笔批写，不单使《武训传》作为合法合规作品的地位根本改写和推翻，更重要的是，施加强大压力，迫使相关系统认识到，来自他对文艺任何表态都不能视为个人好恶，应该奉为行政指令乃至文艺政策。

因此，我们对批示掌控文艺的历史，溯之于《武训传》事件。

作为榛莽之创，《武训传》事件相较以后难免有其不典型，或者说未臻"佳境"。重写《人民日报》社论、约谈批判文章作者、亲自修改批判文章和调查报告，前后耗费数千字，付出了繁重劳动。这与后来一个批示多则二三百字、少则只言片语，不可同日而语。不过，万事开头难，事情都有一个过程。不光《武训传》事件，随后的《红楼梦》研究、胡风等问题也同属规则开拓阶段，等到人们业已敬悉其事，自然能够化繁为简。建国初文坛几桩大案，以往通常作为单独事件来看，如果换个角度，从毛泽东建立自己对文艺的最高行政权威角度看，其实是连锁事件。它们客观上既有相因相生的联系，从方向来看，也是不断递进的过程。

06

《武训传》事件刚刚平息,毛泽东在中宣部有关文艺整风的报告上作了批示。这份报告,正是《武训传》事件延伸性产物。

1951年11月,中宣部召集"党内主要文艺干部"十余人开文艺工作会议,内容是检讨"两年来"亦即解放后的文艺工作,认为"文艺工作的领导方面",存在"忽视思想工作、脱离政治"、"迁就资产阶级小资产阶级的倾向","使文艺战线发生混乱",乃至上升到"进入城市后""对毛泽东文艺方针发生动摇,在某些方面使资产阶级和小资产阶级的思想影响篡夺了领导"这样严重的程度。会后形成的报告,提出准备采取的"改善文艺工作"的办法,主要有五条:纠正文艺脱离党的领导的状态,重要情况和问题经常向中央报告请示;整顿文联各协会工作,使之成为组织作家参加斗争、学习、开展批评自我批评的中心;整顿文艺刊物,加强它们的战斗性;对文艺界资产阶级、小资产阶级展开"有系统的"斗争;"改善对电影工作的领导"作为单独一条专门列出。[46]

"文艺脱离党的领导"的提法,就事实来说原无根据。文艺一直都在党的领导之下,从来没有任何别的"领导"因素出现。因此这句话实际的意思,只能是"脱离了毛泽东的领导"。相应地,"重要情况和问题经常向党中央报告请示"的承诺,实质也是"经常向毛泽东请示报告"。就此而言,这次规模不大、历来似未引起太多注意的文艺工作会议，对当代文艺史有特殊意义。它确认了《武训传》事件的影响和结果，即文艺工作具体领导程序的终端在毛泽东那里。会议决定开展文艺整风，主要目的就是借一场广泛运动，将新认识、新精神传布到每位文艺工作者。

　　毛泽东对此给予充分肯定。批示满意地写道："这一报告是正确的。"他强调："请各中央局、分局、省委、市委、区党委自己和当地从事文学艺术工作的负责同志都注意这个研究报告"，并进一步提出要求："依照北京的办法在当地文学艺术界开展一个有准备的有目的的整风学习运动，发动严肃的批评和自我批评，克服文艺干部中的错误思想，发扬正确思想，整顿文艺工作，使文艺工作向着健全的方向发展。"[47]

　　1951年12月开始的全国文艺整风，与1942年延安文艺整风为上下篇关系。后者曾在"根据地"、"解放区"范围完成了知识分子的思想整合，眼下，将从全国范围补上这一课。然而这尚属较为浅显的方面。从更深层角度看，以《武训传》事件为开端（如果当初对《清宫秘史》的批判启动，时间还应提前到1950年），到1951年底批示文艺整风，再到翌年通过整风开展知识分子思想改造，进而1952年、1953年初步引出批胡风，1954年批红学、批胡适和正式吹响清算胡风的号角，最后在1955年将胡风问题以"反革命集团案"定谳，环环相扣，有如构思缜密的大棋。倘若《武训传》事件可称棋局的开枰，文艺整风便进入了它序盘阶段，后续弈手源源而至。

07

先看文艺整风如何引出胡风问题。

这问题由来颇久,抗战后期在重庆及 40 年代末在香港,都有表现,眼下因了文艺整风,时隔数载重新浮出水面。1952 年 5 月 25 日,《长江日报》刊登舒芜《从头学习〈在延安文艺座谈会上的讲话〉》一文。由题目可知,它是以文艺整风为背景的一篇学习体会,作者结合往事现身说法,对运动来说自然是富于成效的收获。有关方面及时抓住这个素材。6 月 8 日,《人民日报》加编者按转载了原文,从而标志着胡风问题再度提出。9 月 25 日,《文艺报》又发表舒芜《致路翎的公开信》,雪团开始滚动。之后,中宣部先后召集四次座谈会,全面批评胡风文艺思想。到 1953 年初,事态升级,中宣部决定将批评从内部转为公开,"指定"何其芳、林默涵担纲各写一篇批判文章。"为了使文艺界不感到突然",又安排公开批判前由林默涵向北京文艺界通气,"介绍批评胡风文艺思想的经过情形",此即 1953 年 1 月 29 日晚上于文化部举行的中华全国文学工作者协会(后改名中国作家协会)座谈会。第二天,林默涵的文章《胡风的反马克思主义的文艺思想》现身《文艺报》。过了半个月,何其芳文章《现实主义的路,还是反现实主义的路?——1952 年 12 月在胡风文艺思想讨论会上的发言》也在《文艺报》登出。[48] 林文发表后,《人民日报》于次日(1953 年 1 月 31 日)加编者按转载；何文本应同此处理，因篇幅太长作罢。

至此，事情紧锣密鼓，眼看掀起高潮。不料出现一个小插曲。1月29日晚为即将公开批评胡风造势的"文协座谈会"，名之"座谈会"，实际已经定了调子，不给不同意见以空间，致座中有不满者，从而发生匿名信。某个与会者以"一个普通文艺工作者"名义，投书中央，反映会上感受，称"不理解"对胡风的批评，"感到压抑、苦恼"。[49]事后，时任中宣部副秘书长的熊复向毛泽东写报告检讨说："这本来是一个报告会，因觉得用座谈会的名义比较随便些，故文协在会议的通知上说是座谈会，由于会议名义与内容不符，就使那位写信者得到不让大家发言的印象。这确实是一个缺点。"[50]

匿名信到了毛泽东那里。3月4日，毛泽东就其批示熊复："此事请你调查一下，以其情形告我。"[51]当时，中宣部对批评胡风如何拿捏尺度为宜，说来也是心中没底。一边批判，一边顾虑方式是否过火。作为单向度批判话语却又采用"座谈"名义，就反映了这种心态。4月8日，熊复呈交就毛泽东批示专门写的报告，彷徨之意，继续显露。他似乎以为毛泽东"以其情形告我"，是一种问责口吻，故而有不少引咎之辞。除了如上所述承认文协会议存在缺点，还说了其他模棱两可的话。比如，既说"文艺界一般反映这个批评（指林、何文章）是正确的、中肯的"，又说"近两年来，在一般的文艺批评中，的确存在许多缺点，如简单化，断章取义，缺乏艺术分析，指摘多于鼓励等……最近这种过'左'的倾向已有改变，但又呈现了文艺批评不够活跃的现象"。[52]犹豫神情，跃然纸上。

更让人忐忑的是,熊复报告送上后,毛泽东未置可否,无有下文。结果,就像报告中所作的自我批评那样,之后数月,文艺界两年来紧张空气一度缓和。其明显表征是,先前承受高压的胡风派,日子不那么难过,甚至1954年初,路翎小说接连获《人民文学》《解放军文艺》刊用,还备受称赞。反之,曾经登过《致路翎的公开信》、林默涵、何其芳批判文章的《文艺报》,改弦易辙,居然发表了巴人的正面评论,对短篇小说《初雪》"予以高度评价,并认为'生活的实践已经带领了我们的作家正在走上正确的道路'",这种情况"是几年来从未有过的"。[53] 凡此,我们品味和体会熊复报告中的不安,可能是宣传部门担心先前做法存在"过'左'的倾向",鉴于毛泽东未置可否,小心翼翼地主动纠偏。

其实,顾虑是多余的。放眼一观,可知毛泽东未置可否,是因当时中央出了大事。薄一波《若干重大决策与事件的回顾》写道:"高岗向党发难,进行了一系列篡党夺权的阴谋活动,时间主要集中在1953年下半年。"[54] 这场斗争,以1954年2月七届四中全会指控高岗搞"独立王国"落幕。恰好在高岗事件发生的这段时间,文坛迎来短暂缓和,应非巧合。

而高岗事件尘埃甫落,关注便重回文坛,且瞬间达高密度、高强度,1953年下半年以来的相对缓和,为之一扫。不过,这种回归并非直接接续先前的热点,而是凭借新的事件另外发力。

08

1954年9月,山东大学《文史哲》刚刚发表李希凡、蓝翎论文《关于〈红楼梦简论〉及其他》,《文艺报》当月即予转载。事情幕后,又现江青身影:

> 江青把这篇文章送给毛泽东,毛泽东读后,让江青转告《人民日报》转载。她当即在人民日报社召集胡乔木、邓拓、林默涵、林淡秋等人开会(主管文艺的周扬未参加),建议转载李、蓝的文章。会上胡乔木等人提出党报不是自由讨论的场所(这是学《真理报》。斯大林时期《真理报》只作结论,不许讨论)。会上大家一致意见交《文艺报》转载。[55]

看来,宣传部门主管者虽努力提高了认识,对《武训传》事件内涵的领会却仍不深入。"党报不是自由讨论的场所",必有所据,但江青出面代表毛泽东而来,事情又岂能以"讨论"视之?他们的"书生气"[56],以及死抠规程的习性,恐须再历数事,才能销磨。

《人民日报》换成《文艺报》,已属忤命;何况《文艺报》的事情办得又欠火候。尽管《文艺报》迅速转载并加编者按以示重视,规格其实很高,但编者按中的两句话很是添堵:

在转载时,曾由作者改正了一些错字和由编者改动了一二字句,但完全保存作者原来的意见。作者的意见显然还有不够周密和不够全面的地方,但他们这样地去认识《红楼梦》,在基本上是正确的。[57]

编者按出自冯雪峰,主要意思却不是他的,而是人民日报社磋商会对李、蓝文章所持要"讨论"的意见。不过,"改正了一些错字"和"一二字句",可能是冯雪峰编辑过程中的动作,而他随口提到了它。从有心人角度看,这难免表达了对文章水平的不屑。该编者按为冯雪峰不喜于毛泽东,埋下根因。同时,这个编者按事先未送毛泽东审定,又是严重"疏忽"。刊物出版后,毛大为不满,对编者按边读边批。不足三百字原文,批语达五条之多,如"不过是小人物"、"不过是不成熟的试作"、"对两青年的缺点则决不饶过"等讽斥之语,以及与"不够周密"、"不够全面"针锋相对的赞扬:"很成熟的文章,妄加驳斥。"[58]

不妨回顾一下,较之《清宫秘史》问题时对毛的声音听而未闻,及在《武训传》事件上的懈怠、麻木与迟钝,这次就《红楼梦》研究问题,宣传和文艺战线姿态其实有相当的改进,算得上积极主动。继《文艺报》以惊人高效转载李、蓝文章之后,当时颇有执古典文学研究之牛耳意味的《光明日报》"文学遗产"专栏,又以全然破格的对待,神速组织李、蓝专稿《评〈红楼梦研究〉》,使之10月10日见报,且配编者按。然而和《文艺报》一样,编者按也出

了差池。编者按说:

目前,如何运用马克思主义科学观点去研究古典文学,这一极其重要的工作尚没有很好地进行,而且也急待展开。本文在试图从这方面提出一些问题和意见,是可供我们参考的。[59]

"试图"、"提出一些问题和意见"和"供参考"三个提法,使毛泽东皱起眉头,他又批道:

不过是试作?
不过是一些问题和意见?
不过可供参考而已?[60]

这不能不让他再次感到对舆论工作的失望,需要亲自敲打。六天后,发出了《关于〈红楼梦〉研究问题的信》。信很独特,信封上列出的收信人,从政治局常委刘少奇、周恩来等直至袁水拍、何其芳总计二十八位,并注明阅后"退毛泽东"。显然,它并非普通或真实意义上的"信",而是以"信"的形式作出的一个批示。

起始写道:"各同志:驳俞平伯的两篇文章付上,请一阅。"两文即《文艺报》《光明日报》所登李、蓝文章。经这一"付上",它们身份地位完全不同,明显脱离了"讨论"对象的意义,转而与亲笔信一道获得一种"文件"意味。那正是毛泽东所要着重生发的:

有人要求将此文在《人民日报》上转载，以期引起争论，展开批评，又被某些人以种种理由（主要是"小人物的文章"，"党报不是自由辩论的场所"）给以反对，不能实现；结果成立妥协，被允许在《文艺报》转载此文。嗣后，《光明日报》的《文学遗产》栏又发表了这两个青年的驳俞平伯《〈红楼梦〉研究》一书的文章。看样子，这个反对在古典文学领域毒害青年三十余年的胡适派资产阶级唯心论的斗争，也许可以开展起来了。事情是两个"小人物"做起来的，而"大人物"往往不注意，并往往加以拦阻，他们同资产阶级作家在唯心论方面讲统一战线，甘心作资产阶级的俘虏，这同影片《清宫秘史》和《武训传》放映时候的情形几乎是相同的。被人称为爱国主义影片而实际是卖国主义影片的《清宫秘史》，在全国放映之后，至今没有被批判。《武训传》虽然批判了，却至今没有引出教训，又出现了容忍俞平伯唯心论和阻拦"小人物"的很有生气的批判文章的奇怪事情，这是值得我们注意的。[61]

这些话需要很好地细读。第一，根据前述，"有人要求将此文在《人民日报》上转载"中的"有人"，便是江青，她实际代表毛泽东而来，但"结果成立妥协"——代表毛泽东出面却被迫"妥协"，可知"妥协"二字透露了如何严重的不悦。第二，关于"种种理由"后面所列的"小人物"和"自由辩论"，以我们看到的材料，"自由辩论"确实是人民日报社会商时所提到，"小人物"却并非出自"某些人"之口，它是毛泽东阅读《文艺报》编者按，就"不够周密和不够全面"云云加以引申，自己在批语中使用的字眼。当时有关方面诸负责人的原意，推之于逻辑，只是欲将事情以类似学术讨论方式处理，所说的"不够周密和不够全面"，重心应在可以"进一步讨论"，未见得含有对"两个青年"的轻蔑和歧视。第三，"甘心作资产阶级的俘虏"，将事情性质说得严重，这是对"讨论"提法和思路的彻底否定。欲以"讨论"处理此事的人，应惊觉于"俘虏"二字的严厉。第四，最具深意的，是《清宫秘史》"至今没有被批判"和《武训传》虽然批判却"至今没有引出教训"之语。意思并不是补上或重新批判，而是一种追溯、提醒，让有关方面将自那时到眼下为止发生的一连串事件，作通体的思考，领悟其中"教训"究竟何在。具体讲，从《清宫秘史》"没有批判"，到《武训传》虽然批判却未"引出教训"，再到红学问题提出后被"以种种理由""给以反对，不能实现"，诸公实际是在同一处跌倒，即都不把来自他本人的表态，毫不耽搁、不打折扣地照办、执行、落实，反而形成阻力。

09

事不过三。一而《清宫秘史》，再而《武训传》，三而《红楼梦》，毛泽东连续亲自抓了文艺领域三件具体的事。细想想，三件事究竟触动了什么原则性问题呢？好像也没有。否则，整个党的文艺领导系统，那么多富于经验的负责人士，不至于都走了眼。但毛泽东却做了很大的文章。他在改写批判《武训传》的《人民日报》社论中说,"特别值得注意的"是"一些共产党员"丧失"批判能力"、向反动思想"投降";在关于《红楼梦》的信中又说"某些人"或"大人物""甘心作资产阶级的俘虏"、"是值得我们注意的",批评重心皆在宣传、文艺部门有职有权者。换言之,文章是做与他们读的,"教训"也要由他们"引出"。一次不行,两次;两次不行,三次。眼下,红学问题就是第三次考验。

第三次,果然引入了新的内容。10月27日,他在陆定一就红学批判所提交报告上批示:

> 刘、周、陈、朱、邓阅,退陆定一照办。[62]

寥寥数语,然意义重大。之前《武训传》批判,毛泽东亲力亲为,写社论、批改文章、批复华北局宣传部就处理武训相关物的请示等,但类似这样的批语则未出现。这道批示,面向整个中央最高领导层,有咸与周知的政令意味。事情本只关乎一部古典小说,被郑重引至这个层面,是破天荒的。它与其说凸现了事情本身如何重要,不如说从别的方面起一种展示、宣谕作用。其例既生,后续随至。12月3日,又于周扬就批判胡适的请示上批示:"刘、周、朱、陈、邓、陈伯达、胡乔木、邓拓、周扬同志阅,照此办理。"[63] 体例规格相同,一种新的文艺及思想事务处置程序,悄然成规。而更奇特的是,12月31日,有《关于阅看冯雪峰的诗和寓言的批语》一件。文曰:

此件送刘、周、朱、陈、邓、彭真、彭德怀、陈毅、陆定一各同志阅。退毛。

冯雪峰的诗及寓言数首，可一阅。如无时间，看第一篇《火狱》即可。[64]

以某作家几首诗及寓言作品，遍示诸人，布置大家百忙中读看，或有两重意思。一是指验批冯未为无理（冯雪峰毕竟是老资格文艺领导人），二是加强中央高层对他重视并亲自抓文艺、思想工作的印象。

其余琐细批答尚有：10月27日审阅、修改了即将发表于《人民日报》的袁水拍《质问〈文艺报〉编者》一文，并写批语。之后，又于11月10日[65]、11月14日[66]，接连就黎之《〈文艺报〉编者应该彻底检查资产阶级作风》和冯雪峰的登报公开自我检讨作批注。后者特别尖锐，对冯的检讨逐一批驳。检讨说"在古典文学研究领域内胡适派资产阶级唯心论长期统治着的事实，我就一向不加注意"，批注："限于古典文学吗？""应说从来就很注意，很有认识，嗅觉很灵。"检讨说"我对于资产阶级的错误思想失去了锐敏的感觉"，批注："一点没有失去，敏感得很。"检讨说"我感染有资产阶级作家的某些庸俗作风，缺乏马克思列宁主义的战斗精神"，批注："不是'某些'，而是浸入资产阶级泥潭里了。""不是'缺乏'的问题，是反马克思主义的问题。"批注更指冯雪峰"是用各种方法向马克思主义作坚决斗争"，并在检讨中"是反马克思列宁主义的错误"字样旁画线,要求"应以此句为主题去批判冯雪峰"。[67]

因为"旧红学"高峰是胡适,故由《红楼梦》研究批判,又引出胡适批判。12月2日,周扬写好批胡计划,报告毛泽东。计划包括,批判胡适的政治思想、哲学思想、文学思想、历史观点、考据学,从著作方面提出《中国哲学史》《中国文学史》为单独批判重点。一语蔽之,将胡适的学问来个兜底的否定。毛泽东批示"照办",不过他对批胡适似不特别专注,至少不像对《武训传》、《红楼梦》二事,亲自付出诸多笔墨。从经过看,批胡适更多是一种过渡,热潮很快转移到另一位胡姓人物。

10

距批胡适的批示仅五天,毛泽东写给周扬另一批语,内言:"均已看过,决议可用。""你的讲稿是好的,在几处地方做了一点修改,请加斟酌。"[68]决议指《关于〈文艺报〉的决议》,是为红学事件之收束。拟改组《文艺报》,同时责成《人民文学》及文联其他各刊进行工作检查。至于"你的讲稿",正是后来极有名的《我们必须战斗》一文,它将由周扬在12月8日全国文联、作协主席团联席会议上宣读,内容一共三个部分:一、开展对胡适派资产阶级唯心论的斗争;二、《文艺报》的错误;三、胡风的观点和我们的观点之间的分歧。这时,已是1954年年底。随着新年到来,接连数载文案迭现的局面，推到极致，献演压轴一幕。一度似显消歇的胡风批判，重装上阵，且从思想批判遽然升格为百年间首屈一指的文坛冤狱。事情经过，晚近三十余年来叙说可谓汗牛充栋，我们姑且从略，单将毛泽东前前后后有关批示盘点一番。

第一件写于1955年1月12日，是对中国作协准备公开印发经过摘编的胡风《三十万言书》的批语："刘、周、邓即阅，退陆定一同志，照办。"即阅二字，凸显一种紧迫和催促的感觉。另一句"做了一点文字的增改"，指的是对中国作协"印发说明"的亲笔修改。[69]

1月15日，再作批示。胡风风闻《三十万言书》即将公布，情知不妙，遂于1月14日晚面见周扬，请求勿予发表，或即予发表亦望允其做些修改、印上自己写好的承认犯有小资产阶级错误的声明。周扬为此请示，毛泽东严厉写道：

刘、周、小平阅，退周扬同志：
（一）这样的声明不能登载；（二）应对胡风的资产阶级唯心论，反党反人民的文艺思想，进行彻底的批判，不要让他逃到"小资产阶级观点"里躲藏起来。[70]

"揪住"的意志异常坚定，胡风已经罪无可逭。

下一批示，出现在5、6月间。就"胡风问题材料"亦即胡风通信的编辑与发表，连下五条，周详布置，至为细密。如指示"可登入民日报,然后在文艺报转载。按语要用较大型的字"。以至于说"如不同意,可偕陆定一于今晚十一时以后,或明日下午,来我处一商",[71] 拟召周扬、陆定一,具体面议,重视程度无以复加。他不但改写了按语,对"材料"注文也亲自加工,并告宣传方面诸负责人"我以为应当借此机会做一点文章进去"。[72] 对于清样打出后应送人员,亲列名单,有刘少奇、周恩来、邓小平、彭真、彭德怀、董必武、张闻天、康生等政治局委员以上者,对未列入名单的朱德、林伯渠、陈云,也细心地注上"朱、林、陈云同志不在家",之后说"并请他们提出意见",要他们表明同意与否。[73] 另一批示,则着重对批胡的行文和语言加以指点:"关于写文章,请注意不要用过于夸大的修饰词,反而减损了力量。必须注意各种词语的逻辑界限和整篇文章的条理(也是逻辑问题)。"[74]

5月,与胡风相关还有三条简短批语,分别就《人民日报》一组批判胡风文章,开除胡风作协会籍、撤销其职务的文联作协决议,中宣部批胡运动及工作报告做出。

6月1日的批示,比较重要。毛泽东将北京市委查处胡风分子的报告,批给陆定一,命他"用中央名义将此件通报"所有党组织,在本单位"调查和研究有无胡风分子","应指定几个可靠同志(例如五人)组织胡风问题小组,专门注意处理此事"。[75] 这标志了胡风案的扩大化。

又二日,修改、批发了《中央关于揭露胡风反革命集团的指示稿》,指出各级党组织"必须认识这一斗争的目的",不止在于肃清胡风分子,且要"借着这一斗争""揭露各种暗藏的反革命分子(国民党特务分子、帝国主义的特务分子、托派分子和其他反动分子)"。[76]扩大化态势益发明朗。又于对指示稿修改时,在"暗藏的反革命分子,他们在全体人员中是绝对少数"后面,加括号写下"占百分之几,大约有百分之五左右"[77],亲自规定名额比例。经这个文件,事情逾出反胡风之上,升级为涵盖各领域的肃反运动。

众多批语外,毛泽东还亲自为三批"材料"写过编者按(或做加改处理)、序言、逐段点评式的按语和注文,添写过6月10日《人民日报》社论《必须从胡风事件吸取教训》部分文字。它们之总和,笔者依《建国以来毛泽东文稿》第五册逐行计算两遍,居然超过十万字,而都写于5月和6月,工作量实在惊人,可见为了胡风事件毛泽东确至于旰食宵衣。

11

而后,有如雨过云收,突然变得寥廓。自1951年起对文艺施压,持续、频密、一浪高过一浪,至此天高云淡。拿《建国以来毛泽东文稿》第五、第六册对比,所得印象极其鲜明。它们所收文献分别为1955年与1956、1957年。前者针对文艺的批示比比皆是,分量也极重;后者则不单稀疏,偶有所见亦颇简约。

整个1956年,堪可提起的文艺批语仅两条,一为6月8日《对〈百花齐放,百家争鸣〉一文的批语》,一为9月21日《对周扬在中共八大发言稿的批语》。一说:"此件很好,可以发表。在第九页上做了一点修改,请加斟酌。"[78] 一说:"此件看过,可用。只是引证我的话觉得多了一点,减少一些为好。"[79] 态度、措辞均显平和,乃至谦抑。

固然,1956年是难得春风拂面的年份,文艺空气较以往松弛,可以理解。然而风云突变的1957年,竟然也差不太多。如果想当然,抑或从笼统印象出发,我们多半"以为"这段时间少不了对文艺有分量十足的言论,实际却几乎没有。从5月15日起草反右通知《事情正在起变化》开始,毛泽东就意识形态讲有不少调门很高的话,却似乎唯独忘记了文艺。相对紧要的仅一条,11月24日《对周扬在中国作协党组扩大会上的讲话的批语》。说它紧要,是因所批示的对象本身算一枚重磅炸弹。周扬这篇讲话,后以《文艺战线上的一场大辩论》为题发表,是文艺界反右运动的名文。可是毛泽东的有关批示,反而没有通常那种遒劲力道,只作了事务性叮嘱:"印发给小平为首的会议各同志,作一二次认真的讨论(事前细看周文),加以精密的修改,然后发表。"随后又补一句:"我现在不看,待小平会议讨论再加修改后,我再看。"[80] 态度竟似颇为放手和超脱。

1958年,对文艺批示仍极少,严格说全年仅三条。1月19日,就《文艺报》"再批判"特辑编者按作修改并写批语,该特辑为批判丁玲而设,将延安时期《讲话》前王实味《野百合花》、丁玲《三八节有感》、艾青《了解作家,尊重作家》等文编成册,作为罪状示众。

批曰:"看了一点,没看完,你们就发表吧。"[81]与前面"我现在不看"相仿,意态疏阔,较诸《武训传》、旧红学、胡风问题时的追究、苛细,有如冰炭。连批语的内容也似乎无关"宏旨":"你们是文学家,文也不足。不足以唤起读(者)注目。近来文风有了改进,就这篇按语来说,则尚未。题目太长,'再批判'三字就够了。"[82]只就编者按文字欠佳指点一番。2月24日,就前所吩咐"小平会议讨论并加修改后,我再看"的业已定稿的周扬《文艺战线上的一场大辩论》作批语,语亦无多,称赞"此文写得很好"。批语和文章未即下发,多存放了三天,27日又添一句:"有一点修改,请酌定。"[83]倒是所做修改比批语本身有味道,如:"因为他们力争鸣放,发了狂了,恨不得一口气吃掉共产党。他们完全不讲道理了。他们背叛了社会主义,背叛了宪法,背叛了自己的诺言。"[84]又如:"想把客观存在的毒草泥封土掩,不许露头,或者一露头就用简单办法一下子压死,是一种不懂阶级斗争策略的蠢笨做法"、"党是懂得如何对付阶级敌人的"等。[85]《文艺战线上的一场大辩论》以上段落字句,过去不大作为毛泽东的反右言论来注意。除上述两条,还有3月15日《对〈上海新闻出版和文学艺术部门党内负责干部的一些意见〉的批语》。"意见"登于中宣部内刊《宣教动态》,汇述了年初陆定一在上海与当地宣传文艺部门党内负责干部座谈会的情况。收集到的反映有:谨小慎微,不敢说话,"左派不愿替报纸写稿[86]","中中和中右,不敢沾报纸的边","儿童文学书籍无人写稿,愈是低年级学生读的书愈是无人写",反右以来"大家缩手缩脚"、"创作上很少发言"[87]……毛泽东批示,将该情况反映印作"成都会议"文件,加以讨论:"此件可一看,然后谈一下。为什么知识分子不敢讲、不敢写呢?我们人民的自由已被压死了吗?"[88]意思虽然是否认的,但批语这两句话本身,却很可载入史册。

1959、1960、1961年亦属意兴阑珊。偶然有话,多就古代诗文而发,如关于《三国演义》、枚乘《七发》等,针对当前文艺问题的颇乏其例。这当然不表示文艺的重要性突然下降。从1956年以后若干批示来看,第一,对宣传文艺战线的工作态度,感到比较满意,"至今不能引出教训"的情形,很少遇到了;因此也比较放心,不必时时敲打,每每耳提面命或亲力亲为。第二,在毛泽东那里,文艺问题的实质是政治——文艺为政治服务;文艺的紧与松,关键看政治。1951至1955年,连出重拳,收效颇著,文艺反映出来的思想意识形态马首是瞻问题,不存含糊,政治凝聚力进一步增强,反右、大跃进、人民公社等运动的顺利推进,验证了这种形势。作为政治的晴雨表,文艺的重要性不变,然而效用、效应是有区别的。有时急,有时不急;有时雷霆万钧,有时却不一定风驰电掣。

总之,胡风案以后,对文艺问题兴趣暂时转淡,不是那么密迩、事必躬亲。这期间只掀起了一个热潮。1958年3月22日成都会议讲话,谈得兴起,说:"搞点民歌好不好?请各位同志负个责任,回去以后,搜集点民歌……搞几个试点,每人发三五张纸写写民歌"[89],周扬等赶紧落实,于是有全民写诗和《红旗歌谣》。但仅一年,就被他自己否了，因为质量太差："写诗不能每人都写，要有诗意才能写诗，如何写呢？叫每人写一篇诗，这违反辩证法。专业体育、放体育卫星、诗歌卫星，通通取消，遍地放就没有卫星了，苏联才有三个卫星呢。"[90] 除了此事，未闻其他较大动静。

这样，直至著名的"两个批示"。

12

"两个批示"，一是1963年12月12日《关于文艺工作的批语》，一是1964年6月27日《对中宣部关于全国文联和各协会整风情况的报告的批语》。前者提出"'死人'统治论"，说社会主义改造在文艺领域"至今收效甚微"，"许多共产党人"热心提倡封建主义、资本主义文艺，不热心社会主义文艺。[91] 后者指责加码，悍怒空前，说文艺十五年来"基本"不执行"党的政策"，"最近几年，竟然跌到了修正主义的边缘"，"要变成像匈牙利裴多菲俱乐部那样的团体"。[92]

"两个批示"来得并不突然。1962年夏天起，有许多相关的表现。8月10日，有批语称"中央对国内很多情况不清楚。许多领导机关封锁消息……事前不请示,事后不报告,实行独立王国。"[93] 8月12日又批道："中央组织部从来不向中央作报告，以致中央同志对组织部同志们的活动一无所知，全部封锁，成了一个独立王国。"[94] 同日，专门批评中央农村工作部部长邓子恢"对形势的看法几乎一片黑暗"。[95]9月8日就湖北三县情况批语:"即在灾区也不是一片黑暗。"[96]9月15日,将《文汇报》一篇谈希腊伦理思想的文章,批给刘少奇,要他阅看,说:"统治阶级以为善者,被统治阶级必以为恶,反之亦然。就在我们的社会也是如此。"[97]末句有深意。9月29日,就搞右派甄别试点之事,批示刘少奇、周恩来、邓小平,质问:"此事是谁布置的?"斥"其性质可谓猖狂之至"。[98]12月22日,在批转"列宁反对第二国际机会主义斗争的一批材料"时,未作任何解释地手抄旧诗一首(清人严遂成《三垂冈》,咏后唐李克用、李存勖故事)给柯庆施。诗云:"英雄立马起沙陀,奈此朱梁跋扈何。只手难扶唐社稷,连城且拥晋山河。风云帐下奇儿在,鼓角灯前老泪多。萧瑟三垂冈畔路,至今人唱百年歌。"[99]12月26日,他生日那天,命秘书林克将自己诗作一首"印成五十份",诗中有句:"独有英雄驱虎豹,更无豪杰怕熊罴。梅花欢喜漫天雪,冻死苍蝇未足奇。"[100]1963年1月3日批语:"《项羽本纪》,送各同志阅。"[101]"各同志"有谁,未详。他在七千人大会讲话中,曾以"难免有一天要别姬"为告诫,发阅《项羽本纪》,是此话题接续。1月9日,以近作《满江红·和郭沫若》"书赠恩来同志",词云:"小小寰球,有几个苍蝇碰壁。嗡嗡叫,几声凄厉,几声抽泣","要扫除一切害人虫,全无敌。"[102]又一次描写苍蝇的意象。

背后的形势路线图,往前追溯,依次为1962年7月至8月的北戴河中央工作会议、1962年1月至2月的七千人大会、1959夏庐山会议及这年早些时候开始显现的全国性严重饥荒、1958年大跃进运动、1957年反右。这些基本节点，或者互为因果，或具有应激的作用，从而逐渐累积起来一种情怀。篇幅所限，这里不能一一串说，有兴趣者可自行研究，溯其由来。

1962年秋八届十中全会，这种情怀得以宣泄。毛泽东在大会讲话里说出这样一句话：

> 凡是要推翻一个政权，总要先造舆论，总要先做意识形态方面的工作。革命的阶级是这样，反革命的阶级也是这样。[103]

之前，对八届十中全会公报的亲笔修改，发出重要讯息：鉴于有人"一有机会，就企图离开社会主义道路，走资本主义道路。在这些情况下，阶级斗争是不可避免的。这是马克思列宁主义早就阐明了的一条历史规律，我们千万不要忘记。"[104]

这都是预言或预告。四年后，果然"展开全国全面的阶级斗争"[105]，而"意识形态方面的工作"也确乎是"先做"起来。"春江水暖鸭先知"，文艺再次用为政治的先导。对文艺批示重新活跃、频繁，"两个批示"仅为其中名声特著者，实际上还有很多，单是1964年便不下七八条。如6月4日《对林彪关于部队文艺工作的谈话的批语》，重要性不在"两个批示"之下：

> 江青阅。并于六月五日去找林彪同志谈一下，说我完全赞成他的意见，他的意见是很好的，并且很及时。[106]

这是江青、林彪两个名字建立直接联系的最早迹象,后来《林彪同志委托江青同志召开的部队文艺工作座谈会纪要》,伏笔在此。对文艺历来少有言论的林彪,机敏地注意到"许多共产党人""不热心社会主义文艺"的批语,借第三届全军文艺汇演高调谈话,要求"部队文艺工作必须密切结合部队任务和思想情况,为兴无灭资,巩固和提高战斗力服务"。他读懂了毛泽东;反之,毛亦极为之欣慰,"很及时"三个字于此意溢乎言表。6月26日,就江青在京剧现代戏观摩演出座谈会讲话批示:"讲得好。"[107] 7月7日,推崇姚文元批周谷城"时代精神汇合论"的文章[108],说明姚氏其人愈益走进视野,而《海瑞罢官》事件端倪已现。7月23日,就彭真京剧现代戏观摩演出大会讲话写批语,这个讲话悉秉"两个批示","重点要演活人,演工农兵,演英雄人物,少演死人,少演帝王将相",毛称"讲得很好"。[109] 这也是再次就京剧现代戏观摩演出大会作批示,该演出大会标志着江青取得"文艺旗手"地位。8月18日,批准中宣部组织批判影片《北国江南》、《早春二月》,批语写道:"使这些修正主义材料公之于众。可能不只这两部影片,还有些别的,都需要批判。"[110] 批判对象因而扩展到《林家铺子》、《不夜城》、《红日》、《革命家庭》、《兵临城下》等大批作品。11月26日,读中央歌剧舞剧院芭蕾舞剧团《红色娘子军》大受港人欢迎的汇报材料,批了两句话:"送刘、周、邓、彭阅"、"人们要革命"。[111]

等到1965年11月10日,人们发现上述一切都是《评新编历史剧〈海瑞罢官〉》的前奏。再过半年,人们又发现,姚氏这篇"文艺评论",也不过是"无产阶级文化大革命"的前奏。关于它的来历,江青本人说:"1962年,我同中宣部、文化部的四位正副部长谈话,他们都不听。"[112]"四位正副部长"之一林默涵回忆,谈话内容已含批判《海瑞罢官》:"江青曾对我说过,她认为《海瑞罢官》这个剧本很坏,主张分田,同单干风有联系。当时还没有提出罢官问题。"[113]的确,"要害是罢官"的认识,由毛泽东在1965年12月21、22日与人谈话中点破。而据薄一波说,此高见的真正发明人为康生:"……康生却从政治方面'发现'问题,把《海瑞罢官》同庐山会议联系起来,说这出戏的'要害'是'罢官'。"[114]

13

可见,"文革"虽称史无前例,酝酿方式则并非没有前例。文艺领域、江青、批示,三种元素的交织与活跃,与1951年左右如出一辙。"历史的经验值得注意。一个路线,一种观点,要经常讲,反复讲。"[115]话说在明处,只是"注意"的人不多。从"两个批示"到林彪出事,这七八年光景对当代文艺史是同一个单元,其间发生的事情,除了"样板戏"和各种"批判",余无可表。"文革"之初,毛泽东就文艺也写过不少批语,如有关《海瑞罢官》问题七个材料的批语、对江青《部队文艺工作座谈会纪要》的批语、对1966年11月28日江青"文艺界无产阶级文化大革命大会"上讲话的批语、对戚本禹《爱国主义还是卖国主义?》一文的批语、对中央文革小组纪念《讲话》二十五周年宣传工作意见的批语等，然向度如一，姑不单独论列。1969年后，又出现有规则性的变化，文艺批示再度减少，极其零落，1971、1972两年，甚至全年没有一条，不论直接和间接。

　　林彪事件后，渐而有变。苗头初现于1973年底。11月25日，对一封署名"一个普通的共产党员"的来信批示。信中认为江青把文艺强调得过分，"一切为样板戏让路"、江青是文化大革命英雄旗手等提法，是不恰当的。批云："有些意见是好的，要容许批评。"[116]很不寻常的值得注意的表示。1974年2月至11月，有八件批语、便笺与江青，显示他们对一些事情看法不一。如3月27日："邓小平同志出国是我的意见，你不要反对为好。小心谨慎。不要反对我的提议。"[117]10月20日，重复讲了"务望谨慎小心"[118]。4月17日，同一天回复江青两信，两次都语重心长告以"前途是光明的，道路是曲折的"[119]。江青来信情绪消沉，毛复示"打退堂鼓，不妥"，"悲观不好，不要动摇"，"风物长宜（放）眼量"。[120]惜江青原信无由睹之，《建国以来毛泽东文稿》编者亦未于注释中引用；依当时形势推想，当是林彪事件后某些政治迹象令江青灰心或不理解。毛泽东4月17日嘱江青"要团结百分之九十五以上的人"，10月20日又批示她"注意团结不同意见的同志"，11月20日命其"读李固给黄琼书"[121]，即东汉李固《遗黄琼书》，内有"峣峣者易缺，皦皦者易污"、"阳春之曲，和者必寡"等语，示人勿过于高洁、高洁难于生存的意思。那时，毛泽东非常突出地强调"团结":"无产阶级文化大革命,已经八年。现在,以安定为好。全党全军要团结。""还是安定团结为好。"[122]

诸般迹象表明,林彪事件让毛泽东修正了政治策略。从文艺向来是政治表征这过往的经验可知,文艺政策必定发生变化。果然,1975年出现了毛泽东的下一个也是平生最后一个对文艺批示的密集期。

1975年7月2日,就林默涵来信批语:"周扬一案,似可从宽处理,分配工作,有病的养起来并治病。久关不是办法。"[123]林是"文艺黑线""黑干将",本年5月底解除监禁。出狱后,林默涵修书一封,向毛泽东致感铭之情。在毛泽东而言,将林默涵解除监禁显非孤立一招,而是放出风筝,传递"文艺政策要调整"的消息。林信承蒙批示也说明这一点,正好借此主动提到"周扬一案"有从宽的可能。

紧跟着,对文艺现状提出如下批评:"样板戏太少,而且稍微有点差错就挨批。百花齐放都没有了。别人不能提意见,不好。""怕写文章,怕写戏,没有小说,没有诗歌。"[124]沉寂已久的"百花齐放",忽又提及。这些批评,谈于听取邓小平工作汇报时。讲给谁听,让谁来办,都是讲究,里面种种滋味值得体会。

7月9日,邓小平召集胡乔木、邓力群、吴冷西、胡绳、于光远等开会,"传达了7月初毛泽东同他谈话时对文艺工作的意见。要求政研室作此调查研究,收集一些文化、科学、教育、出版方面不执行'双百'方针的材料,因为政治局将讨论这个问题。"一干人等随即展开工作,并获惊人发现:报刊引毛泽东文艺方针,通通不见"百花齐放"四个字,"篇篇如此,无一例外"。例如"百花齐放,推陈出新"本是一句完整题词,然而从1969年11月到1975年6月,所有御用写作班子文章,一律只引"推陈出新"而将"百花齐放"丢弃。[125]

7月14日,又就文艺谈话一次,明确说文艺政策"应该调整":"党的文艺政策应该调整一下,一年、两年、三年,逐步逐步扩大文艺节目。""对于作家,要惩前毖后、治病救人。""鲁迅在的话,不会赞成把周扬这些人长期关起来。""《反杜林论》,柏林大学撤了杜林的职,恩格斯不高兴了,争论是争论,为什么撤职?""处分人要注意,动不动就撤职,动不动就要关起来,表现是神经衰弱症。"[126]这次谈话的记录稿,经他本人审阅、修改后,批示:"印发政治局各同志。请讨论一次。"[127]

随之而来,还有一系列批示。

7月25日,就电影《创业》批示:"此片无大错,建议通过发行。不要求全责备。而且罪名有十条之多,太过分了,不利调整党的文艺政策。"[128]《创业》是石油工业题材故事片,以"铁人"王进喜为原型,1975年春节上映后受指责,称其"美化刘少奇"、"写真人真事"等。在胡乔木安排下,贺龙之女贺捷生联络编剧张天民等数人,向毛泽东、邓小平写材料,得到这条批示。[129]

又有对电影《海霞》的批示。影片1975年初完成,送审文化部被提几十条意见,较重罪名有违反"三突出"、存在"严重的路线问题"。[130]剧组谢铁骊、钱江给邓小平写信诉苦。7月29日,毛泽东就此信作批示,仅一语:"印发政治局各同志。"[131] 盖先前影片一直受阻于文化部,现在,批语让政治局来审,也就含有文化部的处理可能不妥的意思,不过又没明说。翌日晚,邓小平、李先念等八位政治局委员审片,江青则称病未至;看后讨论决定,影片按已经修改过的版本发行上映。[132]

《创业》批示向下面传达后,引出了音乐教师李春光的大字报,大字报矛头指向文化部门当权者。有人告诉了邓力群,邓让人抄来一份,再附上简要情况,经胡乔木交邓小平,邓又呈送毛泽东,毛批:"此件有用,暂存你处。"[133]

10月3日,就冼星海夫人钱韵玲要求恢复纪念聂耳、冼星海的信批示:"印发在京中央各同志。"[134] "文革"以来,即便是聂、冼的作品,也从社会上消失。笔者还记得,1975年冬,电台突然播放经过重新制作的《大路歌》等老歌,与"文革"风味迥异,但当时作为一个中学生,既不知道这是毛泽东批示所致,更不懂得事情后面还有深奥的文章。

10月28日,鲁迅子周海婴投书毛泽东,表白出版鲁迅书信集是母亲许广平"多年的愿望",而她去世"至今七年多了","仍然毫无消息"。[135] 毛泽东受到触动,于11月1日批示:"我赞成周海婴同志的意见。请将周信印发政治局,并讨论一次,作出决定,立即实行。"[136]

10月19日,长篇小说《李自成》作者姚雪垠写信,请求解决该书第二卷起的后续出版问题,毛泽东也给予批示:"我同意他写

《李自成》小说二卷、三卷至五卷。"[137]

14

作为毛泽东一生文艺批示的最后高潮,1975年的情形,为探索和总结这一现象,提供了许多值得注意的地方。

首先,文艺事业的整个领导权,完完全全集中在他自己手里了。回顾所来:1942年,他建起对于文艺的绝对思想权威,自那时起,文艺上一切思想观点都要以《讲话》为准,"非马克思主义"自不必说,即便"马克思主义"范围以内,与《讲话》所不合的认识或理解也无存身之地,对胡风派的禁绝就很典型,胡风谈文艺都是本乎马列,句句有出处,《三十万言书》到处引经据典,纵是如此,也被封杀出局;而这种思想权威,1951年至1955年间,又延展为绝对的行政权威,亦即文艺上的每一具体事务,他的裁决才有终极意味,而不论其是否违法违规,也不论党内其他领导干部、文艺主管部门及一般社会舆论评价如何;经过"文化大革命",上述的思想权威和行政权威又有惊人深化,我们看到,一部影片能否发行、一首乐曲能否演播,乃至一本书是否出版、一部小说有无续作可能,各种琐碎微屑之事,都报至他处,由他亲自发落。

其次,上述权威从制度或器物上体现,便是"批示"这儿打上了鲜明个人特色的决策方式。此权力样式也是在发展中趋于成熟和定型,从早期细密冗繁的批写,到中期化繁为简,再到晚期只言片语,形式感越来越强,越来越纯粹。这外观上的变化,与内在权威的提升、升华,具有同步的关系。它日益达到"自由王国"的境界,从开始的穿越了固有程序直接构成政策,以至于后来甚至也穿越了政策本身,使之因时、因地制宜,随时、随意加以变化,出内入外,造化无羁。1975年诸批示,将藩篱尽拆之自如,表现得淋漓尽致。它们有两个共同而突出的特点,一是简短,一是含蓄。长的三十来字,最短仅二字。回想50年代动辄千百字,相去何远?这当中,有年事已高、目力不济的因素,却又不可以此尽释。《老子》中所讲"行不言之教"、"多言数穷"、"希言自然"、"道之出口,淡乎其无味"、"知(智)者不言"等[138],非只是语言境界,也含着对事物佳妙状态的哲理追求。言不在多,语无须密,点到而已,"此处无声胜有声"。例如"此件有用,暂存你处"、"印发政治局各同志",字面吝惜,以至不落言筌,然而分明含有精细意味。尤其仅以"同意"二字允《诗刊》复刊[139],简直不动声色,但值得人人用心体会。

  复次,完整回看毛泽东的文艺批示史,我们还有更深入的领悟。一般而言,毛泽东对文艺的着眼点在于意识形态,以彰显革命义理、原则为所寓志,我们先前《斗争》一篇所谈颇多。这是他文艺观的特色,然砭执于此,也未必不带来误读。1975年他鼓励、倡导文艺政策调整,抱怨"缺少诗歌,缺少小说,缺少散文,缺少文艺评论",不赞成把"周扬这些人"关起来,说"争论是争论嘛,为什么撤职",告诫"不要求全责备"……对此,稍加考量不能不感到困惑,因为他所抱怨的无一不是沿着"两个批示"一路而来。说得更具体些,御用写作班子置"百花齐放"于不提,真的是他们自己胆大包天、矫旨妄为?"文革"将古今中外文化悉数摈排,只让样板戏等"文革"果实一枝独秀,真的是江青、康生、张春桥几位一意孤行?历史的由来清清楚楚,那些事和做法,一直以"忠实执行毛主席革命文艺路线"畅行,毛泽东曾明确鲜明之至表示赞赏。但1975年他却啧有烦言,说不喜欢这样的文艺局面。何欤?唯有放到现实当中来看。那时,出了林彪事件、托周恩来收拾残局、请出邓小平辅周、谈论"安定团结"、四届人大重提"现代化"……文艺政策的调整,跟这些现实相跟随、相伍佐。所谓此一时彼一时也,1975年非1962年,更不是1966年,文艺上一连串回心转意,乃是因时制宜之举。而这种"政策"急转,实非初次,1955年高压突然转向1956年知识分子政策调整和双百方针,即为先例。而我们于这种同类型、反复呈现的变奏曲,可从中寻求有益启示——毛泽东对于文艺(进而整个意识形态),不但讲"原则",也讲"进退"。他是文武之道,一张一弛;宽严参差,刚柔并济。过宽则以严相绳,过严则以宽相疏。这当中的实质,是一个"用"字。他一生最卑视"教条主义",最赏悦"活学活用"。能"用"、不拘泥,才是他的绝学精髓。言此,想起胡乔木所说一事:

  座谈会讲话正式发表不久,毛主席跟我讲,郭沫若和茅盾发表意见了，郭说"凡事有经有权"。这话是毛主席直接跟我讲的，他对"有经有权"的说法很欣赏，觉得得到了知音。郭沫若的意思是说文艺本身"有经有权"，当然可以引申一下，说讲话本身也是有经常的道理和权宜之计的。[140]

"经常的道理"即"原则"，"权宜之计"无非是"用"。泓水之战，宋襄公自居仁义之师，不肯借楚军渡河之机攻其不备，毛泽东笑为"蠢猪式的仁义道德"[141]。"蠢猪式的仁义道德"，要害便是知"经"不知"权"，能"经"不能"权"。他又曾讲，文艺是"团结人民、教育人民"和"打击敌人、消灭敌人"的"有力的武器"。[142] 器者，用也；仍然是"用"的意识。何时用于"打击敌人、消灭敌人"，何时用于"团结人民、教育人民"，他心中自有一本账。以"文革"来论，初期文艺功用集中于"打击"与"消灭"，"九一三"后，考量的重点则渐渐移诸"团结"和"教育"。

这个"有经有权"，旁人往往欠通，他也常惊讶于大家的"片面"和不懂辩证法，包括江青。江青对政策调整想不通，他批评道："有马列书在，有我的书在，你就是不研究"[143]，"不要主观片观（面）"[144]。"片面"分两种，过度硁执于"经"，是从"左"的方面干扰；忘记"经"或眼中没"经"，是从"右"的方面干扰。文艺政策调整搞了没多久，他又警惕"黑线"回潮，从评《水浒》批示[145]开始，发出"对冲"信息，将对没有"百花齐放"的抱怨，变成"反击右倾翻案风"。

15

毛泽东时期,就文艺问题作批示,是他个人一项专属权力,其他领导人似有默契,退避三舍,无预处置,文艺问题最后总是报到毛那里,由他决断。

"文革"后,文艺批示权才转移和扩散。中宣部文艺局 1986 年编有《1981–1985 文艺通报选编》,录有这段时间针对文艺问题的若干批示,批示者明列其名的有胡耀邦、习仲勋,更多则未具其名,仅称"中央领导同志"。其中一件说:"进口和转播外国电视剧,必须按中央方针执行。这个问题已谈过并批判过多次了。我看没有执行,主要是我们一些同志迎合社会上一些精神空虚人的趣味,而这些人又造舆论,引诱一些青少年去追求低级的东西。社会主义精神文明必须灌输,才能成长,而是不能自然而然地到来的呀!"[146] 又一条云:"看来,要求一些作家和文艺领导干部具有健康的创作思想和创作方法,很不容易。但必须坚定不移地对这些人进行教育和帮助。"[147] 虽不知出自何人,但很有 80 年代初的特色,反映着那时文艺观念转型的困难、矛盾,也是珍贵、难以替代的文艺史料。

从《文艺通报》所载来看,对文艺的领导中,批示这种方式总的来说呈淡出之势,1982 年以后,已无一件批示录入,而更多改为领导人谈话、相关部门发通知等方式。其原因,恐怕是批示从样式到所含权威风范和意味,与上个时代政治秩序息息相通,而不尽适合改革开放条件下文艺管理格局,加上党对文艺的领导,也谋求"改善",而渐渐变得不合时宜。当然,未完全消失,至今亦偶闻领导人就文艺有所批示,但已限具体事务性质,批示越过乃至取代既定文艺政策的情形,不复可能。

注 释

[1] 比尔·克林顿《我的生活》,译林出版社,2004。
[2] 吉米·卡特《忠于信仰———位美国总统的回忆录》,新华出版社,1985,第65页。
[3][5][6] 温功义《三案始末》,重庆出版社,1984,第56页。
[4] 黄宗羲《文渊阁大学士文靖公墓志铭》,《黄宗羲全集》第十册,浙江古籍出版社,2005,第510页。
[7] 陈文斌等编《中国共产党执政五十年(1949-1999)》,中共党史出版社,1999,第456页。
[8] 毛泽东《沁园春·雪》,《新民报晚刊》,1945年11月14日。
[9][10][17] 夏衍《〈武训传〉事件始末》,《懒寻旧梦录(增订本)》,三联书店,2006年,第443,444-445,449页。
[11][15][30][34][37][39][55] 黎之《文坛风云录》,河南人民出版社,1998,第503,505,507,7页。
[12][13] 孙瑜《影片〈武训传〉前前后后》,《中国电影时报》,1986年11月29日、12月6日、13日连载。
[14] 姚文元《评反革命两面派周扬》,《红旗》,1967年第1期。
[16][45] 戚本禹《爱国主义还是卖国主义?——评反动影片〈清宫秘史〉》,《红旗》,1967年第5期。

[18][19][20][23] 江青《为人民立新功——江青同志一九六七年四月十二日在军委扩大会议上的讲话》,《江青同志讲话选编》,人民出版社,1968,第29,37,29页。

[21] 林默涵《"文革"前的几场文艺风波》,张化、苏采青主编《回首"文革"——中国十年"文革"分析与反思》,中共党史出版社,2000,第261-262页。

[22] 李家骥口述、杨庆旺执笔《领袖身边十三年》,中央文献出版社,2007,第504-505页。

[24][25][31][36] 袁晞《〈武训传〉批判纪事》,长江文艺出版社,2000,第89,504,95,171页。

[26] 贾霁《不足为训的武训》,《文艺报》,第四卷第一期。

[27] 杨耳《试谈陶行知先生表扬"武训精神"有无积极作用》,《文艺报》,第四卷第二期。

[28] 《编者按》,《人民日报》,1951年5月16日。

[29] 袁鹰《风云侧记——我在人民日报副刊的岁月》,中国档案出版社,2006,第73页。

[32] 毛泽东《应当重视电影〈武训传〉的讨论》,《人民日报》,1967年5月26日。

[33] 毛泽东《在审阅杨耳〈评武训和关于武训的宣传〉稿时加写的几段文字》,《建国以来毛泽东文稿》第二册,中央文献出版社,1988,第375页。

[35] 武训历史调查团《武训历史调查记》,《人民日报》,1951年7月23日。

[38][41] 毛泽东《对〈武训历史调查记〉的修改和给胡乔木的信》,《建国以来毛泽东文稿》第二册,中央文献出版社,1988,第403,399-400页。

[40] 冯毅之《要从〈武训历史调查记〉的调查中吸取教训》,《齐鲁学刊》,1981年第1期。

[42] 谈迁《国榷》卷六十四世宗嘉靖四十五年,中华书局,第4037页。

[43] 毛泽东《关于纪念武训的学校、碑文和建筑等处理办法的批语》注释①,《建国以来毛泽东文稿》第二册,中央文献出版社,1988,第388页。

[44] 同上书,第388页。

[46] 毛泽东《中央转发中宣部关于文艺干部整风学习的报告的批语》注释①,

《建国以来毛泽东文稿》第二册，中央文献出版社，1988，第 522 页。

[47] 同上书，第 521 页。

[48][50][52] 中宣部批胡风部署及文协座谈会、林默涵何其芳文章出笼经过，均据熊复 1953 年 4 月 8 日向毛泽东提交的报告，见《在一封不同意批评胡风文艺思想的来信上的批语》注④，《建国以来毛泽东文稿》第四册，中央文献出版社，1990，第 83-84 页。

[49] 《在一封不同意批评胡风文艺思想的来信上的批语》注③，同上书，第 83 页。

[51] 毛泽东《在一封不同意批评胡风文艺思想的来信上的批语》，同上书，第 83 页。

[53] 李辉《胡风集团冤案始末》，人民日报出版社，1989，第 131 页。

[54] 薄一波《若干重大决策与事件的回顾》，中共中央党校出版社，1991，第 311 页。

[56] 毛泽东曾以"书生办报"斥邓拓："1957 年春天猝遭厄运。毛泽东主席忽然大发雷霆，以'按兵不动、不积极贯彻中央精神'为名，当众斥责他'书生办报'、'死人办报'，'同中央唱反调'等等，忽而揶揄他是汉元帝，忽而辱骂他'占着茅坑不拉屎'，忽而又鼓动部下造他的反。"（袁鹰《风云侧记》，第 112 页）

[57] 《编者按》，《文艺报》，1954 年第 18 期。

[58] 毛泽东《对〈文艺报〉转载〈关于《红楼梦简论》及其他〉一文所加编者按的批注》，《建国以来毛泽东文稿》第四册，中央文献出版社，1990，第 569 页。

[59] 《编者按》，《光明日报》，1954 年 10 月 10 日。

[60] 毛泽东《对〈光明日报〉刊载的〈评《红楼梦研究》〉一文的批注》，《建国以来毛泽东文稿》第四册，第 571 页。

[61] 毛泽东《关于〈红楼梦〉研究问题的信》，同上书，第 574-575 页。

[62] 毛泽东《对陆定一关于展开〈红楼梦〉研究问题的批判的报告的批语》，同上书，第 587 页。

[63] 毛泽东《对周扬关于批判胡适问题组织计划的请示的批语》，同上书，第 620 页。

[64] 毛泽东《关于阅看冯雪峰的诗和寓言的批语》,同上书,第644页。

[65] 《建国以来毛泽东文稿》将此批注时间标为"一九五四年十一月",兹据黎之文章发表于1954年11月10日《人民日报》而推其日期。

[66] 《建国以来毛泽东文稿》将此批注时间标为"一九五四年十一月",而其注释①称"毛泽东对这篇检讨所作的批注,写在十一月十四日《南方日报》转载的这篇检讨上",据以推其日期。

[67] 毛泽东《对冯雪峰〈检讨我在《文艺报》所犯的错误〉一文的批注》,《建国以来毛泽东文稿》第四册,第602-603页。

[68] 毛泽东《对全国文联、作协主席团联席会议决议等的批语》,同上书,第625页。

[69] 毛泽东《对中国作协关于公开印发胡风给中央报告的部分内容的说明的批语和修改》,《建国以来毛泽东文稿》第五册,中央文献出版社,1991,第5页。

[70] 毛泽东《在周扬关于同胡风谈话情况的报告上的批语》,同上书,第9页。

[71][72][73][74] 毛泽东《关于编辑、发表胡风问题材料的批语》,同上书,第108,108-109,109页。

[75] 毛泽东《转发北京市委关于查处胡风分子的报告的批语》,同上书,第144页。

[76] 毛泽东《对中央关于揭露胡风反革命集团的指示稿的批语和修改》,同上书,第148页。

[77] 《对中央关于揭露胡风反革命集团的指示稿的批语和修改》注②,同上书,第149页。

[78] 毛泽东《对〈百花齐放,百家争鸣〉一文的批语》,《建国以来毛泽东文稿》第六册,中央文献出版社,1992,第120页。

[79] 毛泽东《对周扬在中共八大发言稿的批语》,同上书,第210页。

[80] 毛泽东《对周扬在中国作协党组扩大会上的讲话的批语》,同上书,第656页。

[81][82] 毛泽东《对〈文艺报〉"再批判"特辑编者按的批语和修改》,《建国以来毛泽东文稿》第七册,中央文献出版社,1992,第19页。

[83][84][85] 毛泽东《对周扬〈文艺战线上的一场大辩论〉一文的批语和修改》，同上，第92，93，93-94页。

[86] 引者识：1957年初，陈其通等四人发表《我们对目前文艺工作的几点意见》，指责双百方针以来有人以为工农兵方向可以不提、文艺可以不为政治服务。此论被毛泽东目为"教条主义"、从左的方面反对双百方针。他们的支持者、解放军总政治部文化部部长陈沂，1958年被打成右派。

[87] 《对〈上海新闻出版和文学艺术部门党内负责干部的一些意见〉的批语》注①，《建国以来毛泽东文稿》第七册，第133页。

[88] 毛泽东《对〈上海新闻出版和文学艺术部门党内负责干部的一些意见〉的批语》，同上书。

[89] 毛泽东《在成都会议上的讲话（四）》，《毛泽东思想万岁（1958.1-1960.12）》，"文革"群众组织出版物，"武汉钢二司"1968年翻印，第41页。

[90] 毛泽东《在郑州会议上的讲话（五）》，同上书，第216页。

[91] 毛泽东《关于文艺工作的批语》，《建国以来毛泽东文稿》第十册，中央文献出版社，1996，第436-437页。

[92] 毛泽东《对中宣部关于全国文联和各协会整风情况的报告的批语》，《建国以来毛泽东文稿》第十一册，中央文献出版社，1996，第91页。

[93] 毛泽东《关于领导机关应加强请示报告工作的批语》，《建国以来毛泽东文稿》第十册，中央文献出版社，1996，第135页。

[94] 毛泽东《在中央组织部七月份综合报告上的批语》，同上书，第136页。

[95] 毛泽东《对邓子恢关于农村工作政策意见的批评》，同上书，第137页。

[96] 毛泽东《在谷城、光化、襄阳三县旱灾情况报告的批语》，同上书，第173页。

[97] 毛泽东《对〈希腊伦理思想的来源与发展线索〉一文的批语》，同上书，第186页。

[98] 毛泽东《关于检查右派分子甄别试点问题的批语》，同上书，第200页。

[99] 毛泽东《对列宁反对第二国际机会主义斗争的一批材料的批语》，同上书，第224-225页。

[100] 毛泽东《〈冬云〉诗一首和给林克的信》，同上书，第227页。

[101] 毛泽东《关于送阅〈史记·项羽本纪〉的批语》，同上书，第238页。

[102] 毛泽东《书赠周恩来〈满江红〉词一首》，同上书，第243页。

[103] 毛泽东《凡是要推翻一个政权，总要先做意识形态方面的工作》，同上书，第194页。

[104] 毛泽东《对中共八届十中全会公报稿的批语和修改》，同上书，第197-198页。

[105]《人民日报》、《红旗》杂志社论《把无产阶级文化大革命进行到底》，《人民日报》，1967年1月1日。

[106] 毛泽东《对林彪关于部队文艺工作的谈话的批语》，《建国以来毛泽东文稿》第十一册，中央文献出版社，1996，第81页。

[107] 毛泽东《对江青在京剧现代戏观摩演出座谈会上的讲话稿的批语》，同上书，第89页。

[108] 毛泽东《为登载两篇文艺理论文章写的编者按》，同上书，第99页。

[109] 毛泽东《对彭真在京剧现代戏观摩演出大会上的讲话的批语》，同上书，第113页。

[110] 毛泽东《对公开放映并组织批判影片〈北国江南〉、〈早春二月〉的报告的批语》，同上书，第135页。

[111] 毛泽东《在反映香港观众赞赏芭蕾舞剧〈红色娘子军〉的材料上的批语》，同上书，第239页。

[112] 江青《为人民立新功——江青同志一九六七年四月十二日在军委扩大会议上的讲话》，《江青同志讲话选编》，人民出版社，1968年，第38页。

[113] 林默涵《"文革"前的几场文艺风波》，张化、苏采青主编《回首"文革"——中国十年"文革"分析与反思》，中共党史出版社，2000，第262页。

[114] 薄一波《若干重大决策与事件的回顾》，中共中央党校出版社，1991，第1232页。

[115]《毛主席语录》，《人民日报》，1968年11月25日。

[116] 毛泽东《对批评江青的一封信的批语》，《建国以来毛泽东文稿》第十三册，中央文献出版社，1998，第367页。

[117][118][119][120][121][143][144] 毛泽东《给江青的信和批语》，同上书，第373，374、372页。

[122] 毛泽东《以安定团结为好》，同上书，第402页。

[123] 毛泽东《对林默涵来信的批语》，《建国以来毛泽东文稿》第十三册，中央文献出版社，1998，第441页。

[124] 毛泽东《对"四人帮"文艺政策的批评》，同上书，第443页。

[125] 夏杏珍《1975年文坛风暴纪实》，中共党史出版社，1995，第26-35页。

[126][127] 毛泽东《关于文艺工作的谈话的批语》，《建国以来毛泽东文稿》第十三册，中央文献出版社，1998，第446-447页。

[128] 毛泽东《关于文艺工作的一组批语》，同上书，第450页。

[129][130] 夏杏珍《1975年文坛风暴纪实》，中共党史出版社，1995，第38-47，53页。

[131][133][134] 毛泽东《关于文艺工作的一组批语》，《建国以来毛泽东文稿》第十三册，中央文献出版社，1998，第450，451页。

[132] 夏杏珍《1975年文坛风暴纪实》，中共党史出版社，1995，第61-62页。

[135] 毛泽东《关于文艺工作的一组批语》注⑦，同上书，第454页。

[136][137][139] 毛泽东《关于文艺工作的一组批语》，同上书，第451，452页。

[138] 《老子道德经注校释》，王弼注、楼宇烈校释，中华书局，2012，第6、14、57、87、147页。

[140] 胡乔木《胡乔木回忆毛泽东》，人民出版社，1994，第60页。

[141] 毛泽东《论持久战》，《毛泽东选集》第二卷，人民出版社，1991，第492页。

[142] 毛泽东《在延安文艺座谈会上的讲话》，《毛泽东选集》第三卷，人民出版社，1991，第848页。

[145] 毛泽东《对姚文元关于开展对〈水浒〉评论的报告等的批语》，《建国以来毛泽东文稿》第十三册，中央文献出版社，1998，第459页。

[146] 《中央领导同志对进口和转播外国电视剧的批示》，《1981-1985文艺通报选编》，中宣部文艺局编印，1986，第87页。

[147] 《中央领导同志关于文艺问题的一件批示》，同上书，第88页。

跋

"五四"百岁在即,中国文学另起炉灶马上便满一个世纪了。

有时候想,倘若起庄屈李杜韩柳欧苏等于地下,让他们目睹20世纪以来的文学,或请他们也加入当今文坛,会是怎样的情形。虽然他们的作品现在都被奉作"经典",我却很是怀疑,真的请他们大驾光临20世纪的文学现实,他们能否措其手足?搞不好,兴许连三流作家也当不上。

中国文学在20世纪遭遇大变,自身历史完全被打断,文思、语言、主题,乃至为文的心情态度,都跟过去形同陌路。"李杜诗篇万口传,至今已觉不新鲜。江山代有才人出,各领风骚数百年。"赵翼本是强调文学在不同时代的差异性,可在我们看来,不如说倒是提醒过去中国文学始终在一个系统,今天则彻底出离了它。直到清代仍在"传"的"李杜诗篇","五四"以后还在"传"么?显然不"传"。从文学传承关系的角度,"李杜诗篇"已经退出,不再是文学实践所奉典范,我们与之只有欣赏的关系,而无师法关系。

中国文学在20世纪脱胎换骨,被好些新东西所左右,师法关系，仅其一端。这些陵谷之变，我们自己习以为常，反而不能察觉。文学史研究的内容与选题，就说明了这点，各种打着20世纪文学独特烙印的情形，至今未经指点品藻。本书聊举以六者，而类似题目自远不限此。无论如何，"五四"将届百年，我们对那时以来文学置于何境仍乏清晰意识，实在荒唐。

李洁非
2013年11月14日